沖縄・交差する植民地主義

悲しき亜言語帯

仲里効

未來社

悲しき亜言語帯——沖縄・交差する植民地主義■目次

I　詩のゾーン

II　小説のゾーン

装幀――高麗隆彦

悲しき亜言語帯——沖縄・交差する植民地主義

普通語でたたかれ
標準語でのばされ
共通語でちぎられ
チャー　シナシナー

中里友豪「キッチャキ〈4〉」

I　詩のゾーン

サッタルバスイ――山之口貘のアポリア

詩人がことばにたいして鋭敏にして繊細な感受性の持ち主であるということがほんとうだとすれば、山之口貘という詩人にとってのそのことは、自らのうちに根を張っている沖縄語と教室で学び取った標準日本語の二つの異なる言語の併存と葛藤の相関としてあったと言ってもよい。貘の詩の独特なリズムと韻律はたぶんその二つの言語の並存と葛藤に関係しているとみてもよいのかもしれない。そのことを詩人の内でよりはっきり認識させたのは三十四年ぶりの帰郷であった。

山之口貘が一九二五（大正十四）年、二十五歳での二度目の出郷からはじめて帰郷したのは一九五八年十一月だったが、貘にとってそれは最後の沖縄にもなった。その五年後の六三年に五十九歳で亡くなる。貘は多くの郷愁の詩をつくった。長い異邦での流浪と貧乏生活にあっても、募る望郷の念は詩人を焦がした。亜熱帯の時空は、詩人のことばの内部でふくらみ、色づき、繁茂し、思念の苑を狂おしいまでに撓めていった。一九五三年に発表された「耳と波上風景」もそうである。「ぼくはしばしば／波上《なんみん》の風景をおもい出すのだ／東支那海のあの藍色／藍色を見おろして／巨大な首を据えていた断崖／断崖のむこうの／慶良間島／芝生に岩かげにちらほらの／浴衣や芭蕉布の遊女達／ある日は竜舌蘭や阿旦など／それらの合間に／とおい水平線／くり舟と／山原船の／なつかしい海」と、亜熱帯の空と波と風物とともにくるまれた遠い少年の日の記憶が詩人に呼びかける。明治生まれの、沖縄に出自をもつ者であれば「波上」や「東支那海の藍色の海」や「芭蕉布の遊女達」や「竜舌蘭や阿旦」や「くり舟」、そして藍色の向こうの「とおい水平線」は、それこそ「おもい出さずにはいられない風景」であったにちがいない。一見何でもない凡庸な回想に思えるが、しかし、行を追っていくと趣を異にする風が通るのを覚える。

沖縄人のおもい出さずにはいられない風景
ぼくは少年のころ
耳をわずらったのだが
あのころは波上に通って
泳いだりもぐったりしたからなのだ
いまでも風邪をひいたりすると
わんわん鳴り出す
おもいでの耳なのだ

ふるさとの回想は、少年のころ泳いだりもぐったりしたことからくる耳の疾患と関係していたこと。貘の実際の経験から書かれたものなのかどうか知らないが、ここでは郷愁がさわぐときは耳鳴りのときでもある、ということに注目したい。「おもい出さずにはいられない風景」と「おもいでの耳」。貘のことばを色づかせる亜熱帯の風物は、切ないまでに牧歌的でステレオタイプであるにしても、それは「わんわん鳴り出す／おもいでの耳」において招き寄せられているということである。余計な思い入れなどせず虚心に読めば、この詩はとてもシンプルでわかりやすい。だが、そのわかりやすさのなかに、何か捨てておくことができない繊細な何かが揺曳しているように思える。その何かについてうまく説明できるわけではないが、「わんわん鳴り出す／おもいでの耳なのだ」という一節は、郷愁がどのように生きられていたかを言外に示唆してもいた。

ところで、異邦で色づき詩人の内部で生きられた亜熱帯は、三十四年ぶりに帰った沖縄の現実によって裏切られる。貘がしたたかに見せつけられたのは、沖縄戦の破壊とその後に出現したアメリカ占領下で変わり果てた姿であった。帰郷後に書かれた数本のエッセイや評論は、いずれも変貌した沖縄への失意と喪失感が吐露されている。夢見られた沖縄と現実の沖縄の目も眩むような落差。エッセイ「むかしの沖縄いまの沖縄」は書かれなければならなかった。

裏切られた郷愁と沖縄語の喪失

貘が抱かされた深い喪失感のなかでも、とりわけ特別なアクセントを打って語られているのは沖縄のことばの不在に対してであった。「一番、ふしぎなのは、みんなが日本語で生活していることだ」と驚いたり「沖縄語の喪失なのだ。このことも、おそらく初めての旅行客の眼には止らないのであるが、ぼくの眼にはいまや沖縄では日本語のクローズアップである。つい三十何年ぶりの郷愁にかられて『ガンジューイ』とこちらからあいさつしたところ、『おかげさまで』と日本語で返される始末なのである。おまけに、貘さんは沖縄語がうまいとからかわれたのである。こんなわけで、真正面から沖縄語を耳にすることはほとんどないのだが、家庭用としては残っていて、それもほとんど年寄りの間で、若い世代は日本語によって生活している」（「むかしの沖縄いまの沖縄」）と書きとめたりしている。

すっかり様変わりした沖縄のことばの風景をいま浦島の心境で眺めている貘がいる。「弾を浴びた島」は、貘の帰郷が沖縄語の喪失感において語られている。

島の土を踏んだとたんに
ガンジューイとあいさつしたところ
はいおかげさまで元気ですとか言って
島の人は日本語で来たのだ
郷愁はいささか戸惑いしてしまって
ウチナーグチマディン　ムル
イクサニ　サッタルバスイと言うと
島の人は苦笑したのだが
沖縄語は上手ですねと来たのだ

山之口貘の詩は総じて短いが、そのなかでも短い方に入る一篇である。だが、この短さはかえって貘のモチーフを際立たせ、帰郷の意味、というか、「裏切られた郷愁」を凝縮させている。「ガンジューイ」とは「元気ですか」で、「ウチナーグチマディン　ムル／イクサニ　サッタルバスイ」とは「沖縄語までもみんな戦争でやられてしまったのか」という意味である。ため息とも詠嘆とも悔しさともつかない、複合された感情が表出されているが、あいだに挟んだ「郷愁はいささか戸惑いしてしまって」という一行は、詩人の苦すぎる心的位相と居心地の悪さが言われている。貘が島の土を踏んだとたんの言語交差に痛烈な逆説を読んでもいい。出郷者の郷愁のなかに保存されていたウチナーグチは、当の沖縄の地では帰らざる言語になろうとしていた。異邦の地で色づき膨らんだ郷愁は現実によって一撃されたのだ。このときの帰郷者としての貘のウチナーグチと貘を迎える友人や知人の口をついて出たヤマトグチのすれ違いからくるショックはよっぽど堪えたらしく、「むかしの沖縄いまの沖縄」の他に沖縄から戻ったあとに書かれたエッセイで繰り返し語り直されている。失われた沖縄のことばに対する愛惜と裏切られた郷愁は、晩年の詩人の文で通奏低音のように止むことなく鳴り続けている。

たとえば「寄り合い世帯の島」では「ぼくは、四年ばかり前に、三十四年ぶりで沖縄へ帰ったことがあった。郷里の土を踏んだとたんに、ぼくの口を突いて出たのが沖縄方言なのであった。それがまるで郷愁のかたまりみたいに胸からこみあげて来て、『ハイ、ガンジューン　アティー』とやったのである。すると、相手は『はいおかげさまで元気です』と挨拶して来たのであった。（中略）それでこの場合は、相手はぼくに応対して『ハイサイ　ウガンジューン　アイミソーティーサイ』と敬語で来なければならない筈のところ、日本語流に『はい、おかげさまで元気です』と来られたのには、三十四年分のぼくの郷愁が、肩すかしを食ったみたいな感じなのであった。云わば、郷愁を裏切られてしまったようなものであった」と書いている。粟国島出身のお手伝いさんも料亭の女たちも、那覇や首里はもちろんのこと、南部や中部や北部へ行っても、そばやもコーヒー店も日本語で来ないところはなかった。「ぼくは毎晩、盛り場の桜坂を飲み歩いた。しかし、キャバレーにも泡盛屋にも日本語が溢れていて、方言はすっかり姿を消した感が深くなるばかりなのである」と、その変わり果てたことばの風景を嘆いていた。

きわめつけは八重山の石垣に渡ったとき、与那国から末娘を伴って会いに来た弟との再会のときのエピソードである。「イッターン　ムル　ヤマトゥグチデゥ　ヤルイ」（おまえらもみんな日本語なのか）と訊ねると「いまはどこだって日本語ですよ」という返事が戻ってきたという。「現在の沖縄は、どこもかしこもみんなウチナーグチを忘れてしまったみたいな顔をしてヤマトグチを使っているのである」と呆れている。貘の落胆する顔が浮かんでくるようだ。遺作となった「消え去った婦人名」でも「沖縄に着いたとき、口をついて出たのがその郷愁のかたまりのような方言だった。『ガンジュウンアティ』（ご丈夫でしたか）と、あいさつした。そしたら沖縄の人が『ハイ、おかげさまで元気です』と、まっすぐな日本語で答えたのだ。ぼくは郷愁をそがれるような妙な気がした」と述べている。「郷愁を裏切られてしまった」とか「郷愁をそがれる」という言い方で語り直される島の土を踏んだときの最初の衝撃。しかもそのことが二つの言語交差によって露出した沖縄の言語地図の劇的とも言える変貌として示されることに山之口貘の詩のなかでも「弾を浴びた島」の特異点があった。繰り返し、似たような言い回しで、沖縄のことばの風景の様変わりを語っているわけであるが、その同義反復にかえって貘の落胆の大きさと寄る辺ない心模様がうかがえる。

ここでいま一度「弾を浴びた島」のモチーフを直立させた「ウチナーグチマディン　ムル／イクサニ　サッタルバスイ」という一節に注目してみたい。この一節は異邦での三十四年の時間が溜め込んだ沖縄と沖縄のことばへの思いが、座礁した出来事の核心を一挙に言いあてる強い喚起力をもっていたが、それはまたあの「わんわん鳴り出す／おもいでの耳」と「おもい出さずにはいられない風景」が決壊して噴出した叫びでもあった。そしてその背後には沖縄戦とアメリカ占領がもたらした変貌への詩人の独特な感受力があった。

異邦の地で、新聞や雑誌などの乏しい情報や人づての噂でしか知らされていなかった沖縄戦と敗戦後の沖縄は、実際に足を踏み入れることによってはじめて予想を越えた現実の酷さを目の当たりにする。その酷さと変貌ぶりは詩人を「はなから戸惑」わせる「根こそぎ」のものだった。「まるで、戦前の沖縄とは何のつながりもない、全くの断絶した別個の沖縄を、敗戦がつくったのである」という、「全くの断絶」はむろん物理的な意味で言われたものである。「弾を浴びた島」の二年前の一九五六年に書かれた「不沈空母沖縄」は、イクサが沖縄のすべてを呑み尽くし、そのあとに出現した占領の不条理を詠んだものである。「守礼の門のない沖縄／崇元寺のない沖縄／がじゅまるのない沖縄／梯梧の花の咲かない沖縄／那覇の港に山原船のない沖縄」と〈ない〉を重ねているところに、喪失の大きさが表出されている。「不沈空母沖縄」の〈ない〉は目に見える風物のまったき不在が言われている。しかし「弾を浴びた島」では、詩人貘の眼は不可視のことばに起こった酷さに向けられていた。あの一行は生まれるべくして生まれたのだ。イクサは沖縄のすべてを「根こそぎ」にし、「二十万人にも近い砕かれた人名達の骨」を残したようにウチナーグチも奪ってしまった。

大正十四年に出郷して以来、一度も帰省したことがなかった貘にとって、泡盛を愛し、酔うと即興で琉舞を踊ったように、沖縄のことばは「おもい出さずにはいられない風景」を騒がせた。貘の詩の独特なリズムやねじれたドライブ感覚は沖縄のことばの浸透という見方なしには理解を誤るように私には思える。書いては捨て、捨ててはまた書くことを繰り返し、異常とも思えるほどの推敲を重ねたという創作態度は、貘にとって〈日本語で詩を書くこと〉がどのようなものだったかを問わずに語っているように思える。

貘の娘山之口泉は、『山之口貘詩文集』（講談社文芸文庫、一九九九年）のために寄せた「父はやや変種のようである」のなかで、こうした〈推敲魔〉とか〈推敲の鬼〉といわれた貘の姿勢を「何ごとにもけりつけてからでなければ次に進めない妙な律儀さ」とか「実際、できあがった詩の数は少なくても、一篇の詩に費やす時間と原稿用紙の枚数は、それこそ膨大なものであった。（中略）他の詩人の仕事ぶりを知らない私は、父のやりかたをあたり前と思って育ったが、普通はどうやら違うらしい。父は、やや変種の詩人のようである」と書いているが、ここでの「妙な律儀さ」や「やや変種」という言葉に、貘の表現内部での二つの言語の葛藤を読むことができる。貘詩のあの独特なことばの世界はそんな葛藤と関係しているはずだ。

当たり前ではなかったニッポンゴ、「方言札」まで動員し身につけさせられたニッポンゴ、沖縄のことばを損ねたニッポンゴ、そのニッポンゴで詩を作ることは、ほとんど苦行に近い行為ではなかったのかということが〈推敲の鬼〉という表現からは推測できる。ニッポンゴで書くことは、一種の翻訳行為をくぐらなければならなかったということである。〈間－言語〉としか言いようがない奇妙なねじれと綾のようなもの、そこに貘の詩作はあった。貘の詩のなかのニッポンゴは平易でわかりやすい。だが、その平易さの内部で洗い出された抽象や、行と行の間に揺曳する影のようなものは、〈間－言語〉行為の聖なる痕跡として読むべきなのかもしれない。

一匹の詩人が紙の上にゐて
群れ飛ぶ日の丸を見あげては
だだ
だだ　と叫んでゐる

発育不全の短い足　へこんだ腹　持ち上がらないでつかい頭
さえずる兵器の群れをながめては
だだ
だだ
だだ　と叫んでゐる
だだ　と叫んでゐるが
いつになったら「戦争」が言えるのか
不便な肉体
どもる思想
まるで沙漠にゐるやうだ
インクに渇いたのどをかきむしり熱砂の上にすねかえる
その一匹の大きな舌足らず
だだ
だだ　と叫んでは

「紙の上」という詩である。「だだ／だだ」という擬態語を弾くように重ねている、その「だだ」は戦争とむすびついた音声とも戦争を生んだ状況の奇形性ともとれるが、「どもる思想」とか「一匹の大きな舌足らず」という語によって吃音とかわる音声ともとれる。ここに〈間－言語〉行為の痕跡を見ることは穿ちすぎだろうか。

僕らが僕々言ってゐる
その僕とは、僕なのか
僕が、その僕なのか
僕が僕だって、僕が僕なら、僕だって僕なのか
僕である僕とは
僕であるより外には仕方のない僕なのか
おもふにそれはである
僕のことなんか
僕にきいてはくどくなるだけである

これは「存在」という詩から拾った部分である。「だだ／だだ」の代わりに「僕／僕」の不連続音になるが、ここでは「僕」という主体の懐疑の重層性と決定不可能性、あるいは主体の複数性が口ごもりのようになっている。こうした「紙の上」や「存在」に連なる作品の系列として「鼻のある結論」や「思弁」や「無題」や「夜景」や「生活の柄」、そして「喪のある風景」や「天から降りて来た言葉」などを挙げることができるが、せめぎ合いをくぐるなかでの〈間－言語〉行為がどのような抽象や思弁を練り上げていくのかがわかる。そして「しゃべる僕のこのしゃべり方が／僕の詩にそっくりだという／そこで僕が／またしゃべる／なにしろ僕も詩人なので／しゃべるばかりがぼくの詩に似ているのではないのである」と「天から降りて来た言葉」の冒頭におかれた詩句に、貘の詩意識に

刻印された日本語と沖縄語の二つのことばのせめぎ合いと、そのせめぎ合いから沖縄語の声が日本語に避けられず浸透し、浸透を受けた日本語は「だだ／だだ」や「僕／僕」のようなきしみやうねりになっていったと見なしても大きな誤読にはなるまい。

これはどういうことだろうか。矛盾した言い方になるかもしれないが、おそらく沖縄語と日本語の間に横たわる深淵からくる、話すことと書くことの乖離を孕んだ接合だと見なしてもよい。つまり沖縄語を母語にもつ人が標準日本語でしゃべることは、アクセントやイントネーションから語彙の選択まで、より強く沖縄の言語の影響をうけるしゃべり方になるという事情が、まずある。貘のような詩人にしても例外ではない。書かれた詩がそのようなバイアスをとどめているとすれば、日本語の詩としては不適切のそしりを免れないわけで、そのためにさらにいっそうしゃべることによって沖縄的言語現象の浸透とバイアスを増幅させ、自己矛盾的に書かれた詩の存在証明を試みるという行為のように、どうやらなっている。たしかにこれは悩ましい矛盾した行為である。しかしこうした避けられようもない自己矛盾こそ、貘の〈書くこと〉のリアリティであった。〈推敲魔〉とか〈推敲の鬼〉とか言われた創作姿勢の内部で生きられた言語葛藤、そう言ってもよい。貘においては〈書くこと〉は自然ではなく、〈日本語で／書く／こと〉という形になっている。いわばことばの深淵を渉る意識をつねに帯同せざるを得ない言表行為なのだ。

見方を変えて言えば、貘の詩のことばに感じ取ることができるねじれや陰翳は、エッセイ「おきなわやまとぐち」で述べていたことに意外なヒントを見つけ出すことができるかもしれない。いまでこそ沖縄の混合的な言語環境を説明するのによく使われているとはいえ、まだそれが流通するはるか前に、この造語を使ったのはいかにもことばに敏感な貘らしい。しかし、いまどきの「うちなーやまとぐち／ウチナーヤマトグチ」ではなく「おきなわやまとぐち」であることに、微妙だが重要な違いがあることを見落とすわけにはいかない。つまり貘においては沖縄（人）の言語使用の特徴を説明する説明装置というよりは、より詩人の表出行為、いわば、話すことと書くことの乖離を孕んだ接合による自己矛盾的な言語葛藤として表われるということのようだ。

「おきなわやまとぐち」は、「言語としては正体のあいまいなもの」で、日本語でもなければ方言でもない、つまり「おきなわという日本語とやまとぐちという方言とで出来ているところのおきなわやまとぐちという言葉みたいな、そういうものをおきなわやまとぐちというのである。言わば、沖縄製のにっぽんごというようなものなのであって、言語としては奇型であり、通用性に乏しいものなので ある」と述べていたが、そこで言われている「言語としては正体のあいまいなもの」であるとか「言語としては奇型」ということは、貘の詩のことばの〈間－言語〉性に感じ取れる奇妙なねじれや鬩とかかわっているように思える。貘の詩はまぎれもない日本語で書かれている。だが、その日本語からうける印象は、翳りや震えをおびた、まさに「沖縄製のにっぽんご」に思える。沖縄語の浸透を受けて翳り「しゃべる僕のこのしゃべり方が／僕の詩にそっくりだという」ように、である。

沖縄戦とアメリカ占領下の沖縄を思い「悲歌」を詠う、そのウタのなかで亜熱帯の風物とともに沖縄語は生きられた。日本語に囲まれた異邦の地でかえって沖縄のことばは保存され、日本語と沖縄語の二つのことばは、日本語への沖縄語の浸透ということはあったにしても、葛藤を孕みながらも併存することができた。だが、併存はもっとも不幸なかたちでゆさぶられた。「弾を浴びた島」は、ほかならぬ沖縄の現実によって沖縄語の喪失を思い知らされ、詩人の内部で同居していた二つの言語の均衡が破綻したことのいたましい表出であった。

ところが、である。図らずもそのことが沖縄語の力を逆説的に屹立させることにもなったことを指摘しておかねばならない。目立つほどではないが、貘の詩のなかで沖縄のことばの使われ方をみてみると、たとえば「沖縄風景」では「タウチー」や「ミーバラー」や「タンメー」などの沖縄語が散見できるにしても、それはあくまでも断片的な点景としてでしかなかった。だが「弾を浴びた島」での「ウチナーグチマディン　ムル／イクサニ　サッタルバスイ」はちがった。詩の核心にかかわる強度をもち、不意の一撃となって日本語の安定を揺さぶり屹立する。沖縄のことばが失われていく痛みと、その表出が逆に沖縄語のヴァイタルさと喚起力をもつのだ。ことばは詩人の意図を超えて、それ自体の力によって出来事を凝集する。

「ほうげんの乱」の限界

サンフランシスコ講和条約が結ばれる直前の一九五一年八月、貘は「沖縄よどこへ行く」を発表している。この詩は「敗戦後、日本の本土から切り離された沖縄におもいを馳せたもので、いわばぼくの望郷をうたったものである」と貘自身も言っていたように「望郷のうた」であることにちがいはないが、それよりもむしろ私が注目するのは、中国と日本の狭間を生かされた沖縄の歴史や沖縄と日本の関係が、言語観を通して語り直されていることである。七十七行からなる貘の詩のなかではもっとも長く、前半の五連は亜熱帯沖縄の風物を回想しつつ、敗戦後一変したと伝えられる沖縄の姿から「いま　こうして郷愁に誘われるまま／途方に暮れては／また一行づつ／この詩を綴るこのぼくを生んだ島／いまでは琉球とはその名ばかりのように／むかしの姿はひとつとしてとめるところもなく／島には島とおなじくらいの／舗装道路が這っているという／その舗装道路を歩いて／琉球よ／沖縄よ／こんどはどこへ行くというのだ」と沖縄の行く末に思いを寄せる。そして「おもえばむかし琉球は／日本のものだか／支那のものだか／明っきりしたことはたがいにわかっていなかったという」日支両属の歴史から、台湾に漂着した琉球人が生蕃に殺害された事件をきっかけにして、琉球の帰属をめぐる日本と支那の駆引きについて言及される。それから、いわゆる琉球処分としての廃藩置県とその後の沖縄の歩みが叙述されていくが、この叙述を特徴づけているのは、山之口貘の言語観にもとづく、二つの言葉が差配されていることである。

それからまもなく
廃藩置県のもとに
ついに琉球は生まれかわり
その名を沖縄県と呼ばれながら
三府四十三県の一員として
日本の道をまっすぐに踏み出したのだ
ところで日本の道をまっすぐに行くのには
沖縄県の持って生まれたところの
沖縄語によっては不便で歩けなかった
したがって日本語を勉強したり
あるいは機会あるごとに
日本語を生活してみるというふうにして

沖縄県は日本の道を歩いて来たのだ
おもえば廃藩置県この方
七十余年を歩いて来たので
おかげでぼくみたいなものまでも
生活の隅々まで日本語になり
めしを食うにも詩を書くにも泣いたり笑ったり怒ったりするにも
人生のすべてを日本語で生きて来たのだが
戦争なんてつまらぬことなど
日本の国はしたものだ

それにしても
蛇皮線の島
泡盛の島
沖縄よ
傷はひどく深いときいているのだが
元気になって帰って来ることだ
蛇皮線を忘れずに
泡盛を忘れずに
日本語の

第二の琉球処分と言われ、日本の占領の解除と引き換えに沖縄をアメリカの占領にゆだねる、国際法的な根拠とされたサンフランシスコ講和条約が締結される直前の、まさに沖縄の〈どこへ〉が問われた転換期に書かれたこの詩は、山之口貘という詩人の歴史意識を読むことができると同時に、詩意識に沖縄語と日本語の、二つの言語への途絶えることのない関心が注がれていることを思い知らされる。沖縄の歴史がことばの履歴において語り直されているのだ。ここで述べられている貘の歴史観は、貘よりふた回りも違うにしても、沖縄県立一中の先輩でもあり、同時代を生きもした「沖縄学」の父伊波普猷《いはふゆう》の『沖縄歴史物語』からの影響の影が見え隠れしている。山之口貘と伊波普猷の間に、実際に交流があったかどうかはここでは問わないが、伊波の「進化論より見たる沖縄の廃藩置県」や「琉球史の趨勢」が収められた『沖縄歴史物語』が「沖縄よ何処へ」という講演録を基にして執筆されたことと、貘の詩が「沖縄よどこへ行く」と名づけられたことは単なる偶然のようには思われない。「廃藩置県のもとに／ついに琉球は生まれかわり／その名を沖縄県と呼ばれながら／三府四十三県の一員として／日本の道をまっすぐに踏み出した」という詩行は、一九四七年に書かれ伊波の絶筆となった『沖縄歴史物語』で開陳された琉球処分＝奴隷解放論が意識されていたと見なすことはけっして根拠のないことではない。

ところで、では、貘のなかで二つの言語はどのような関係にあったのか、そして貘はどのような言語観をもっていたのか。明治生まれの琉球人の言語環境は、母語はいうまでもなく琉球諸島のそれぞれの地域言語であり、日本語は教育によって注入され、移植された第二言語であった。だが、この日本語教育は、明治国家の琉球併合とその併合を合理化するために採られた植民地主義的な同化（日本人）教育と対になり、しかも強制力を伴って推し進められたため、沖縄諸島の言語は特に学校や行政や裁判所などの公共空間においては貶められ禁圧されるべき対象となった。言い換えると、こういうことになる。貘がすごした当時の琉球は、琉球諸語を母語とする二言語併用のバイリンガルであり、宮古群島や八重山群島をはじめ沖縄本島の周辺離島の場合は、三ないし四つのマルチリンガル的言語環境を生きていたということだった。

こうした言語地理について貘もたびたび言及している。評論「方言のこと」では「大正以前の沖縄では、日本語は云わば学校用の言葉なのであった。家庭ではもっぱら方言であり、校庭でも先生と生徒の間では日本語であるが、生徒同志は方言であった」と、地域言語の優位が紹介されている。だが、植民地主義的言語教育は、そうした琉球弧の多言語地図を強制力でもって一つに敷き均していったことは周知のことである。「方言のこと」を含め、『山之口貘全集第四巻　評論』に収められた「寄り合い世帯の島」のなかでは、日本語奨励のために「罰札」をつくったこと、そのことが生徒たちを「終始スパイみたいな気持ち」にさせたこと、そして先生たちにつけた綽名が「アーブクー」とか「ニーブヤー」とか「ジーグファー」など、すべて沖縄語であったため「罰札は生徒にとって口に蓋でもされたみたいなものであった」とする注目すべき事例を紹介している。少年貘はこうした行き過ぎた「罰札」に反感を抱き、意識的に沖縄語を使い「罰札」を一手に引き受けたというエピソードをもっていた。

『山之口貘詩文集』の「年譜」では、十四歳のときのトピックとして「罰札」へ反発した事情や校長を揶揄する「やまと口札取るたびに思うかな、ほうげんの乱は止めたくの助」という落首が学内に張り出されたことが拾われてもいた。「ほうげんの乱」に「サンルー」を童名にもつ山口重三郎（山之口貘の本名）少年もまた名を連ねていたということになる。

そのころ、既に、僕は詩作に興味を覚えていたが、もって生まれた自分たちのことばを無視して、詩など生まれるはずがないと、詩人気取りの仲間たちと、憤慨し合ったり、ことばは愛すべきであって罰すべきではないといい合ったりして、罰札制度の校規にすねだし、意識的に方言を使い、わざわざ罰札を引き受けたりするようになり、それをポケットの中にいっぱいためていることもあった。

（「方言のこと」『山之口貘全集』第四巻評論、一九七六年）

「サンルー」と呼ばれ、すでに詩作をはじめていた早熟な少年の鋭敏な言語感覚とそれゆえの反抗心が吐露されているが、この「ほうげんの乱」は「弾を浴びた島」の「ウチナーグチマディン　ムル／イクサニ　サッタルバスイ」という衝撃的な一節が生まれた遠い原点でもあった。貘の「方言札」への反発は「もって生まれた自分たちのことばを無視して、詩など生まれるはずがない」ということや「ことばは愛すべきであって罰すべきではない」というゆるぎない言語観に裏づけられていた。そのころはまた「グジー」と呼ばれた少女に恋心を抱き、「恋人の番兵」という詩を作ったりしている。その「グジー」は「カマルウ」や「チルー」や「マカトゥー」や「オミトウ」などとともに「最初に恋愛した人の名」として、遺作となった「消え去った婦人名」のなかで懐かしく思い出されている。貘の〈沖縄〉には、沖縄のことばが繁茂していた。

こうした山之口貘たち世代のことばをめぐる風景は、濃密な地域言語に囲まれ「日本語は学校用の言葉」にすぎなかった。このことをもう少し踏み込んで見ると、学校用の言語としての日本語は、「罰札」まで動員し生徒たちを「スパイみたいな気持ちにさせた」ということからも想像がつくように、監視と処罰を伴った植民地主義的な言語教育であったということである。むろんその言語教育は同化イデオロギーによって発動され、日本人への主体の組み込みと分かちがたく結びついていたことは言うまでもない。

にもかかわらず、なぜ「沖縄よどこへ行く」の最後の二行をあのように収斂させたのか。ここでいまいちど「ほうげんの乱」とそれを支えた詩人の言語観を、植民地主義的言語政策という審級において考え直してみる必要に迫られる。言葉を換えて言えば、「日本語の／日本に帰って来ることなのだ」という差配の限界をいかにして見定めていくことができるのかということである。そう問うとき、一九五一年の「沖縄よどこへ行く」とその七年後に書かれた「弾を浴びた島」の違いと共通性を探りあてることができるはずだ。「沖縄よどこへ行く」は一九五一年、異邦にあって沖縄の帰属が決定されようとしたとき、日琉同祖論的な視点から沖縄の歴史と帰属を詠い、「日本語の／日本に帰って来ることなのだ」という二行に象徴化させたのに対し、「弾を浴びた島」は、三十四年ぶりに帰郷した一九五八年、「裏切られた郷愁」を「ウチナーグチマディン　ムル／イクサニ　サッタルバスイ」という二行に凝縮させた。この二つの詩に詩人の言語観の内部の陥穽を読むことが可能だ。この陥穽を、貘自身が書いた言語観の内に求めるとしたらどうだろう。決定的なことばは探すことはできないにしても、たとえば次のような発言をつきつめていくことによって見えてくるものがある。すなわち「日本語の奨励に異議があったのではなくて、日本語を奨励するために方言を否定しそれを罰することに反感を抱かずにはいられなかった」ということと「沖縄語は、一般の人たちの耳には、日本語でないみたいな感じを与えるとのことであるが、それは、結局、一般の人が沖縄語を知らないからであって、沖縄語は、もともと日本の方言だと学者はいっている」（「方言のこと」）という言い方のうちにある、微妙だが看過しがたい隙間の存在である。

とはいえ、ここで引用した文言を常識的に読めば、詩人の「ほうげんの乱」は言語の植民地主義批判の手前で失速していることはたしかである。その失速と限界は、三十四年ぶりの帰郷で目の当たりにさせられた日本語による沖縄語の侵食の理解の仕方からもわかるはずだ。つまり沖縄のことばが消えようとし、日本のことばが大勢を占めるようになった原因は、「沖縄語を罰することによって日本語を奨励していたこともあるが、そのせいでもなければ、まさか祖国復帰の悲願から日本語をというのでもないのである」としたところに端的に示されている。日本語の流通は、那覇という街にみられる沖縄各地から寄り集まった「寄り合い」という都市化現象に理由を求めていた（「むかしの沖縄いまの沖縄」）。「寄り合い世帯の島」のなかでも「罰札」を取り入れた日本語普及によって「現代の沖縄が日本語を使うようになったのかというと、ぼくはかぶりを横に振らないではいられないのである」として「寄り合い世帯のそれぞれが、互いに通用しかねるそれぞれの島の方言を使ったのでは、到底寄り合い世帯の社会生活が成り立たない筈なのであって、そのような生活社会の社会条件から、いまの沖縄からは必然、方言がその姿を消し、それにかわって日本語がクローズアップされて来たのである」という認識をしめしていた。

ここには明らかに飛躍がある。というよりも貘が問わなかったことがある。琉球諸語間の差異の認識と、その差異を統べるのがなぜ国語・日本語でなければならなかったか、ということである。琉球諸語間の差異は差異を語る文脈を封印され、日本語へとジャンプさせられる。つまり言語における二重構造や重層的構造をうまく説明する回路やロジックをもっていなかったか、もつことが禁じられたかのいずれかであるが、そうなるのは日本の近代の国語イデオロギーによるものであることは言うまでもないだろう。

こうして見ると、山之口貘もまた時代の言語思想の枠組みを超え出ることはできなかった。貘のことばの思想は強力な装置としての植民地的な言語イデオロギーを問うことはなかった。目をふさいだのは、貘の歴史認識に影を落としていた伊波普猷の「沖縄学」に流れ込んでいる日本民俗学や言語学を縛りつけた日琉同祖論と系譜的思考であり、わかりやすい都市社会学的な理解であった。貘において問われなかったのは、戦後においてもなお消えることのない「罰礼」と標準語励行運動による沖縄語の〝ことば喰い〟だった。「むかしの沖縄いまの沖縄」のなかの「まさか祖国復帰の悲願から日本語をというのでもないのである」という断定は、戦後も途絶えることなく沖縄の学校で吹き荒れた〝ことば喰い〟を見誤ったとしか言いようがない。ウチナーグチがやられたのはイクサだけではなかったということである。「弾を浴びた島」の喪失感は詩人のことばの思想の限界の内部にあった。

必要なことは「日本語の／日本に帰って来ることなのだ」という「沖縄よどこへ行く」の最後の二行の限界を見定めることである。なぜならばその二行にこそ、貘のアポリアがあるのだ。そしてそのアポリアは、もうひとつの二行を参照にもつことによって鈍い光を放つ。そのとき「沖縄よどこへ行く」の最後と「弾を浴びた島」の真ん中の、二つの二行がモンタージュされる。

ここまできて、先に見た貘の言語観の内部にある微妙な隙間について別の角度から触れなければならないだろう。貘が沖縄のことばを表記するとき、たとえば「弾を浴びた島」や「沖縄よどこへ行く」などの詩とエッセイ「方言のこと」では〈沖縄語〉としているのに対し、別のエッセイでは〈方言〉としているのはなぜか。沖縄の言語を独立した言語とみるのか、そうではなく日本語の一方言とみるのかは貘自身ほんとうのところはよくわからず、無意識のうちに使い分けていたということなのかもしれない。あるいは〈沖縄語〉と〈方言〉の表記の意味を厳密に区別することを避けていたということなのかもしれない。

「方言のこと」のなかの「沖縄語は、もともと日本の方言だと学者はいっている」というところを思い出してみたい。これは沖縄の言語が「日本の方言」ということをオーソライズするために学者の説をもちだしたか、それとも「日本の方言」だということは学者が言っているだけのことで、ほんとうは見解を留保しているかのいずれかである。ここに注目するとき、微妙な隙間から〈沖縄語〉としたことと〈方言〉としたことのアンビヴァレントな位相が浮かび上がってくる。貘は隠れているということだろうか。隠れた貘は「日本語の／日本に帰って来ることなのだ」という同化主義的回帰と、「ウチナーグチマディン　ムル／イクサニ　サッタルバスイ」という屹立の間で自己を韜晦している。韜晦する詩人のことばの思想が沖縄の近代のアポリアとなって影のようによぎっていく。

悲しき亜言語帯——川満信一の島と神話

1　吃音と根畏《ニーヤグ》み

「ふと、はだかのことばを視てしまったばかりに深い処罰を受けてしまった」という不思議な一行からはじまる、川満信一の「ことばを視てしまった」という詩がある。安易な理解を拒み、読む者をつかみどころのない不安な気持ちにさせてしまう、抽象度の高い詩になっている。いかに抽象度の高い詩といえども腑に落ちる詩はいくらでもあるが、この詩はそうした類の詩とはどこかが違うのである。後半部分を拾ってみよう。

いまいちどことばの陰影を追うとき
わたしは　すでに処罰された破壊者の相貌をしている
無への変容は生の先端から梯子も吊り橋もない死の淵へ身をのりだし
凍える戦慄のうちがわから
はだかのわたしをふりかえることであった
すべてのものの愛のかたちにふれることは

憎悪と醜悪に充血したわたしをみることだった
ことばを視てしまったわたしはついに呪われた処罰をまぬがれることができない

どうやら「ことば」をもつ／視てしまった者が、時代や状況、そして何よりも島共同体と逆立せざるをえないことが言われているらしい。ひとたび「ことば」をもつと、共同性が成立する掟と敵対しなければならない。「ことば」は世界をはだかにすることであり、それゆえに世界から処罰され、はだかにされることでもある。なぜなら「ことば」をもつ者は「呪われた者」なのだから。だが、なぜ「はだかのことば」なのか、そしてなぜそれを「視てしまった」ことが「処罰」を受けなければならないのか、おどろおどろしくもある観念のふるえにわからなさだけが残るが、この詩はその「わからなさ」において川満信一がくぐろうとした危機を孕んだ詩の思想があるように思える。

この詩は一九六九年十二月に発行された「発想」第三号に寄せた思想的エッセイ「詩と思想」の末尾に、少年期の極度の飢餓から犬を屠り喰ったときの記憶を呼び起こして作った「記憶」とともに掲載されたもので、のちに『川満信一詩集』（オリジナル企画、一九七七年）のなかで「記憶」は第I部の冒頭を飾り、「ことばを視てしまった」は第II部に収められている。二つの詩は「詩と思想」とのダイアローグとして読むことも可能である。とりわけ「ことばを視てしまった」を理解するための糸口を与えてくれる。むろん、詩はそれそのものとして自立した言語表出であり、注釈的文章に安易な凭れかかりはつつしむべきなのは言うまでもない。だがエッセイ「詩と思想」は、詩の深層を探りあてることができるだけではなく、思想詩人川満信一のことばが生まれる場所を知ることができるように思える。

思想的エッセイ「詩と思想」は、文字通り川満信一の詩と思想が切迫した文体で表出されている。川満は「琉大文学」創刊メンバーの一人として詩や評論を書きはじめ、アメリカ軍の沖縄占領と基地建設が本格化する情況に積極的にコミットしていくが、その過程で、それを根拠づけるものとしてプロレタリア文学や社会主義リアリズムと出会う。伊佐浜の土地闘争にもかかわるも、大衆の身体によってその理論は手痛い洗礼をうける。六〇年代に入り再び文学の領域に踏み込むことになり、それまでの理念と方法を転倒させる自己叛乱を詩と思想において実践する。この自己叛乱は川満に、より大衆の身体や沖縄の歴史に目を向けさせていくことになる。そこから戦争体験や戦争責任、政治的実践にかかわった思想的責任を問い、沖縄の歴史と経験を内在的に批判していく。その作業から生まれたのが、沖縄においてはじめての本格的な天皇制論となった「沖縄における天皇制思想」である。この論考は復帰運動批判にもなっていた。その地平から共同体と民衆と国家の関係に徹底して分け入り、六〇年代後半から七〇年代にかけての文学への問いと状況批判を激しく実践していく。「詩と思想」はそうした自己叛乱を経て到達した原体験への覚醒と、詩の思想へのコメンタールとなっている。

このエッセイは「沈黙の負担」「黙契をどこまで破るか」「破局と深淵」の三つのパートからなるが、注目すべきことは語る主体の二重化である。言葉は安定した主体から繰り出されるのではなく、厳しく審問される場に出頭させられる。「沈黙の負担」と「破局と深淵」は〈おまえ〉に語りかけるかたちをとっているが、「黙契をどこまで破るか」は〈ぼく〉という発話主体になっている。この発話主体の、こういってよければ分裂に、詩人の困難な詩業を垣間見ることができるはずだ。私が「詩と思想」に注目するのは、内的他者の発見ということである。自己切開とも自己叛乱ともいえる主体の二重化は、こうした内的他者の発見にかかわっているように思えるのだ。「おまえの眼には、伸び盛る麦の穂波がひろがり、頭蓋の暗い高みには台風の兆しを告げる雲の早い流れがあるか。おまえの血には予測の飢餓が季節病カレンダーを修正するためにざわめき流れているか。おまえの踵には珊瑚礁を踏みしだき、魚を追い込んだ日々のささくれた感覚が刺さっているのか。おまえの口腔にはイモやカタツムリ、バッタ、野犬の肉、山羊の生血、占領軍チリ捨て場の焦げた缶詰、舌の上ではねる小魚、もろもろの百姓の飢えと漁夫の飢えが荒れ狂っているか」と、〈おまえ〉に向かっての冒頭の問いかけはすでにして内的他者が予感され、眼、頭蓋、踵、口腔などの身体器官が原記憶と原体験を触知する。だが、ことばをもった者は根源的なディレンマを引き受けなければならない。意識と血、情念と観念の背反、そして知識を獲得し広げていくこととは対照的に島共同体から乖離する。だから「己の内の他者として、島人たちの混濁した情念と奇型の鋳型にはめこまれた発想を対象化したときから、おまえの罪と罰にはにじまる」のだ。内的他者を対象化するのに、川満の詩にときおり不安な翳りを帯びて顔を見せる「旅券をもたぬ流亡者」や「流民」や「見知らぬ街を過ぎる亡命者」ということばで言い表わされた自己像であると見なしても間違いにはならない。

「発想」六号（一九七一年八月）での勝連《かつれん》繁雄との対談では、体験の個人性の語り難さについて触れたところで「体験を曝しものにする他者の眼」について言及しているところがあった。その〈他者の眼〉は「身近な肉親であったり、あるいはわたし自身の隠す術もなかった幼年期のみじめさを見続けている島の人たちの眼であったりするわけです。そのような曝しものにされたところでは、いくらことばを重ねてみてもどうにもならないから、裸でいるほかない」と述べていたところに端的に現われている。これはまぎれもない「ことばを視てしまった」という詩の自注そのものといえよう。〈他者〉としての「身近な肉親」や「幼年期のみじめさを見続けている島の人たち」。しかしその〈他者〉は内部に住む、つまり〈内的他者〉で、しかも私を「曝しものにする」のだ。川満にとって体験の核は表現してはいけないタブーのようなものであるが、しかし体験の核は強く表現へ向かわざるを得ない。表現してはいけないものを表現してしまうこと、そこに川満の詩と思想の「ことば」に刻印された背理と深淵を読むことができる。あの「はだかのことばを視てしまったばかりに深い処罰を受けてしまった」というときの、「はだかのことば」とは〈内的他者の眼〉によって曝しものにされるところにかかわる、原体験の背理を孕んだ可能性と不可能性の謂いなのかもしれない。

重なり合う二つの〈島〉

「島（I）」と「島（II）」は、川満信一によって対象化された二つの島の像である。あるいは重層化されたイメージの島といってもよい。二つの島は同じように見えて違う、違うように見えて重なる、そんな関係にあるといってよいだろう。始原の島と時代状況に翻弄される島、島としての沖縄と沖縄のパナリ（離れ）としての島。

「島（I）」は「森のうえを／重装備のジェット機編隊が飛び／森の向こうで／ゆっくり回転するナイキハーキュリーズが／まぶしい」という一連が侵入するにしても、森の内部の始原の「おどろおどろしさ」の世界が際立っている。巫女の祈りの高まりと、飢餓ゆえの間引きのため崖の高みから裂け目を飛んだ妊婦の「むなしく空を踏み／墜落する青の淵の陶酔」や「覚めた胎児の羽ばたき／身悶える無音の叫び」を造型するとき、鮮やかな喚起力をもって息苦しいまでの脱出への渇望へと駆り立てる。

聞こえる
聞こえる！
動かぬ母体の袋をやぶらんばかりに
運命を殴つ頑な握りこぶしの乱調子
〈ココハイキグルシイ　ソトヘダシテクレ
〈ココハクライ　アカルイトコロヘダシテクレ
そのかすかな音は
暗闇の底の
逆毛だつ密林深く
無数に開く死の口に脅え
儚なくたたかれるタムタムとなり
逆の方へ時間を歩く
私の苦しい脈搏となる

そして古代の闇から最後の連で一挙に現代の先端へと旋回していく。

巫女よ
千年の被虐から
おまえが汲み出した毒酒は

ぼくの裂け目に注がれた
ぼくの淵に飛沫はあがり
ぼくは溢れ出す
そのとき
仏桑華にふちどられた
鉛色の島の羅針盤は
東西の方位を拒み
針は世界の恥部に突き刺さっている

詩人によって呼び出された「巫女」の汲み出した「毒酒」が、時間の遠近を破って自己叛乱を誘発し、現代世界の不条理性へと突き刺さる暗い思念の旋回をみせる。それにしても、千年の被虐から汲み出された「毒酒」とは何か。喩によってしか表出できない〈内的他者〉である。巫女の「おどろおどろ」と妊婦の「青い淵」と胎児の「無音の叫び」の幻視が「ぼく」の実存の裂け目と淵に溢れるイメージの氾濫を可能にしたそれはまた、川満の詩と思想の遍歴が対象化した「おどろおどろしさ」そのものだと言えないか。「島人たちの混濁した情念と奇型の鋳型にはめこまれた発想を対象化したときから、おまえの罪と罰ははじまるのである」といった、その「罪と罰」の倫理性が六〇年代後半から七〇年代はじめにかけて、この島が身をよじるようにして変わろうとした時代の尖端を穿つ、イメージの氾濫と状況への叛乱へと転生している様相を目撃させられるようだ。世界の恥部に突き刺さった島の羅針盤の針は、しかし、島のもうひとつの負性としての〈空道〉によって裏切られる。

「島（II）」はそうした裏切られた氾濫と叛乱の場所から書かれなければならなかった。〈空道〉とは、かつて中国の朝貢体制下にあった琉球が中国の王の代替わりに対応するため印鑑を押した白紙を持参し、どの王に代わっても対応できる身の処し方だと言われた。このことをいかなる事態にも柔軟に対応する琉球人のプラス価値として語られることもあるが、主体性のないことなかれ主義としてマイナス価値と見なされる場合もある。川満はこの〈空道〉を負性として時代の流動のなかに幻視した。「島（II）」が沖縄の戦後史の決定的な転回点ともなるはずだった、六九年の二・四ゼネストの流産から生まれたのもそうした理由があった。

「地図を開けば、目のゴミにもならぬ／重さをたしかめれば　不随意の下半身」として描かれる「島（II）」のどこか縮減へと停滞するイメージは、「ゆるやかな円を描いて／祈願の舞ははじまる／おどろおどろの風化の穴に／かすかなリズムが覚めてくる／貧しい島の貧しい森に／貧しい苔石の神は」とはじまる、屈伸する予感を孕んだ「島（I）」の言語の運動性とはたしかに違う。「島（I）」が島の裂け目と深淵から横溢する叫びをおのれの裂け目と淵に流し込み、世界の「恥部」に向かう、いわば思念の外延する軌道を描いているのに対し、「島（II）」のベクトルはより内側へと向けられる。だから「三つの海に犯され　あまたの国々に犯され／のたれ死ぬ時間の屍を引きずって／長い長いブルーフィルムを引きずって／空道の舞台に演ずる　その所作」であり、「ぼくの視線が打ち込まれているのは／おまえの手術の痕や　みじめに捩れた首筋／呪詛の噴く脾腹のあたり」でなければならなかった。「仕組まれたおまえの運命を先まわりして／ぼくのゆめをつくる　壊し続けるゆめを／あるいは壊すためのゆめを／壊されたゆめが　外に　または内に向かって／千の疑問符となり　突き刺さる痛み　ぼくは知っている／その苦痛の背後で　とり違えたゆめを追って／後ざまにすざってゆくしなびたおまえの像を視る」と、島とぼくのゆめの決定的な背反を告知する。「とり違えたゆめを追って／後ざまにすざってゆくしなびたおまえの像」には、〈空道〉として表象された国家の論理に回収されていく「祖国」を幻想した戦後沖縄の姿が批判的に措定されるのだ。

おお　おまえのいじけた足どりと歌声は
どんな私刑《りんち》よりも耐えがたい
幻の祖国などどこにもないから
幻の海深く沈もう　そして激しい渦巻きになろう
船も鯨も寄せつけぬ龍巻となろう

奔流するかとみせかけては　簡易水道の蛇口から滴り落ちる
〝空道〟の慣《なら》いよ
おまえの引きずる時間の屍を葬るために
ぼくの中のあらゆる水道管は壊される
叛乱のときは深夜の窓に熟れ
襲撃の拠点に鮮やかな朱の×印はふえていく
明ければまた　それらの建物や風景の傍らを
恥辱とむなしさに伏せて歩むだろう
それでも島よ

おまえの恥部には朱の×印を刻み続ける

ここには「奔流するかとみせかけては　簡易水道の蛇口から滴り落ちる／〝空道〟の慣い」という表現に含意させた〈黙契〉への強い否の意志と永久叛乱の思想が刻み込まれている。あるいは国家と民族と相補いシンメトリックな関係を結ぶ、沖縄の近現代の復帰・同化思想を内側から食い破る「反復帰」や「沖縄自立」の思想の、そして八一年の「琉球共和社会憲法」へと結実していく想像力の核が詩の表現をとって提示されているとみるのは、あまりにも先取りにすぎるだろうか。

巫女の「おどろおどろ」と妊婦の「青い淵」と胎児の「無音の叫び」が「ぼく」の実存の裂け目と淵に累乗し、羅針盤の針が一挙に現代世界の恥部に突き刺さっている「島（Ⅰ）」に対し、ここでは否定の×印が島そのものの恥部に向けられている。「島（Ⅰ）」に島の沈黙と深淵から世界の恥部を射抜き、「島（Ⅱ）」はほかならぬその島に叛乱を流産させる〈空道〉と〈黙契〉という恥部を視る。「島（Ⅰ）」と「島（Ⅱ）」が交差するところに、沖縄の戦後がもち得たもっともすぐれた詩と思想を読むことができるはずだ。あるいは二つの〈島〉に「己の内の他者として、島人たちの混濁した情念と奇型の鋳型にはめこまれた発想を対象化したときから、おまえの罪と罰ははじまる」思想の到達点を見てもよいのかもしれない。

ことばが還りゆくところ

川満信一詩集の第Ⅴ部に収められた「哭く海」「叩かれる島の怨念」「回帰」「神話への予感」の四篇は、「島（Ⅰ）」と「島（Ⅱ）」のあとに、〈島〉が詩と思想にとってどのように深められ、あるいは回析されていったのかを「ことば」の問題として前景化していったという特徴をもっている。ここでいう「ことば」とはスマフツ(島ことば)のことである。表現にとってスマフツとは何かという問題意識が、島へむかって下降し上昇する思念とともにこれらの詩のなかに縫い合わされているのがわかるだろう。沖縄の離れとしての宮古島のそのまた辺縁としての久松に生まれ育った川満の、言語体験が内的に生き直されたということである。

一九七一年の「現代の眼」に発表された「ミクロ言語帯からの発想」は、そんな川満の、表現にとってスマフツとは何かという問いへの批評的応答と見なしてもよい。同時にそれは、詩「島(I)」と「島(II)」の否と自立の思想が琉球弧の「ことば」への注目において語り直されているということである。そしてその「ことば」への注目は「予定される国家の一方的な支配、文化についての画一的な見地からなされる地方性の扼殺に対して、たたかいの足場としての礎石を明らかにしていく」ためのものとして認識される。ここに「はだかのことばを視てしまったばかりに深い処罰を受けてしまった」ことの反転を見てもよいだろう。いや「深い処罰」が言語論をともないながら「主体化」を促すと言い換えるべきなのかもしれない。沖縄が明治国家に併合されて以降、皇民化へ向けて体罰まで加えながら実施された方言撲滅や標準語励行にもかかわらず、琉球弧の島嶼群に生き続けているミクロ言語の内部の深層に注目し、島尾敏雄が提唱した「ヤポネシア」の想念に拠って転生が試みられる。これまでの沖縄の言語をめぐる認識の典型は、昭和十五年に日本民芸協会と国家の植民地主義的な国語政策を代行した沖縄県学務課の間で起こった「方言論争」によって知ることができる。川満はその論争を「政治の側からの功利主義と、美を愛する文化主義の意見衝突にしかすぎない」と批判的に捉え、みずからの言語体験を振り返りながら、共通語では見えない屹水線下の表現の乱脈で不統一なことばの重構造に下降していく。

とりわけ興味深いのは、柳田國男が「沖縄県の標準語教育」で紹介していた多良間島の一秀才が小学校を平良の町で卒業し、まず宮古島の語（正確には平良言葉）を学び、師範学校のある首里で沖縄本島語と標準語を学ぶ、という多良間島の言葉から日本語・共通語へ至るためには四重の言語障害を突破しなければならなかったことに、みずからの言語体験を重ねて言語の重構造について論じたところである。ミクロ言語から日本語へ出て行くためには、外国語を学ぶように「頭から先に出ていかなければならない」こと、そのために広域言語からみればミクロな言語帯の住人が寡黙にみえること、だが、その寡黙の内側ではことばがはぜていることなどを指摘し、「内部の深層にとどいているミクロ方言の領域から汲みあげてくる意味性を、相手の言語帯で間違いなく機能させるために、ことばは意識の深層と表層を昇降しながら、激しい緊張感を持って発せられる」と捉え返している。

川満は「宮古論・島共同体の正と負」（初出は「青い海」一九七五年十月号）でも、生を受けた久松が平良の町にもっとも近い集落でありながら独特のアクセントをもつミクロ言語であることから、ピサラロ（平良言葉）を使うものたちからなぶりものにされ「野崎サーブィ」と嘲笑されたことを振り返っている。そのときの瞋恚のせいで高校入学とともに平良に居を移してもピサラ言葉を学ぶことを拒み、もっぱら共通語で用を足したが、しかしそのことは「息づまるような不自由さを自ら背負うことでもあった」と告白していた。

「ミクロ言語帯からの発想」で、とりわけ川満の言語思想を際立たせているのは、ミクロ言語の胎内の闇について言及したところである。沖縄の島々の言語や習俗が国家主義的な統制と沖縄の施政者たちの実利主義的な言語対策にもかかわらず、島々の自然や精神風土に根強く残されていることばに共通語には翻訳できない、母音変化だけで多くの異なった表現を可能にすることに目を向け、同じ先島とはいえ宮古の綾語と八重山のトゥバラマ節などの表現水位や密度について読み解いている。そしてひとつのことばの誕生には琉球弧の自然との全存在を賭けた感動と怖れと祈りがあった、いわばことばが生まれる原光景について言及している。

もう一度「内部の深層にとどいているミクロ方言の領域から汲みあげてくる意味性を、相手の言語帯で間違いなく機能させるために、ことばは意識の深層と表層を昇降しながら、激しい緊張感を持って発せられる」という発言を思い出してみたい。たしかにこの「ことばは意識の深層と表層を昇降しながら、激しい緊張感を持って発せられる」というところは、ときに息苦しいまでの濃密さと難解さをもつ川満の、暗くうねる詩と思想を特徴づけているように思える。「ことば」にたいする意識と視線が複数であり、多元決定されているのだ。多元決定された「ことば」の光景を私は『川満信一詩集』の第V部の詩にみる。

たとえば「さわさわと／死んだものたちの／ひしめく霊のさなかから／妖しい土語を叫びあげて／母は激しく立ちあがった」とか「無明の風をふるわせる母の妖しい土語の向こう／魚群の豊かな旋律は甘美にすきとおり」とか「球形にふくらむ根の故郷へ〝愛〟は／いとおしい体臭を呼び覚まし／草も樹も輝くことばで語りかけてくる」とか「蟬死に絶える夏のおわり／狂おしい記憶の氾濫のさなかから／母たちの毒ある呪文はせめぎあがり／闇深く幾つもの標的をたてる」（「叩かれる島の怨念」）などである。

「回帰」は「ミクロ言語帯からの発想」のあと、川満の詩の思想が降り立った「ことば」の輪郭を引き直した作品のように思える。

おれたちの祈りを解き放つものは
村人たちがひたかくしにした始原の胞衣か
石の芯に閉じて炎えている綾語の韻か
ああ！呪縛！
怖れるもの　宥めるもの　祈るもの
血族たちの渦紋の中心から
鮮やかに噴き出す幻視の花々よ

石の発語をうながして
双思樹林から甘蔗畑へ　その涯の海へと
自在に疾走する風の意志にも
地中の呪縛を凝結した夢の反転が渦巻いている

呪縛反転の〝魔風〟走る彼方
母の、母たちの霊魂どよもす祈りの交響楽は鳴り響き
魂の鍵盤は一斉に蜂起する
錯乱、乱射の回帰道
さびしい習性の独り革命だ！

重層することばがうねりとなって意味に還元されることを拒む。「さびしい習性の独り革命」へと促すものが「石の芯に閉じて炎えている綾語の韻」からはじまるものであるならば、反転と回帰道は「島（Ⅰ）」と「島（Ⅱ）」の二つの〈恥部〉を遠く回り込んでいるはずだ。そして「石の芯に閉じて炎えている綾語の韻」は、「哭く海」によって開始され、それ以後の島フッの叛乱に似てこの島の神話への予感を書き込む。「島《スマ》ぬ根畏《ニーヤグ》み／地《ズ》ぬ根畏み／海《イン》ぬ根畏み／八重瀉《ヤイビシ》ぬ根畏み／根持《ニーム》つ神畏み」と連ねられる綾語と滅びへの予感にふるえる表出は、過剰な発露を削ぎ落とし、古のことばの韻を含み鮮やかな言語の結晶を産み落とす。

「哭く海」を「ミクロ言語帯からの発想」の最後に置いた「ことばの社会的機能の便宜を得たかわりに、方言の拠ってきた文化と精神風土の秘境を喪失し、ミクロ言語の胎内の闇に輝くことばの生霊たちを埋め殺すとすれば、沖縄の不幸は政治の表層にみられる不幸などとはくらべものにならないほど深いものになるはずである」という言葉に重ねてみるとき、綾語が滅びとも危機ともつかない予感において生きられていることを知らされる。

そして「吃音のア行止まり」（「前夜」八号、二〇〇六年夏）で、私たちは「ミクロ言語の胎内の闇に輝くことばの生霊たち」がくぐろうとしているリミットの光景を目のあたりにすることになるだろう。長年離れていた島へ久しぶりに帰ったときに見た島の変貌を痛切に歌いあげているが、失われつつあるのは島の浜や岬などの自然だけではない。喪失の痛みはなによりもスマフッにおいてきわまる。川満はその痛ましさを死の床で苦しむ母とのことばのすれ違いからくる対話の挫折において表出してみせた。詩は八連からなるが、六連目と八連目をとり出してみる。

最後の息を引き取る間際の
スマフツ（島言葉）を呑み込んだ母に
スマフツで答えきれないでいたぼくの
謂われもないコンプレックスの無残さ
「ンザガア、ンザヌガ、ヤンムガア、アニー」
（どこね、どこが、痛むの、お母さん）

ああ、美しいニッポン語、豊かな日本語
名前を失った島の岬よ、風よ、雲よ
あいやなあ、あい、あえ、あお
すべては吃音のア行止まり
ミャークニー（宮古音）はどこへ消えたか
アヤグ（綾語）は昇天したのか
ミャークイムムサー（宮古猟師）よ

私たちはここから三十五年前に書かれた「ミクロ言語帯の発想」の最後で発した危惧が現実になった姿をみるべきだろうか。死の床で苦しむのは母であり、また母語でもあるという二重の喪失の意味を痛感させられる。川満信一という思想詩人の歩みから知らされるのは、植民地化された地に出自をもった知の、言語に対する鋭敏な視線であり、その表出によって〈根畏み〉から〈吃音〉までの屹水線下のことばがついにその臨界点をまわったということなのかもしれない。「吃音のア行止まり」の「ンザガア、ンザヌガ、ヤンムガア、アニー」は、山之口貘の「弾を浴びた島」の「ウチナーグチマディン　ムル／イクサニ　サッタルバスイ」という一節によって鋭く感受したことばの喪失への、遠近を越えた対位法として読むこともできる。

2　国家の言葉とスマフツの舌

山之口貘の「弾を浴びた島」と川満信一の「吃音のア行止まり」の間には五十年近くの時間差がある。この二つの詩は、いずれも帰郷によって知らされた琉球弧の〈ことば〉（ウチナーグチ、スマフツ）の喪失がテーマとなっている。沖縄を出自にもった表現者にとって、共通語としての日本語と沖縄の地域言語をめぐる選び取りの問題は、とりわけ貘や川満たち世代にとっては避けるわけにはいかない問題だった。

山之口貘と川満信一は、まったく異なるタイプの詩人である。年齢差がほぼ三十歳（貘が一九〇三年、川満が一九三二年生まれ）もあることや生まれ育った時代や場所の違いもあるが、それ以上に〈ことば〉の思想と詩のスタイルが対極的と言ってもよいほどかけ離れている。わかりやすい図式で分類すれば、生活詩人と思想詩人の違いということになろうか。とはいえ、この二人の詩人は、日本によって併合された沖縄で日常的に使っていた地域言語を、国語によって陵辱された者が〈ことば〉

を表現の手段として選び取ったとき、その表現内部でどのような言語葛藤を生きなければならなかったのかということを、対極的な位置からだったにせよ、作品や評論を通して考えぬいている。母語を禁じられ、強制的に国語を習得しなければならなかった経験は、詩の〈ことば〉に独特な屈折と陰影を落とさずにはおれなかった。

ここで川満信一が「吃音のア行止まり」によって、山之口貘の「弾を浴びた島」に対位法的に応答したことの意味を理解するために、あらためて沖縄の言語環境について見ておくのも無駄ではないだろう。琉球処分によって日本国家の版図に組み込まれて以降、徹底した皇民化によって島々の〈ことば〉は卑語として貶められ、禁圧されていった。植民地主義を内在化させた近代日本の国民国家システムは、沖縄を含めアジアの周辺地域に日本語の拡張とそれへの同化を強要していった。国民化と国語化が皇民化というかたちをとったところに、日本の近代のゆがみが凝縮されていたと言えるが、そのゆがみはとりわけ言語政策において際立っていた。たとえば沖縄での「方言札」や朝鮮半島での「朝鮮語カード」のような「罰札」はそのよい例で、相互監視と訓育の象徴的な標識となった。「サッタルバスイ」のなかの「ほうげんの乱」でも触れたとおり、山之口貘もまた「方言札」の洗礼を受けていた。

日本の中央文壇まで巻き込んでなされた日本民芸協会と沖縄県学務課との「方言論争」は、川満も指摘していたように、国語イデオロギーの沖縄における代行と文化相対主義的な言語観の枠内での論争であり、言語植民地主義そのものを批判し越えるものではなく、国語イデオロギーが島々の言語の地勢をどのように覆い尽くし、均していったかの遂行的現実を知ることができる文化史的事件であったと言えよう。この論争から見えてくるのは、国語という鋳型にいかに群島をなして繁茂していることとばが流し込められていったのか、ということである。とはいえ、こうした強制力をともなった〝ことば狩り〟がなされたにもかかわらず、国語は学校や役所や裁判所という公共的空間にのみ限定されたもので、家庭や地域でのオーラルなコミュニケーションは、依然として濃密なそれぞれの地域言語によってなされていたこともまた事実である。

川満信一は国民小学校四年生のときに敗戦を迎えている。「吃音のア行止まり」のなかで「国民小学校四年生で敗戦を迎えた私は、その皇民化教育の末端で振り回された一人である。それだけにことばの問題は痛切な体験であった」と述べていることからもわかるように、皇民化教育のなかで「罰札」まで動員したことばの矯正は、少年の感受性にけっして小さくない傷を残すことになったことは想像に難くない。少年期の言語体験についてこんな趣旨のことを言っている。すなわち、それぞれの島社会は閉ざされているにもかかわらず、自然や生活へのスマフツ（島ことば）のかかわりは濃密で芳醇であったこと、国語教育が実施されはしたが、大和ぐち（日本語・標準語）はあくまでも学校での公用語であり、村々の生活はそれぞれのスマフツで自足していたこと、国語の教科書で初めて教わった「サイタ　サイタ　サクラガサイタ」が「サイタ」まではなんとかわかるが「サクラ」がどんな花なのかわからなかったことに象徴されるように、国語の授業で習った花や植物の名と父母からスマフツで教わった亜熱帯の身近な草木の名が違いすぎてさっぱりわからなかったこと、そのわからなさと混乱はいまもって解消されていないこと、さらに自分の村の御嶽の神様の名はまったく知らないで、ジンム、スイゼン、アンネイ、イトク、コウショウ、コウアンと暗記術にたけ、無意味な知識を自慢したことなどを振り返っている。当時の言語地理と国語を通した皇民化教育が天皇制とは無縁な琉球弧の少年の心のなかにいかに侵入し、覆い被さっていったのかを思い知らされるようだ。

重要なのは、国語のことばとスマフツのことばの違いが自然との関係においてだけではなく、「文化や生活全般で似たようなことが断行されながら、人々はたくましく、鈍感に植民地主義的な僻地の状況を生きてきた」と指摘していたところである。というのも、この「植民地主義的な状況」という認識においてはじめて沖縄のことばが国語に従属的に関係づけられた肝心要を見定め、琉球弧のことばをイディオム（固有語）として扱う次元を獲得することが可能となるからである。

実際はしかし、そうした固有語としての琉球語という認識には至らず、〈方言〉として貶め、日本語・国語へと強制的に移植させられた。沖縄にとって不幸なのは「方言禁圧・共通語励行運動」はけっして戦前にのみ限られたことではなかったということである。戦後においては、共通語励行が国民＝日本人教育と相補いながら、アメリカという「異民族」支配からの脱却をめざす日本復帰運動の文脈のなかで再組織化されていった。日の丸の旗が振られ、「方言札」が子供たちの舌や喉や口を拘束し、日本語が美しい標準語として規範化されていく光景はまさしく文化の再植民地化であったと言っても過言ではない。川満は国語教育によって損なわれた自らの言語体験を述べたところで「そうしたことばの歴史のいきさつがあるにもかかわらず、一九六〇年代の復帰熱に侵された当時の沖縄教職員会の狂信的行為は、日の丸奨励や方言罰札制復活など戦前返りの、顔を背けたくなるような非知性的なものであった」と厳しく批判していた。共通語励行とは〝ことば喰い〟だと見なしても言い過ぎにはならない。喰うのは国語という日本語で、喰われるのは〈方言〉として卑しめられた琉球諸語で、そうした〝ことば喰い〟に司祭型権力として介在したのが沖縄の先生たちであった。川満が指摘した沖縄の教師たちの「戦前返り」に、内面化された植民地主義の根深さを思い知らされる。沖縄はその数少ない成功例に数えられる。

固有語としての琉球弧の島々の言語に対する〈文化的暴力〉は、沖縄の近現代を貫いて継続されてきたということである。ウチナーグチとかスマフツとか島クトゥバとも呼び慣らわされた、琉球弧のことばは二度貶められた。最初は「皇民化」の名のもとに、二度目は「日本復帰」運動の名のもとに。

ことばの地政と〈どこへ〉の審級

こうした国語・日本語による沖縄語の〝ことば喰い〟を背景におくとき、山之口貘の「弾を浴びた島」と川満信一の「吃音のア行止まり」の位置と関係もはっきりしてくるだろう。二つの詩はいずれも帰郷によって引き起こされた日本語と琉球諸語の、二つのことばの交差から見えてくる落差が扱われているわけであるが、異郷において濃密に生きられたふるさとが帰郷によって揺さぶられる心の劇は、しばしば忘れがたいシチュエーションを用意するものなのである。自然の風景や親しい人との再会は懐旧の情を湧出させ、〈かつて〉と〈いま〉の隔たりをいやおうなく突きつけられもする。この心の劇を描いた印象深い作品のひとつに、私たちは魯迅の「故郷」をもっている。幼少の頃に育まれた親和的関係への懐旧の思いが、不在にした時間の大きさと幼少の頃には見えなかった階級の壁によって、その発露を阻まれる心象は小説のなかのことだけではない。魯迅の「故郷」に揺曳している寂寥は〈かつて〉と〈いま〉の出会いの不可能性への痛覚からくるものであった、と言ってもミスリーディングにはならないであろう。貘と川満は〈帰郷〉というシチュエーションにおいて、〈ことば〉をめぐる変貌の内界と襞に注目し〈どこから〉と〈どこへ〉を問いかけた。その問いかけから、植民地の文化政治、国家とことばの問題系を、ウチナーグチとスマフツの喪失の体験において探りあてようとした。

「吃音のア行止まり」の「弾を浴びた島」への対位法的関与によって明らかにしたのは、「弾を浴びた島」においては意識されていなかった言語植民地主義の問題であった。私たちは貘の「ほうげんの乱」が結局は「日本語の日本」に回収されざるを得なかったことの限界をすでに見てきたが、川満の〈吃音〉は言語植民地主義批判の視点を獲得することによって、国語イデオロギーを再審し〈ことば〉を主体化の文脈に差し戻していく。

ここでいまいちど二つの詩が対話（の挫折）によって示した標準日本語と沖縄語の、二つのことばの偏差の内界を覗いてみよう。「弾を浴びた島」では三十七年ぶりに島の土を踏んだときの懐かしさから、おもわず沖縄語で「ガンジューイ」と呼びかけたことに対し、島の人は「はいおかげさまで元気です」と日本語で返した。ところが「吃音のア行止まり」では、帰郷した「ぼく」は死の床でスマフツを呑み込んだ母にスマフツで答えることができなかった、という設定になっている。

同じ帰郷による母語喪失ではあってもことばの地政が違うのである。「弾を浴びた島」の「ウチナーグチマディン　ムル／イクサニ　サッタルバスイ」は明快だが、「吃音のア行止まり」での実際に口に出すことはなかった「ンザガア、ンザヌガ、ヤンムガア、アニー」という心のなかでのつぶやきが意味するのは韜晦を含みいささか複雑だ。この二つの詩のことばの風景から、沖縄における言語をめぐる問題の、時間的空間的差異とねじれが浮かび上がってくる。まず貘と川満の母は明治生まれのほぼ同じ世代に属し、古い譬えで言えば都市的知識人と辺土の民衆の違いがあるにしても、島ことばを日常的に使っていたこと、次に息子の「ぼく」が実際には口にしなかったが心のなかでスマフツをつぶやいたことのうちには、言語の重構造をくぐるときの、沖縄内部にとどまる者とそうではない、出郷した者の間の差がある。山之口貘においては、出郷後の東京で島言語を使う機会は、同郷の者同士以外ほとんどなかったにしても、一種の隔離された状態で保存されていたが、川満信一の場合は宮古の久松という集落を底点にした、ことばの同化圧力に不断にさらされ続けていたという違いがある。つまり教化と訓育の力が働く度合に差があるのである。その差が帰郷によって露呈されたということになるが、しかしそれよりも問題にしなければならないのは、二人の詩人を分けている言語観の違いである。

川満信一にあって山之口貘にはないもの、それは日本語のことばによる沖縄語のことばの囲い込みを、植民地における同化の問題として認識したことである。川満のことばの思想は貘の「沖縄よどこへ行く」の最後に置かれた「日本語の／日本に帰って来ることなのだ」という同化主義を徹底的に批判するところで書かれている。スマフツを呑み込んだ母に対しスマフツで答えられないことを「謂われのないコンプレックスの無残さ」とした、その「コンプレックス」が生まれる陥穽が見定められており、少なくとも「無残」と認識するところには、沖縄のことばが辿らされてきた歴史が読み込まれてもいるはずだ。そしてこの「謂われのないコンプレックスの無残さ」を自覚することにおいて、〈吃音〉は二重の意味をもってくることに気づかされるだろう。「あいやなあ、あい、あえ、あお」は、ふるさとの自然とことばが変わり果ててしまったことからくる、文字通りの失語状態の換喩ともとれるが、同時に新たなことばの誕生が予感されてもいることを見逃すわけにはいかないだろう。喪の風景は両義的で、吃音はまた亜言語帯にもなっているはずだ。ア行に止まった〈吃音〉は、ことばが生まれ出るための、現場にして原場の不定形の混沌の謂いであると言えないだろうか。

「吃音のア行止まり」は、冒頭の八連四十九行の詩と「習得と喪失」「『国語』という制度」「沖縄の自立とは」からなる評論が複合された詩と批評で、一九七一年に書かれた「ミクロ言語帯からの発想」への自己批評として位置づけることもできる。評論のポイントを挙げるとすると、さしあたり三点に要約することができる。

第一に、田中克彦の『ことばと国家』（岩波書店、一九八一年）との出会いからくる言語観の更新である。この出会いによって川満はより明確に言語批判のパースペクティヴを獲得したものと思われる。たとえば『ことばと国家』のなかで「琉球語か琉球方言か」を日本復帰運動との関係で論じたところで、あることばが独立した言語であるか方言であるかを分かつのは、そのことばの話し手の置かれた政治状況と願望によって決定されるとしていたが、この認識はそれまでの沖縄の言語観を呪縛したイデオロギーから自由になる端緒を開くものであり、川満に「ミクロ言語帯からの発想」をあらためて再考することを促したことは間違いない。

第二に、共同体のエートスの核をなすのが母語であるとして、それを罰をもって禁ずる言語政策が不当であることを指摘しながら、「支配のからくりとしての国語政策を見抜くためには、母語の感性を取り戻し磨き続けるしかない。その一環として、あまり読まれないスマフツの詩をこれまで度々試みてきたのである。『スマヌニー（島の根）ヤグミ（畏れ多い）インムヌニー（海の根）ヤグミ（畏れ多い）……』」と、スマフツによる詩作について言及していたことである。この「スマヌニー　ヤグミ　インムニー　ヤグミ……」とは、宮古の来間島や狩俣などのニーリ（神歌）を背景とする「哭く海」の序詞である。「哭く海」にはじまるスマフツでの詩作は、私の知っている範囲で拾えば「糸ぬ切りりば」「琉球賛歌」「八重干瀬賛歌」「隔絶した異界への導き」「M・ハートネトへのオマージュ」「加計呂間情歌」「ハナレ・かけろま情話（島尾敏雄・ミホ夫妻に捧げる）」などがある。

第三に、沖縄の主体化と自立にとって言語のもつ重要性にあらためて着目したことである。共同体の中核が母語であるならば、その独自の母語を手離さないことが自立にとって重要であるとして、沖縄のリーダーたちは「主体性の中核となる言語文化についてまったく策をもっていない」と断じていた。この主体化と言語の問題は「ミクロ言語帯からの発想」で触れたところで見てきたが、ここでは川満が具体的に例示した事柄をもう一度辿りながら、川満の言語思想が自立的主体の創出の試みとどのような応答関係にあるのかを確認しておきたい。

川満は長年沖縄の恥部として封印されてきた広津和郎の「さまよえる琉球人」や久志芙沙子の「滅びゆく琉球女の手記」、河上肇の「帝国主義に心酔しない沖縄」などが沖縄人自身の手によって復刻公開されていく出来事に注目していた。そして復帰思想の同化主義によって損なわれた、沖縄の独立性や異族性などを掘り起こし、光をあてた平恒次の『琉球人』は訴える」や新川明の「〈憲法幻想〉の破砕」などの論考に「沖縄の主体を切り開いていこうとする確かな姿勢」と「主体的な沖縄の思想」を読み取り、こうした流れに「ミクロ言語帯からの発想」を位置づけていた。このような主体化と自立化にとっての言語の重要性を、「吃音のア行止まり」の評論では、田中克彦の『ことばと国家』との出会いから、国家の境界を無効にするほどの力をもつ〈母語〉という概念によってより深められていく。この〈母語〉という概念の発見によって、川満の言語思想は鈍い光彩を放ちながら、流産させられつづけた〈主体〉の声を探りあてる試みの場へとおもむいていく。

これまでの沖縄のことばをめぐる言説史で圧倒的に主流を占めていた認識枠組みと言えば、沖縄のことばに日本語の古型を投影したり、強い個性をもっているにしても日本語の一方言であるという系譜的思考の内部での実証主義的な研究にとどまっていた。これらの研究は多くの優れた蓄積を残したにしても、国語政策や国語イデオロギーに無力であった。まったく無力ではなかったにしても、国語政策を代補する役割を担った。琉球弧のミクロ言語は生きられる〈ことば〉というよりは、標本箱のなかに収納される研究対象でしかなく、固有語として「ひとつの言語」となるための抗いを含む言語へゲモニー論が芽吹く可能性は封じ込められた。言語研究のフィールドからみれば、沖縄は宝庫だと言われたにしても、所詮〝悲しき亜言語帯〟にすぎなかった。したがってそこでは、独立した言語か方言かはそれを話す人たちの意思や政治的状況によって決まるという視点と、それゆえの言語の植民地主義批判が決定的に欠けていた。

沖縄のリーダーたちの言語文化に対する無策への川満の苛烈な批判は、教師たちや政治的リーダーにのみ言えるのではなく、言語研究者やことばの表現にかかわる詩人や小説家へも向けられていた。イディオムとしての琉球諸語に対する鈍感さと無策の深層にあるのは、歴史化された国語イデオロギーであり、内面化された言語植民地主義にほかならない。その意味で、川満のスマフツによる詩作と言語についての評論は、「国語／方言」関係の系譜的切断であり、琉球諸語をイディオムとして創発する試みでもあると言えよう。

ことばをめぐる争闘を主体化や自立の思想に練成し、スマフツでの詩作によって表現領域を開拓しつつある川満の言語実践はもっと注目されてもよい。川満は言っている。「ことばの問題ほど政治的で、また存在論的な深さへ水深をおろしていく、扱いにくい問題もない。ことば、言葉は考えるほどに国家をはじめ、個の表現に至るまであらゆる問題をたぐりよせるのである」と。この「吃音のア行止まり」での一節は「ミクロ言語の胎内の闇に輝くことばの生霊たちを埋め殺すとすれば、沖縄の不幸は政治の表層にみられる不幸などとはくらべものにならないほど深いものになる」という「ミクロ言語帯からの発想」の結語とともに、何度でも想起されなければならない。

生成と新たな神話の予感

山之口貘が「沖縄よどこへ行く」で沖縄語と日本語の、二つのことばの差配によって〈どこへ〉をめぐる問題はすでに論じてきた通りであるが、「日本語の／日本に帰って来ることなのだ」という同化主義的回収は、川満信一の「琉球賛歌」のなかで批判的に転倒され、〈どこへ〉が、こう言ってよければ、パナリを神話にもった未成の群島ともいうべき原点が志向されている。「琉球賛歌」は第二宮古島旧記に記されている、一三五〇年代に出現したクラマパーズという呪術者が島についての予言を二〇世紀末から解釈を試みたものである、と注記されていたが、川満の物語の才がちりばめられた叙事詩である。

「アンジガユーンナリ／トゥユミヤガユーンナリ／カムルガユーンナリ／ウイヤスムンナリ／スムヤウインナリ」（注1）からはじまり「ススゥパガヤマヌ／アカミステイ　オオンバナンドウ／パイヌスマカラ／オオギィンキシウプミドゥンヌ／ススゥフニガマカラ　ツキィバナン／ユーヤカーズ　ユーヤノーズ」（注2）で終わるスマフツの序詞を冒頭に置き、島の世替わりを詠いあげた、風刺のスパイスの利いた物語詩だといってもよい。前近代の「仰向き教」の世から、近代になって天皇制に組み込まれた「拷問教」の世に変わり、アメリカニゼーションの「自虐教」の世に、世紀末になって「俯き教」になり、最後は「俯き教」から「琉球教」の時代に変わっていく説話的構造をもっている。ことばについて言及されているのは、天皇制の「拷問教」の世とアメリカ世の「自虐教」のところである。「自虐教」の神が乗り込んだあとには「母語の喪にふくす間も無く／異属の言葉の棘冠を頭に戴き／『エリ　エリ　サバクタニ！』／マゾヒズムの自己分裂に陶酔しながら／精神病院と天国にあこがれれた」というところがあるが、川満の言語観の鋭角が開示されているのは、その前の天皇制に編入されたところである。

闇を見つめるものは闇となり
闇になった自分を見つめるものは
もがき苦しみ、季節を忘れた
定かでない鳥のようなものになって
すばしこく飛び去る母語の影

強姦された島ことばが
闇の子宮へと飲み込まれ
原初の疼きへ痙攣していく
母語は闇の子宮深く刺さり
闇は陣痛にもだえている

かぼそい声の気配が遠く尾を引き
どうやらまた死産のようだ
「拷問教」の教徒も　神の国から放り出され
地面をたたいてぼとぼとと涙をたれている

詩にしても小説にしても、沖縄の表出史で島ことばが〈強姦〉されるイメージで描かれたのは、私の知る限りではこの詩をもって嚆矢とする。レイプというセクシュアルな表象によって、国語イデオロギーによる同化教育や、戦後においては沖縄の教師たちによって実践された共通語励行運動が、文化的な暴力であるということにあらためて目を向けさせてくれる。山之口貘の「沖縄よどこへ行く」の最後の最後で同化主義的に回収された陥穽は根本から否定されていることは疑いようがない。「あいやなあ、あい、あえ、あお」という吃音のア行止まりは、陵辱された島ことばの、原感情のことばならぬコトバだということを思い知らされる。陵辱された亜言語が立ち上がっていこうとする蠢きを予感させもする。

そして「強姦された島ことば」という一行に込めた、言語の植民地主義批判の地平からニーリ（神歌）の記憶を呼び戻し、ミクロ言語の胎内の闇に赴くとき、異界は黄泉返り新たなる神話を孕む。エッセイ「隔絶した異界への導き」は、詩人の遠い少年の記憶が透明な文体で綴られている。

これは沖縄の地元紙「琉球新報」で連載企画されたリレーエッセイ「美らしま　清らぢむ」（二〇〇四年四月二十一日）に寄せたものであるが、ここでは沖縄のパナリ（離島）に出自をもった者が日本語・共通語へ至るまでには、二重三重、場合によっては四重の言語の壁を越えなければならなかった言語の階梯を、原点に回帰するように逆向きに辿られている。那覇から生まれ島の久松＝野崎へ、久松から「二つパナリ」へ、「二つパナリ」から幻像としてのパナリへと視線は下降し、その奥のきわみにはスマフツに導かれた異界と神話の世界があった。川満にとっての「美らしま　清らぢむ」とは、幼年を育んだ島の風景や特別な場所である以上に、スマフツであった。そのスマフツは「地層深く埋蔵されたダイヤモンドのよう」であり、「神話の世界まで私たちを連れていく美しい魔法の箒」である、と川満にしては珍しく無防備なまでに親和的に評定される。そうであったとしても、川満信一という詩人にとっての原風景が母語としてのスマフツであったことはあらためてとどめおくべきだし、また、神様二人が言葉を交わしたと伝えられる「前二つパナリ」は、人の幸、不幸を左右する神話の場であると同時に、生死を賭けた格闘が繰り広げられた生活の現場でもあり、さらにことばが誕生する異場でもあったということはじゅうぶん注意されてよいだろう。

沖縄は「パナリ」である。パナリとしての沖縄はまたパナリのパナリをもっている。『パナリ』であるが故の隔絶された時間が、閉ざしと開きの空間を同時に可能にし、わたしを異界へと誘う。沖縄の心に触れたと思うのは、その一瞬であり、また島の美しさに所有されつくすのは、神話へ誘導するスマフツのリズムにゆすられるときである」と結ばれるとき、すでにそこにウタが予告される。そして神話へと誘うスマフツのリズムにゆすられるように、詩もまた書かれなければならなかった。

島口（スマフツ）の舌の扉を開くと
そこから先は異界だ
パピプペホの、軽快なリズムにのって
パナリのパナスがはじまる。

クヌ　クイチャーヤ　ターガガ　パズミタズ
パナゴーラヤーヌ　ミガガマガドゥ　パズミタズ

スタティドーズ　プカラサミガガマ
イタンムヌブーヌ　キシウティキャー
プーキミーディ　トゥヌギミーディ

ウキィナアヤ　ヤマトゥヌ　パナリ
ミャーク　ヤーマヤ　ウキィナアヌパナリ
ドゥナン　パティルマヤ　パナリヌパナリ
パナリヌパナリ　カーマパナリヤ　パイパティローマ

ハイタンディトートゥ
スマヌビーヤグミ
ズーヌニーヤグミ
ヤビシヌニーヤグミ
インムヌニーヤグミ

スマフツヌカギサ、カギサダキ　ンマラシ
カンムヌパナス、パナスカギサ　ンマラン
ミャークトゥガナギトートゥ
ニライカナイガナギトートゥ（注3）

宮古に伝わるニーリの心的叙景とスマフツを綾どるP音の変化をリズミカルに活かしたスマフツがさんざめく世界は、国語・共通語によっては掬い取れない精神の領域を現前させる。「スマフツの舌」が異界の扉を開き神話へと誘うのだ。未だなお「閉ざしと開きの空間を同時に可能」にする「根畏み」の心が住む邦――だが、ここには『川満信一詩集』の世界、とりわけ第Ⅳ部に配された、沖縄の激動期の時代の先端を呑み込むように、島共同体の胎内の闇を旋回しながら、抑えがたい憤怒や止めることのできない情念の激発と緊張を孕んだ言語の運動性はない。その代わりにといおうか、それゆえにといおうか、フットワークと軽妙さが獲得され、スマフツのリズムと物語性を強めた叙述へと転生させられている。〝悲しき亜言語帯〟での川満の長い闘いのあとの、神話を孕んだことばの風景がここにはある。

〈強姦〉されたスマフツがP音の韻によって再起させられるのだ。川満信一という思想詩人が「哭く海」によって開始した島ことばによる詩作は、田中克彦の『ことばと国家』のなかで紹介されていた、離散し流浪するユダヤの民がドイツ語の一変種としてのイディッシュ語を限りなく独立した言語に近づけつつ文学作品を生んだことや、アルザス語やフラマン語、ブルトン語やバスク語、カタロニア語やコルシカ語などの、国家の言語によって周辺化された地域のことばの抵抗と自立の試みが意識されていたはずである。だとするならば、私たちは「吃音のア行止まり」を喪失の歌としてではなく、生成の歌として聴くべきなのかもしれない。川満信一のスマフツの詩は、そんな新しい耳を要求している。ア行に止まった吃音を開き、動かすのはけっして言語学の系譜的思考の内部にはない。

（注１）按司の世になり／豊見親の世になり／断髪の世になり／上は下になり／下は上になり

（注２）白禿げ山が／赤くなって　また青くなるころ／南方の島から／青い着物を着た大きい女が／白い船から着く頃に／世は代わり　世は豊かになる

（注３）〔二連〕このクイチャー踊りはだれがはじめたのか／花ゴーラ屋のミガがはじめた／仕立て上手な嬉しいミガちゃんだ／下着のひもが切れ落ちるまで踊ってみよう　〔三連〕沖縄は大和の離島／宮古、八重山は沖縄の離島／渡南＝与那国、波照間は離島の離島／離島の離島の、さらにその離島は南波照間　〔四連〕ああ、何と尊い／島の根畏れ多い／大地の根畏れ多い／八重干瀬の根畏れ多い／海の根畏れ多い　〔五連〕島口の美しさ、美しさの限りを　創り／神の話、話の美しさを　創り／宮古の続く限り、尊い力よ／ニライカナイの続く限り　崇めます

異化の詩学──中里友豪のイクサとキッチャキ

1　累日の果て、スーマンボースーで

昭和十年代生まれにとって戦争は「余儀なき原点」である、と言った詩人の新井豊美の言葉を借りて、昭和十一年生まれの中里友豪は自らの「原風景」としてのあの戦争を受けとめていた。だが、新井の戦争と中里のそれはけっして同一の体験として括れるわけではなかった。中里の戦争は、アメリカ軍の従軍記者をして「この世の醜さの極致」とまでいわしめた沖縄戦の修羅のなかにある。集団自決で多くの死者を出した慶良間列島のひとつ、屋嘉比島で幼少期を過ごし、その集団自決が起こる前年、沖縄本島に引き揚げたことから、「残っていたらそれに巻き込まれていたかもしれない」という意識にこだわり続けた。そして那覇を嘗め尽くした十・十空襲、沖縄本島北部への避難と沖縄戦終焉の地での収容所生活、それらのイクサの日々は少年にとってスーマンボースーの季節の雨と飢餓と死臭、白い廃墟のなかの骨と鉄の記憶として、中里のその後の生の時間に濃い影を落とし、詩や評論のなかでオブセッションのように繰り返し中里の思念の扉をたたいてくる。あのイクサは、中里の意志を越え、向こう側からやってくる。「余儀ない」とはきっとそういう意味が込められているにちがいない。

中里友豪はまた、自分たちのことを「童話を知らない世代」とも言っている。むろん、それは物事を象徴化した言い方だが、人が生まれ成長していくときの幼少期に、イニシエーションとしての「童話」を必要とすれば、昭和十年代生まれ、とりわけ沖縄戦を経験した世代は「童話」に親しむことを拒まれた。中里たち沖縄の戦中世代は「童話」というやわらかい説話的時間を通過する代わりに、イクサとその後の白い廃墟にまみれることを余儀なくされた。「物心ついたときにはすでに戦争の時代で、『小国民』教育、飢餓体験、そして戦後になると荒廃した現実だけがあった。童話を読むより、現実を読むことを強いられたといってよい」と『思念の砂丘』（沖縄タイムス社、一九九七年）の冒頭のエッセイ「私の戦後五〇年」のなかで述べている。「童話を読むより、現実を読むことを強いられた」という言い方に、沖縄の戦中世代のやんごとなき生のあり様が示されている。ここでの「現実」とは、戦争の死と敗戦後の廃墟にかかわっていることは言うまでもない。「私の戦後五〇年」には、中里のものの考え方や生き方の節目になった出来事が抽出されている。

四点挙げることができる。その一つは、戦争と敗戦後体験である。ここでは敗戦を境にして、天皇の御真影と教育勅語を納めた奉安殿をめぐる風景が少年の頭では整理できない強烈な落差として紹介されている。二つめは、琉球大学在学中にかかわった「琉大文学」体験である。「琉大文学」は軍用地接収に対して島ぐるみ的に反対運動が高揚した一九五六年に発行停止処分にあった。一年後に再刊されるが、そのことをめぐって顕現した論争は中里のその後の文学の道にも影を落とした。別のところで「五六年体験」と述べている。

三つめは演劇集団〝創造〟の活動である。中里は「琉大文学」第二期の中心メンバーの一人として詩や小説を発表するが、演劇の世界へも足を踏み入れる。琉球大学卒業後の六一年、〝創造〟の創設メンバーに加わり、その規約前文は中里の手によって書かれた。「詩から演劇に逃げた」と文学仲間から揶揄もされたという〝創造〟はその後の中里の活動の主なステージとなった。〝創造〟の活動は復帰運動や沖縄の状況と併走するように歩むが、特筆すべき転回となったのが知念正真脚本の「人類館」であったことに触れていたのが目を引く。「人類館」は、〝創造〟のはじめての創作劇であったということにとどまらず「これまでの被虐の歴史を、悲劇的な視点ではなく喜劇的な視点で切り取った」もので、「自己を相対化」しかつ「ヤマトゥを相対化して見るという視点」へと繋がったという意味で画期的であったと指摘している。

四つめは高校教師としての実践である。沖縄教職員会は「日本復帰運動」の中心的担い手であっただけに、その教育実践は運動を内側から方向づけもした。中里は「日本国民としての教育」と「沖縄を教える」ということについて言及していた。とりわけ「日本国民としての教育」はアメリカの分離占領政策への危機から取り入れられた基本方針であったにしても、のちに「祖国復帰運動」と相補いながら「日の丸」掲揚運動として変質していく過程に注目し、「復帰」を自己目的化した思想に支えられた運動がやがて「遥拝思想」に行き着くことへの怖さについて語っている。屋嘉比島で少年のころ体験したシンガポールが陥落したときの日の丸行進や集団自決への内省がそうさせたことは間違いない。

こうした「私の戦後五〇年」から見えてくる中里友豪の歩みを要約して言い換えると、こうなる。つまり沖縄戦を「余儀なき原点」として戦後のアメリカ占領と「祖国復帰」運動に、「琉大文学」や演劇集団〝創造〟を通して内在的かつ批判的にかかわり、そこから生まれた詩や評論は、中里自身も言うように〈外部状況と内部状況との関係〉として特徴づけることができる。ここでの〈関係〉とは、アメリカ占領下の沖縄の不条理な状況とのせめぎあいによる緊張や架橋として表出されるが、それを中里は政治及び社会状況への〝アンガージュマン〟という表現で言い換えてもいた。とはいえ、その文学営為を律しているのはやはり原風景化したスーマンボースーの季節のイクサの体験であり、それへの強いこだわりが中里の倫理と思想を練り上げているのがわかる。

「スーマンボースー」とは、二十四節気の呼称の小満芒種の沖縄的言い回しで、中里は「雨に匂いがあるように、言葉にも匂いがある」として自らの原風景とかかわらせ、自作のなかにたびたびこの言葉を登場させている。たとえば「沈黙の渚」では「小満芒種《スーマンボースー》の激しい雨」が出てくるし「ヌジファ」では「この川は小満芒種《スーマンボースー》の雨で水嵩が増していたよ、灰色に濁って、どぶ鼠のような水ぶくれの屍骸がいくつも浮かんでいたさ」などだが、むろんそれだけにとどまらない。中里はそうしたスーマンボースーの季節の記憶を植えるように沖縄戦の体験について多くの詩を書いている。第一詩集『コザ・吃音の夜のバラード』（一九八四年）に収められた「児に」という副題をもつ「海の話」と第二詩集『任意の夜』（一九八六年）のなかの「大湿帯」を副題にした「N」は、あのイクサの修羅（と敗戦後の白い廃墟）に降り立ち秀逸である。先の「沈黙の渚」や「ヌジファ」のほか「予兆」や「K伯父」（第一詩集『コザ・吃音の夜のバラード』）、「赤間山」「橋」「とりあえず　海」（第三詩集『ラグーン』一九八九年）、「遠い風」「ニオイ」（第四詩集『遠い風』一九九八年）など、別のテーマを扱っていてもイクサの記憶が流れ込み、多声的な陰翳で染めるだけではなく、詩に批評性をもたせてもいる。

オブセッションと予兆

あのイクサは「童話を読むより、現実を読む」ことを強いたが、そのことが固有な時間把握に導いていることを教えたのは「いま問い返す『復帰』」というエッセイである。これは一九七二年五月十七日、つまり沖縄の戦後史の転換点になった「復帰」の日の二日後、「琉球新報」に掲載されたものである。沖縄の「日本復帰」を問い返すこととは、当然アメリカ占領下の二十七年が対象になるわけだが、二十七年間を完結した時間として捉えるのではなく、「両端のつながり、つまり接点を凝視」することによって〈かつて〉と〈いま〉を出会わせる。だが、それだけなら取り立てて言うほどのことではない。中里の眼が固有な光を放つのは、接点に「オブセッションと予兆」という一見矛盾するような感受性の磁場を設営し、既視と未視を交差させたことである。時代は重層的な像を獲得するのだ。

両端の一方の「オブセッション」は、集団自決や虐殺など戦争につながり、さらに天皇制の問題にまで辿られ、もう一方の端の「予兆」は、「復帰」後の自衛隊の進駐と本土資本の流入として感受される。七二年五月十五日当日の琉球放送テレビで読まれたという詩「予兆」は、そうした戦争を「余儀なき原点」にもった中里の内的風景と固有時が表出されているように思える。

〈時〉を貫いて弄る
熱い記憶があるならば
幻想の亀裂の向こうに
しなやかな影を視ることはできる
……あのとき
ひっきりなしの雨にさらされた腐爛の眸に

刻んだものは何であったか
飢餓と幻覚の累日の果て
狂気の坑道を通って何を殺したか
少女の首のぬくもり
老婦の脳漿のしたたり
〈皇国〉の渇いたカミソリ
乾いた涙府
アダンにつるされた枯れ猫《カリマヤー》のように
菊の紋章をつりさげたか
東に走る風の岬
立って身を晒し水平線を視よ
たしかにひとつの予兆がある

〈時〉を貫いて弄る
熱風のことばがあるならば
空しさを踏みつけて
一声叫ぶことはできる
……このとき
傾斜する歴史の陰で

うりずんの水脈を掘りあてることができるか
ガンバロー　とうたってほほえむな
バンザイ　とわめいてひざまずくな
土謡のひと節
悲傷の底から絞り出し
ただひたすら内に堕ちよ
饒舌な地核
影を引き裂き
暗転の迷路に醒めてあれ
ひとつのことばでいい
したたかな怨念を装塡せよ
たしかに迫る予兆がある

〈時〉を貫いて弄る強度をもった「記憶」と「ことば」が「……あのとき」と「……このとき」をつなぎひとつの「予兆」を感じ取る。「幻想の亀裂の向こうに／しなやかな影を見ることはできる」というときの「幻想」は、沖縄の戦後史をひと色に染め自己目的化された「祖国」を指し、それへの批判的な言及であると見なしても間違いにはならないだろう。そして累日を重ねた果ての〈あのとき〉が想起される。〈あのとき〉とは集団自決に凝縮されたイクサの修羅であることは言うまでもない。ただここで中里は、集団自決の修羅を想起しただけではなく、そこから集団自決の根っこにあるものを問う。「〈皇国〉の渇いたカミソリ」と「アダンにつるされた枯れ猫《カリマヤー》のように／菊の紋章をつりさげたか」という行に、民衆のなかの内なる天皇制への問いが鮮やかに形象化されているはずだ。「飢餓と累日の果て」の〈あのとき〉には、したがって、想起することと問うことの二重の意味が重ねられていると言えよう。

二連目の〈このとき〉は詩人の内的ヴィジョンが提示されている。戦後を結節する〈このとき〉が「空しさ」と「傾斜する歴史」と見なされることによって、五月十五日の「日本復帰」が負性として対象化される。詩人は一連目の「記憶」を二連目で「ことば」へ変えることで、意志的な内実を書き込もうとしているように思える。それは「うりずんの水脈を掘りあてることができるか」と「土謡のひと節／悲傷の底から絞り出し／ただひたすら内に堕ちよ」という表現から感じ取ることができるだろう。「うりずんの水脈」と「土謡のひと節」は、〈このとき〉の外部状況を内部状況へと導き、それを「ことば」によって架橋しようとする。「ガンバロー　とうたってほほえむな／バンザイ　とわめいてひざまずくな」という二行は、集団自決と日本復帰運動の根を支えた集団的表象へのノンの表出であることは間違いない。そのノンの場所から「ただひたすら内に堕ちよ」と「暗転の迷路に醒めてあれ」という断言が命題となって詩人の倫理を屹立させる。

「……あのとき」の「……」には過去へと遡っていく往相の累日が、「……このとき」の「……」には現在へと返ってくる還相の累日が含意されている。〈あのとき〉と〈このとき〉――いずれも累日が〈かつて〉と〈いま〉へと至る二つの果てが意識されているはずだ。そして五月十五日のその日に感受されている「予兆」。この「予兆」はだが、けっして明るいものではなく、まずもって「幻想の亀裂」と「傾斜する歴史」という言葉に込められた負のイメージとしてやってくる。それでもしかし、詩人はその向こうに「しなやかな影」や「うりずんの水脈」や「土謡のひと節」から未生を開こうとする。「記憶」から「ことば」への転位によって戦後的主体の営為を書き込もうとしたのだ。「ガンバロー　とうたってほほえむな／バンザイ　とわめいてひざまずくな」という二行に、集団自決の惨劇と「日本復帰運動」の集合的熱狂をくぐってきた最低限の倫理を読んでもいい。そこから、主体を犯されることを拒む「石のヒンプン」（「沈黙の渚」）や「拒絶のヒンプン」（「キッチャキ」〈40〉）となって中里の倫理に形が与えられていく。

この「予兆」のなかの二行は「復帰」をはさんだ三十五年目の二〇〇七年には、結節点に呼び戻される。「ちょうど半分ですね／言われて気がついた／『復帰』をはさんで三十五年／見開きのページのように／時が横たわっている／右の端には／少年のぼくが立っている／戦争　飢餓　廃墟　残飯／痼疾の記憶」とはじまる「キッチャキ」〈33〉（「EKE」三十一号、二〇〇七年）に〈見開きのページ〉の境い目に挿入されることになる。

境目は激しい雨
核抜き本土並み　一体化
復帰幻想　反復帰
ことばがずぶ濡れになって
裸のまま立っている
　ガンバローとうたってほほえむな
バンザイとわめいてひざまずくな

ぼくの詩がテレビから流れた

一九七二年五月十五日のその日、状況の浮力のような「核抜き本土並み」や「一体化」や「復帰幻想」や「反復帰」が雨にうたれている。境い目はまた沖縄の戦後思想の臨界として意識されてもいる。この詩から伝わってくるのは孤立感と無力感のようなものである。「激しい雨」と「ずぶ濡れになって／裸のまま立っている」という表現はそのことの換喩にもなっているはずだ。

そして最後の連は「左のページの端を／いまよたよた歩いている／いろんなことばにキッチャキしながら／痛みを楽しみながら／幽霊を見るように袖の下から見ると／見覚えのある風景が広がっている／左右のページの端が／ぴったり重なる／禍々しい予感」という詩行が続く。避けようもなく訪れる老いの時間に成熟を忍び込ませる心象が紡がれているが、最後の最後で緊張に引き締まる。「左右のページの端が／ぴったり重なる／禍々しい予感」は、一気に時間を巻き戻し「狂気の坑道」と「乾いた涙府」を引き寄せる。

〈見開きのページ〉のイメージで作られたこの三連からなる詩の構造は、エッセイ「いま問い返す『復帰』」の語りの方法を詩において実践したものであると言えるが、〈見開き〉はまた合わせ鏡の構造をもってもいる。激しい雨にうたれた一九七二年五月十五日を境い目に左端には「少年のぼく」が、右端には「よたよた歩く」老年の詩人の姿が映し出され、その姿が相互に参照される。ここには「予兆」のようなことばの熱気や張りや凝集度はないにしても、喪失を抱いた漂いに哀しみが縫い合わされている。時間によって洗われてもなお残されている感度がある。言うまでもなくそれは、スーマンボースーの雨の記憶を原景にしている。

「キッチャキ」とは「つまずく」ことを意味する沖縄語である。いろんなことばにキッチャキしながら、だが、キッチャキゆえに楽しむことを知り、残ることばを識る。「幽霊を見るように袖の下から見ると／見覚えのある風景が広がっている」という箇所は、累日を重ねた眼においてはじめて成しうるものだ。老年は少年が生きたイクサの風景を〈いま〉に招き寄せる。ラストの三行によって私たちは「外部状況と内部状況」が一挙に架橋される瞬間に立ち会うことになるだろう。「禍々しい予感」を可能にするのは、ほかでもない、「童話を読むより、現実を読むことを強いられた」世代の、それこそ骨法にまで焼き締められた感受性である。スーマンボースーの雨の記憶とイクサの修羅を中里は、誤解を招く言い方になるかもしれないが「歓待の思想」にまで深化させ、転生させるように繰り返し生の時間に招き入れ、刻み込んでいく。〈原風景〉とはそのようなものだ。

方法としての〈異眼〉、〈異化〉の詩学

中里友豪を〈異眼〉の人といってみる。二〇〇四年の「EKE」二十五号の「浅酒低唱」のコーナーに同名の短いコラムを書いている。中里の見ることの方法を知る意味で興味深い。「見なれたものを見なれたように見る、それが通常の眼。見なれたものを見なれないように見る、それをぼくは異眼とよんでいる」といささか無愛想にも思える言い方をしているが、しかし、〈異眼〉が形や色や光などを感知する肉眼だけを意味するものではなく、思考や観念ともかかわっていると見なされるとき、思想と方法を孕む。リアリズムには回収されないリアリティ、モノの帰属を越えた心域をも見る、眼ならぬ眼、つまり第三の眼なのだ。「見なれたものを見なれないように見る」ならば、たしかにそこには異化が方法化されているということだろう。〈異化〉と〈異眼〉、考えてみれば、それは中里友豪

の表現思想にこそふさわしい。繰り返すことになるが、それは少年の時にくぐったイクサの記憶との不可避の対話によって獲得されたものであることは疑い得ない。詩人の眼は変わりゆく風景のなかに、戦後の時間のなかに、避けられずイクサの影を読む。イクサの影は風景や時間を〈異化〉し「見なれないように見る」のだ。「見なれないように見る」ところに詩は批評を孕む。

こうした〈異眼〉によって生まれた逸品として「ボク零歳・黒焦げんぼ」と「K伯父」を挙げることができる。「ボク零歳・黒焦げんぼ」は、一九六二年十二月二十日、嘉手納で米軍の大型輸送機が墜落、二十四歳の青年と生後二ヵ月の幼児が焼け死んだ事故から想を得て作られたもので、翌六三年の「具志川中学校新聞」に発表されている。中学校の新聞という発表の場を意識した、一見平易に見える語り口になっているが、それだけに中里の想像力の原質がよく出されているように思える。生後二ヵ月の赤子の焼死から、五五年に六歳の少女が米兵によって暴行殺害された「由美子ちゃん事件」や屑鉄拾いの三十三歳の主婦が猪と間違えられて米兵ガードに射殺された五六年の事件、そして十一人の死者と百人の死傷者を出した五九年の「宮森小学校米軍ジェット機墜落事故」など、米軍占領下の沖縄で起こった事件や事故の死者たちの眼を想起し、「零歳」の「ボク」を想像することによって米軍占領下の不条理な日常を根源的に異化する作品に仕上げている。

ボクノ顔ニハ
目モ鼻モ口モ耳モ皮膚モナイノデスカラ
偉イ人タチハ
ボクガジーット見ツメテイルノニ

気ガツキマセンデシタ
タブン夜ニナルト
ボクノ目ヲ探スハズデス
ボクソノトキカラダゴト
ソノ人ノ顔ノアタリニブラサガッテ
カラダゴト黒イ目ノ形ニナッテ
イツマデモブラサガッテイマス
ボクソノ権利ガアリマス

「ボク零蔵黒焦ゲンボ／ボク死ニタクナカッタ／『生』ノ意味モ知ラナカッタ／ボク生キタカッタ／デモ死ンダ」とはじめに置かれた零蔵の「ボク」の原感情が「カラダゴト黒イ目ノ形」になることにおいて現実を告発する異化の存在となる。だが、たんなる告発にとどまらない。たしかに最初の連の末尾に「大人タチヲ告発スル権利ガアリマス」ということばが使われているにしても、「告発」は「死ヲ食ベル」という語によって理不尽な現実を撃ち、「告発」を越える。「地上最低ノ子供の自殺」も「由美子チャン」も「石川ジェット機事件」の死者も、そして「形ヲ失クシタ黒焦ゲノボク」を「アナタ」と名指された戦後の日常が「食ベル」ことにおいて不条理の極限が黙示される。

この極限の不条理への零蔵のボクがなしえる根源的な告発は、「カラダゴト黒イ目ノ形」になることと、「アナタノ食卓ニイツマデモ／居続ケル／黒」となることにおいてでしかない。「ヤハリアナタタチ食ベマスカ／死ヲ／残ルノハ何デスカ／日常デスカ／恐怖デスカ／オナカハ痛ミマセンカ／

……」というラストの詩行から問いかけてくる声は、消し難い残響となって沖縄の戦後史の時空に木霊するだろう。そしてその沈黙に木霊する残響に、少年の日のイクサ場で見た無数の死者の目が重なる。「ボク零歳黒焦ゲンボ」と「死ヲ食ベル」鮮烈なイメージを造型するのは、ほかでもない中里の〈異眼〉なのだ。カタカナは「零歳のボク」の声を聴き取るための霊媒的な効果をあげている。零歳と零度の目と声、カタカナのたどたどしさが吃音のように読むものの意識を波立たせるようだ。

「K伯父」は、伯父の臨終を戦争のとき避難していた山での出来事を想起しながら深い哀惜をもって描いている。両親をともない見舞った病院のベッドに横たわる伯父の、死の影が忍び寄る肉体は土のように動かない。妹である母の呼びかけに、ただ「あーあー」と応えるだけであった。「大柄であった伯父の豊かな声は、もうない」という言葉をきっかけにして、避難していた山がアメリカ軍に見つかり投降したときの記憶がよみがえる。そのときの伯母と米兵のやりとりや、死を覚悟した父が、少年の僕に告げた悲壮なことばとはじめてみた父の涙、そして山を下りる支度をしているとき、伯父夫婦が山奥に逃げ、そのことに気づいた伯母が「しかーぐゎーや」（臆病者が）と呟いたこと、全員が山を下りた直後、砲弾が打ち込まれた山の樹海は白煙で覆われたことなどが回想される。

捕まれば必ず殺されると信じられ、「しかーぐゎーや」と言われても生きることにしがみついた伯父の行為が「僕」の頭を離れない。「今、伯父はどういう思いでいるのだろう。白濁した意識のスクリーンには何が映っているのか。恐怖か。恐怖にどのように耐えているのか。それが知りたい。最期の意識が――。」と問いかける。だが、そのすぐあと不意の一撃のような「慚愧の念が背筋を走る。未熟だ」という言葉によって、伯父に抱いていた意識がどのようなものであったのかが明るみにされ、ちょうどあのときの伯父と同じ歳頃になった「僕」の戦後の時間が審問される。そのとき「しかーぐゎーや」という言葉は啓示のようにあのイクサの闇を照らし出す。

この散文詩「K伯父」は、戦争と戦後を生きた中里の父母たち世代へのオマージュとして読むことができるが、作品を成功させている、というよりも、この作品の固有な響きの質を決しているもうひとつの要因は、沖縄語の使用とその韻律にあると言えよう。たとえばこんなところだ。


「やっちー、ちゃーんねーんさ、しわーすなよー、やっちー」

母は幼い頃からの思い出を辿るように兄のからだをさすっている。語り尽せない思いが手を促すのだろう。ゆっくり、苦労をたしかめるように、さすっている。

「しわーすなよー、やっちー、しわーすなよー」

父がやっと口を開く。

「やっちー、わかいみさい、わんどぅやしが」

伯父はぼんやりと反応を示す。が、もはやどんな言葉も発しない。半分開いていた目を、またゆっくり閉じた。


日本語の地の文中に挿入された沖縄語の話体はたしかに〈異化〉効果を生んでいるように思えるが、ここではむしろ関係の触媒と読んだほうがよい。死の床に横たわる伯父への、妹である母と義弟である父の呼びかけが、沖縄のことばであるのとそうでないのとでは印象がまるっきり違ってくるだろう。ちなみに沖縄語の部分を日本語に変え、「お兄さん、何でもないのよ、心配しないでいいのよ、お兄さん」という母の呼びかけと、父の「義兄さん、わかりますか、僕ですよ」とするとどうなるだろうか。感情の襞といえばいいのか、親密度といえばいいのか、そこに成立する関係の総和が違うのである。いや、これにはもう少し説明が必要なのかもしれない。すなわち、そう言えるのは、沖縄語を母語としているからであって、そうではない人にとってはその切実さは小さくなる。この詩から受ける感受力の差は、沖縄の言語を解する人とそうではない人の差にすぎない、という言い方も成り立つ。沖縄語を理解できない人は、その部分を理解できないままに読み飛ばすか、置き去りにすればよい。あるいは日本語に直すか、対訳をつければ済むことである。

だが、とあえて言えば、詩人がなぜ日本語のなかに沖縄語を挿入したのかという問いは依然として残される。すなわち、沖縄でことばを表現のメディアにもった者が一度は突き当たる、〈表現にとって沖縄の言語とは何か〉の問題である。無視するか、無視しないまでも表現言語としては不適切だと割り切るか、それとも沖縄語にとことんこだわるかのいずれかである。むろん中里友豪は後者である。表現にとって沖縄の言語とは何かということにこだわり、考えぬいた書き手の一人である。考えぬくことで〈言語ヘゲモニー〉という悩ましい問題を招き寄せる。言葉を換えて言い直せば、日本の版図に組み伏せられて以来、戦前もそして戦後も、沖縄に対して継続して加えられた外と内からの〈文化的暴力〉について言語を通して「ここを簡単に渡ってはいけない」ということに気づかせてくれる。なぜ沖縄のことばは忌避され、日本語に取って代えられなければならないのか、そしてなぜ沖縄語は表現のメディアたりえないと思われているのか、という問いが詩の内部で問われていることがわかる。日本語のなかに沖縄の言語を挿入する、その差配による異化効果にはそうした問いが立てられているのだ。

そしてラスト、父や母たち、また中里たち世代とともに生きられた言語の光芒は、生と死の残酷な裂け目に転轍される。病院から出て帰りの車にエンジンをかける、と、「僕はもう一度病院の方をみた。そのとき、後ろの丘いっぱいに建ち並んだラブホテルのネオンが一つ、パッと点いた」――伯父の臨終と風俗のネオン、ここには「しかーぐゎーや」を沈黙の言語として秘めてきた戦争と戦後の終焉が黙示されているように思える。この現実に人はただ耐えることしかできない。その向こう、累日の果て、スーマンボースーの雨にうたれたイクサ場の少年が立っている。

2 〈アンソール・ムノー氏〉を探して

散文詩「K伯父」の文体を特徴づけているのは、日本語の地の文に沖縄語の会話文を挿入することによって異化効果を出現させたことである。これは、それまで沖縄の小説家や詩人たちがおずおずと試みたような、わずかの語尾変化や言い回しの工夫などで沖縄風の雰囲気を出すという、どこか媚びたようでもあり、また日本語への従属的な位置を甘受するような断片的なものではない。沖縄のことばそれ自体の力が引き出されていることに根本的な違いがある。こうした「K伯父」のような系譜の詩を中里友豪はいくつか発表している。「ひと日の渚で」もそうである。これは日常の時間に不意によみがえる「オント」の気配に、足許を乱され「失調の闇に滑り落ち」ることで、二つの出来事が甦ってくるという内容の詩である。

二つの出来事のひとつは、強大な基地権力の監視の網に行動を拘束されていた軍労働者が、はじめて基地そのものに異議を突きつけたストライキの支援のピケを張っていたときに起こったハプニングである。このハプニングは、当時の新聞や雑誌などにも報じられていたことである。中里が実際その場で体験したことなのか、それとも間接的に知ったことなのかは判然としないが、しかし、そのハプニングは中里を強く衝迫した。「ぼくはただ見ただけだ／平凡な白いアパートのベランダ／つつましい洗濯物の中の黒いスリップ／……あの日」という伏線の裂け目から立ち上がってくる、「……あの日」。

ぼくたちはピケに立っていた
フリーパスの軍用車を黙殺し
島の女たちを通せんぼして
——協力してください
まじめな男が言い
——わたしらの生活はどうなるの
女は哀願した
——ガーガー　アビーネー　ゴーカン　サリィンドー　ネーサン
剽軽な男が言い
皆が嗤った
女の眼に寂しい狂気が光った
傘を投げ捨て　スカートをまくり
濡れたアスファルトに仰向けになった

――ナイラー　シマーニ　ニーセーター
その時
見えたのだ
黒いスリップ

軍労働者のストライキとそれへの報復として米軍が発令した米兵の夜間外出禁止令は、基地と米兵の落とす金によって生活していたAサイン業者やそこで働く女たちにとっては死活問題だった。波状的にストがうたれ、しかも長期化すると、焦りを抱いた業者と女たちがピケの前で憎悪の目をむく。そこに出現したのは、沖縄人同士が、しかも社会の辺縁に生きる者同士が鋭く反目し対立する、軍事植民地のひりつくような光景であった。

だが、女がとった行動は、沖縄の軍事植民地的な視線と共犯しているピケを張る沖縄の男の視線の不意を衝くものだった。剽軽な男が女に投げた「ガーガー　アビーネー　ゴーカン　サリィンドー　ネーサン」（つべこべ言うと、犯ってしまうぞ、ねぇさん）という底意のある言葉は、女が身を売る商売をしているということが暗黙のうちに前提にされていた。女が投げた「ナイラー　シマーニ　ニーセーター」（やれるなら、やってみな、青二才たち）という切り返しは、男の言葉のうちにあるその視線をすばやく読み取っていた。「女の眼に寂しい狂気が光った」という一行が意味するゆえんである。だからこそ、男の視線をあえてなぞり返し、挑発するように身を投げ出したのだ。下半身を剝き出しにして仰向けに身を晒す女の行為は、男の視線の身体化であり、それだけに逆に男に向かって挑む、ということである。女の挑発に男が見るのは己れ自身の眼差しである。濡れたアスファルトに仰向けになった女のめくれたスカートに見た「黒のスリップ」は、平凡なアパートのベランダに干されたつつましい洗濯物の中に見たそれと同じものであることによって、売春が生活のなかの一部となったコロニアルな現実が含意されていた。「寂しい狂気」はコロニアルな現実を産褥にしている。

こうした出来事の生々しさと関係のヒダを感受させるのは、男と女のやりとりが沖縄語であることが大きい。その意味では男と女は鋭く反目しながらも共闘している。沖縄語は日本語に従属的に関係づけられているのではなく、等価である、いや、沖縄語の力が日本語の構文の規範や境界を動揺させ、そこに未知の風景を招き寄せるのだ。

この詩で「オント」として思い起こされるいまひとつの出来事について書かれた三連目でもそれは言える。ここでは「冷たいコンクリートの円いベンチ」が前半の女の「黒いスリップ」に相当する意味を担っていると見てよい。遠い少年の日、米軍の塵捨て場で防毒マスクのびっこの少年と何を奪い合ったか思い出せないが、その少年に煙幕を投げつけて逃げたことが残傷となって瞬き返す。「憶えているのは一つの言葉／――カンポーヌ　クェーヌクサー／冷たいコンクリートの円いベンチ／そこには映画館があった／（略）／あのびっこの少年は越境しただろうか／憂鬱な過去を捨てて……／またしてもオントのおくび／ひとしきりわけのわからぬことを呟いて／ぼくは仕方なくベンチに坐る／いまやすべてが見られている／失語の炎を除いては／冷たいコンクリートの円いベンチ」と続く詩行のなかに挿入された「カンポーヌ　クェーヌクサー」という語は、「ガーガー　アビーネー　ゴーカン　サリィンドー　ネーサン」「ナイラー　シマーニ　ニーセーター」と同様に、この連を色づかせ、ゆする。艦砲射撃の喰い残しという意味のその沖縄語は、びっこの少年に対して言われたものであるが、同時にそれは沖縄戦で生き残った中里自身の自己意識として読み取ることもできるだろう。

「K伯父」がそうであったように、日本語の地の文中に沖縄語を装塡していく方法から中里の詩はポリフォニーを獲得する。挿入された沖縄語は、日本語と核反応を起こしつつも安易に融合するわけではない、それ自体の意識と声を生きる。第二詩集『任意の夜』に収められた「B」もまたそうである。「B」のなかに登場するB・C通りのコールガールは、「ひと日の渚で」のなかで、スカートをめくり濡れたアスファルトに仰向けになった「黒いスリップ」の女と対の関係にあると見てもよいだろう。女の名はツル子。夜になると椰子に凭れて米兵に向かって物憂げにうたうように「テンダーラー　テンダーラー」と声をかける女は、原色の街ではアメリカ兄んちゃんたちからは「チルー」と呼ばれている。

ハーイ　チルー
ハーイ　ウフソー
テン、と言いかけて　女
山月記の虎さながら髪かきむしり
ああ　この頭　この頭
裏返して水ぶっかけたい
ね、あんた、酒買ってきてよ
椰子の根元でストン
と異化の時

アメリカ兄んちゃんの「ハーイ　チルー」という呼びかけに、女が「ハーイ　ウフソー」と口にする、「ウフソー」（間抜け）という沖縄語に注目してもらいたい。馴染みのアメリカ兄んちゃんたちとの性を売り買いする他愛のない受け答えのようにみえるが、女が返す「ウフソー」にはもう少し微妙なニュアンスが含まれていて、アメリカ兄んちゃんの下心をコケにしているところがある。だが、この「ウフソー」に、アメリカとの接触領域で生と性をひさぐ女の、物事に頓着しない鷹揚にみえて、その実、繊細な心模様が縫い合わされているように思える。「テン」と言いかけて言葉を呑む、その微妙な抵抗感とそのあとの心の乱れにそのことがよく表われているはずだ。

「椰子の根元でストン／と異化の時」は、「チルー」と呼ばれた女が抱えた狂気のようなものを暗示している。女の「異化の時」は「音がひそんでいる闇」や「胸に隠している凶々しいモノ」へと閉ざされ、それは四人いる子供が、黒人、フィリピン人、白人、そして沖縄人とそれぞれ違う男から生まれていて、しかも父親を知らないことで人々から狂ったと思われている。だが、そうではないことを女自身はよくわかっている。だからだろう、「ハッハ　冗談じゃない／生活ぐらいで狂うもんか／欲望の迷路駆け抜け／脊髄から脳橋貫いた／産地直送のスピロヘータ／知ってるさ／知ってるから狂うのさ／どうしたポッテカー／一番街のマリーなんて／どこもいやしない／ここにいるのはチルー」と狂気と表裏になったさめた自己認識が書き込まれている。ここに「ひと日の渚で」での女の「寂しい狂気」の変奏をみてもよい。「ポッテカー」（うすのろ）は虚飾を脱いだ女のむき出しの生地から投げかけられている。「ウフソー」も「ポッテカー」もまた「ひと日の渚で」の女の「ナイラー　シマーニーセーター」の「寂しい狂気」から揺れのぼってくることは間違いないだろう。「産地直送のスピロヘータ」を欲望に住まわせ「知っているから狂う」、修羅としかいいようがない女の生と性へ、中里はオマージュを手向ける。

「B・C通りの角を曲がる／と背後で声がする／その角曲がってどこ行くの？／テンダーラー　テンダーラー／テンダーチルー／目覚めれば修羅」――「テンダーラー」というひと夜の性の値段に「テンダーチルー」をモンタージュする、その言語変成力に冴えをみる思いがする。「テンダーラー」は数え切れない「テンダー」を流す。同時に「テンダー」はひと夜の「テンダーラー」にくるまれもする。「目覚めれば修羅」は「椰子の根元でストン／と異化の時」と重なり、「テンダーチルー」の「テンダー」は「寂しい狂気」と同居する。だからせめてものオマージュなのだ。「ウフソー」や「ポッテカー」という沖縄語の悪態は、日本語の秩序や規範から逸脱し、異語のような響きの地勢を描き、逸脱、打撃、異化、接合などによるポリフォニックにせめぎ合う言語空間を出現させるのである。

こうした「ひと日の渚で」や「B」などで試みられた沖縄語の、こり手の込んだ差配で秀でているのは、散文詩「アンソール・ムノー氏」である。この詩は〈私の中のもうひとりの私〉との対話を内容にしている。

詩はおおよそ次のように紡がれていく。すなわち、カラオケを歌ったあと、カウンターに戻ると「彼」がニッと笑い話しかけてくる。どこかで会ったような気もするが、思い出せない「彼」は「おまえ」に向かって「充足しているようだね」と問いかける。「おまえ」と呼び捨てられた「僕」は「そんなことはないよ。まだひとりのナジャにも会ってない」と答える。この「ナジャ」という言葉をきっかけにして、男はにわかにしつこく詰め寄ってくる。「キザな。それはおまえの言い訳にすぎない。だいいち、ナジャを求めるにはおまえはあまりにも貧弱すぎる。全き自由を得るために、おまえは何を犠牲にしてきたというのだ。安易な川で惰眠をむさぼっているだけじゃないか。おまえの自由に見合っただけの自由な女なんて、まだまだ」と。ところが、である。

実際は、彼は一言もしゃべっていない。黙って座っているだけである。けれども、たしかに彼のことばが聞こえた。おずおず横を向くと、彼も読んだようにこちらを向いて、またニッと笑った。それから彼は、運命のカードを配るような手つきで中指でコースターを僕の方に押し出し、それをおもむろに裏返した。「アンソール・ムノー」と書いてあった。

その日以来、アンソール・ムノー氏は、たびたび僕の前に現れた。

「ナジャ」は「私は何者か？」ではじまるアンドレ・ブルトンの同名の小説『ナジャ』に出てくる女性の名前である。中里の『ナジャ』体験は「ナジャを求めて」（『群島』七号、一九七六年）というエッセイで知ることができるが、青年期にのめり込んだ政治の渦のなかで出会い、衝撃を受け、無制限の自由の響きを伴う「私は、さまよえる魂なのよ」という言葉が中里の無意識のなかで生き続けていたことを告白している。

ところで、問題は「アンソール・ムノー氏」である。この散文詩は中里の言語的練成力を見せつけた仕上がりになっているが、それを裏づけているのは沖縄のことばを異語にまで逸脱させる力である。おそらく読む者はブルトンの『ナジャ』を類推し「アンソール・ムノー氏」の語感からして、フランスの人名を連想するだろう。だが、実際は固有名詞ではなく人の負の属性を指す沖縄語である。「アンソール・ムノー」とは、ネガティヴな意味の「そのようなもの」とか「それだけの人」を指して言うが、「氏」を与えることによってもうひとつ別の言語の回路をもつことになる。この挿入された、たった一つの沖縄語によって詩は謎を帯びる。中里は「アンソール・ムノー」という語のイメージと実際の意味を交叉させ、名づけえないXを創出する。いや、「ナジャ」が「ナディエージダ」、つまり「希望という意味のロシア語の始まり」から命名されたものであるならば、「アンソール・ムノー氏」は希望や自由とはほど遠い生を歩んでいる〈私〉のクロノトポスをめぐる。「ナジャ」を求めて、だが「ナジャ」には辿りつけない、「自由」や「美」からほど遠い胡乱な日常の「安易な川で惰眠をむさぼっているだけ」の〈私のなかのもう一人の私〉、作者の前にたびたび現われる〈彼〉はまた、私たちの前で二つの言葉、沖縄語と日本語の境界を謎のように通過する。

言語観の変遷と異化の核

中里が沖縄のことばに対して意識的になったのは比較的早い。一九五九年の「琉大文学」（第十八号）に発表した「演劇活動とその状況」は、当時の沖縄の演劇状況の特徴を三つの側面から論じたものであるが、沖縄芝居と新劇のかかわりについて言及していたところは中里の言語観を知るうえで参考になるだろう。とはいえ、そのときはまだモダニズムの視点から沖縄の言語は矯正されるべきマイナス価値として認識していた。中里は沖縄芝居の「言語的基調が沖縄方言である」として、そのことが伝統的沖縄芝居と新劇とのつながりを考える場合「ガン的存在になりかねない」と見なしていた。そしてこの問題の難しさは、たとえ芝居人の意識を変えたにしても「観客である民衆の生活感情や言語生活、あるいはそこに根ざしたカビの生えた意識——芝居を見る目——は、そう簡単に変えることはできない」とまで言い、演劇にとって大切なことは観客とのコミュニケーション（「通じ合い」）で、限られた舞台空間から無限のイメージを構築するための〈ことば〉（セリフ）の果たす役割を指摘している。そのうえで〈ことば〉の問題を解決するには、テーマを意識的に変えていくことによって観客の固定観念や見る目を高めていくことにある、と論じている。

ここで言われている言語観や演劇観は、「琉大文学」の同人たちが影響を受け、のちに離れていく「社会主義リアリズム」であり、新劇的な視点のもつ「モダニズム」であることは論をまたない。ただ、ここで見落とすわけにはいかないのは、中里の目が的確に見抜いた「沖縄芝居と新劇の橋渡し」の試みをやっている唯一の存在として、沖縄芝居の劇団「ときわ座」を主宰する真喜志康忠の存在を挙げていたことである。真喜志康忠の実践は、沖縄語への深い愛着と沖縄芝居がサヴァイヴしていくための厳しい自己変革の筋道を提示していた。

この一九五九年の「琉大文学」に発表した「演劇活動とその状況」のなかの、沖縄芝居の言語的基調がガン的存在であるとした言語観と演劇観が根本的に批判されるのは、一九七二年六月号の「中央公論」に発表した「沖縄の演劇――異化と同化の相克」と同年十二月に沖縄タイムス紙に寄せた「沖縄における演劇――27年間の総括」においてである。とりわけ沖縄の演劇が辿った歴史を「異化と同化の相克」として、異化の視点から近代に遡って論じた「沖縄の演劇」は、「演劇活動とその状況」に立脚した新劇的視線を、観客の眼のほかに水平線の彼方の「余所者の遠い目」であり「沖縄の演劇人を苦しめ、迷いの淵に突き落としてきた」と捉え返しているのが目を引く。そして、テーマ主義に〈ことば〉の問題を解消しようとした視点を転換させ、演劇も含め沖縄の文化が陥った同化主義的志向に抗い、異化する核に「ことば、すなわち沖縄語」を据えている。

こうした言語観の転換は、〈異化と同化の相克〉に注目することになったことと、沖縄の文化総体をも規定した「復帰運動」とその思想に対する態度の転換でもあった。中里の演劇活動や詩の創作もまたその波動を生きたことにおいて例外ではなかった。たとえばそれは「邯鄲の歩みではなかったかと疑うことからはじめよ」(『琉球弧』二号、一九七〇年)や「政治的幻想の崩壊」(『沖縄タイムス』、一九七一年五月十五日)、「いま問い返す『復帰』」(『琉球新報』一九七二年五月十七日)などの論考からも見て取れる。中里の沖縄の言語への注目と転換は、日本復帰運動の批判的乗り越えと密接にかかわっていたということである。〈異化の核としての沖縄語〉という認識は、同化主義の内在的批判をくぐった地点で獲得されたものであることは間違いない。それは「沖縄を掘るという場合、どうしても問題になるのは言葉である。(中略)近代を通過したわれわれが、もう一度その土地の言葉をくぐるとき、かさぶたの土着ではなく、本物の土着に突き当たるはずである。新しい表現はそこから生まれる」と「演劇集団〝創造〟のこと」(『南海日日新聞』一九八六年三月十五日)で述べていることを見てもわかるというものだ。

中里の変遷と転換の内実を、簡潔にして要を得た振り返り方をしていたのが「うらそえ文芸」(第十四号、二〇〇九年)に寄せた「韻律について」である。「先ず、ぼくの中には琉歌の八六のリズムがある。(中略)土着の感性と言ってもいいようなこのリズム感を、若年の頃は嫌っていた。そこから離れた高みにある、いわゆる近代意識に支えられた『教養』に価値を見出そうとしていたからだろう。つまり、頭はすでに日本の共通語に支配されていて、『方言』を低いものと見ていたわけだ。(教育の力が大きい。)その誤りに気づいて意識的に土地のことばに向き合うようになったのは三十歳を過ぎた頃からである」と書いていた。ここには一九七二年の「沖縄の演劇――異化と同化の相克」を経由して、一九五九年の「演劇活動とその状況」が批判的に遠望されている。

こうした内在的批判から「ひと日の渚に」や「B」や「E――金城信吉挽歌」、そして「アンソール・ムノー氏」などの沖縄の言語を磁力にしてコトバの地勢を更新していく詩が生み出され、これらの試みをさらに踏み込んで展開していったのが「沖縄口悪態語集」や「キッチャキ」シリーズであった。

沖縄語の韻律と解放の笑い

第二詩集『任意の夜』（一九八六年）は、AからXまでの任意の記号に応答する一貫したスタイルで創作された詩が収められていて、中里の言語感覚と想像力を知ることができる。同人誌「OKINAWA・一九八四」と「EKE」に発表したもので、そのXとYに未発表だった「沖縄口悪態語集」が〈1〉と〈2〉として収録されている。川崎洋の『悪態採録控』に倣って試みたものであるとしているが、中里は「ただ並べるだけでは面白くないので、場を設定しダイアローグのかたちにして韻律を考えた。沖縄口はだんだん使われなくなっている。悪態語が、現在、どれほどの〈毒〉を持ちうるか、というのが僕の関心事」と詩集の「あとがき」でそのモチーフを述べている。ここで目にとめておきたいのは「場を設定しダイアローグのかたちにして韻律を考えた」ことと沖縄口の〈毒〉に注目したことである。

「X」の〈1〉の一部を拾ってみよう。

タタンヤーヌ　タンメーガ
タタヌンカイ　タニタックーラッティ
タタンタンタン

タタックルサリーンドー
クスマヤー　ワラバー
ボーチラー
インチャーボーシ
ナガウヮーギシトゥラサヤー
（中略）
クロンボーターニーヤー
ナガサイチメーター
ウリニササリーネー
ウチチナガヤンメー
ハーケンクン　ハーケンクン

アギジャベ
ユンガシマサヌ
イービナギヤーニ
ミーヌジトゥラサ（注1）

この「X」の〈1〉は、「子供と大人がいて」の副題が添えられていることからも想像できるように、子供と大人が応酬しあうスタイルをとっている。たとえば「カマジサー／（中略）／ユクサー／

ヒャークニ　ティーチ／イナグヌスル／ヤックヮナー／タニマギー」（注2）と子供が絡むと、大人は「アタビチ／タッピラカチトゥラサ／アマサー／ディキランヌー／ガチマヤー／ミーハガー／ハナダヤー／テンブサー／ヘーガサー／ユダヤー／カンバチャー」（注3）などとことばのボクシングのように撃ちあい、その悪態語は半端ではない。

「Y」の〈2〉は「男と女がいて」の副題になっているように、大人の男女が身体的特徴や性格の悪さなどを悪態の限りを尽くして絡み合う、対話的闘争を繰り広げる。全篇紹介できないのが残念だが、極めつけは女への卑語、猥語のたたみかけである。「ヒンスームン／ヒンガー／ユグリハイカラー／ホークス／ホーハヤー／ホーハゴー／ホーマギー／ホーハッパイ／ハーモーヌタクジョーグー／ムトゥシンカカランヌー」（注4）と、いまどきのセクシュアルハラスメントの概念など真っ青になる〈グロテスクリアリズム〉を髣髴とさせる。まことにもって、ユーモアとウィット、揶揄と逆説、切断と接合の力動に惑乱される。

　たしかに中里が言うように、ただ悪態語が並べられているだけではない。子供と大人、男と女が親愛なる悪意で向き合う場が設定され、そこにダイアローグが生まれ、そこで吐かれる悪態語の数々は頭韻や脚韻を重ね、リズムやイントネーションを刻みつつ〈毒〉が叛乱する言語空間が出現する。沖縄語の語感に漢字を当てたり、読み下してわかりやすくしたりなどせず、つまり、沖縄のコトバが理解可能な視界に回収されることを拒む、中里の周到な企図が潜まされている。カタカナでそのままレアの状態で提示されることによって、沖縄語は異物となり、解放の笑いを際立たせるのだ。

　そして、「ユーシッタイ　運転手はそう言った／ユーシッタイル　ヤイビール」とはじまる二〇〇一年九月十一日直後の九月二十三日に書かれた「9・11」は、「ユーシッタイ」（ざまあみろ！）という民衆的感情の共感する力で、アメリカの身勝手さを諌める批評性をもった詩に仕上げている。

ユーシッタイル　ヤイビール
アメリカヤ　ドゥクヤイビーシガ
ドゥーナーガル　イチバンチューバーンディチ
ヨーバーター　ウセーティ
イーシチカンダレー
ミサイル　ウチクダイ
ケイザイフーササイ
ムル　ドゥーカッティ
ヤグトゥ　アマクマウティ
ニータササッティ
テロン　シカキラリールバーテーサイ
キーバーンディ　ウムトールチョー
マンドーイビールハジドーサイ（注5）

運転手の言い分は、アメリカの身勝手さだけに向けられているわけではない。抑圧された集合的記憶の底部から発せられた「ユーシッタイ」は、大和人《ヤマトンチュ》のひどい仕打ちと沖縄人の面従腹背的でもある、やわらかい非暴力の記憶を誘い出していく。「ンカセー　ヤマトゥーンカイ／ウスマサ　ウセーラッティ／チャー　ウッチントゥーソーイビータン／ウチナーンチョー　ウフヤッサイビーグトゥ／テータチュンディルクトー／サビランタン／（中略）／チカグロー　ヤマトゥーターン／ウセーランナトーイビーセーヤーサイ」（注6）。そして大和人《ヤマトンチュ》がバカにしなくなったのは、沖縄の肝心がわかってきたからで、アメリカもそのへんの事情をよく考えないといけない、とくる。

　この「9・11」は「キッチャキ」シリーズの〈13〉の番号で「EKE」二十一号に掲載されたものである。「キッチャキ」の名がはじめて登場するのは、「沖縄年鑑　一九九八年版」（沖縄タイムス社）で、〈1〉の番号に「言葉につまずく、時がざわめく」というエピグラフが添えられていた。シリーズとして通し番号が打たれ、同人誌「EKE」で書き継がれ、最新号の四十号（二〇一一年十一月）は〈43〉になっている。「キッチャキ」シリーズの多くは、そのときどきに起こった出来事から想を得て作られたものであるが、鋭い風刺やイロニーなどで時代を裏返したり、表に返したり、中里のアネクドートの才が光る。むろん、風刺やイロニーを可能にするのは沖縄語の喚起力である。こうしてみると「キッチャキ」とは、見なれた〈もの〉や〈こと〉を差異化すること、その差異化には沖縄の言語が介在していること、すなわち方法化された異化であるということに思い至る。

　たとえば、〈6〉の「サミット／ムサット・アイドンノー／だけど知っている／ああ、山原が消えていく／少女が泣いている」とか、〈10〉の「今年も鬱陶しい梅雨がやってきた／いかにも梅雨らしくシトシトと／シプタイ降《ぶ》いが続いている／地球の生理はまだ健全だ／シプタイ」とか、〈11〉の『トゥルバイ台風』／何日も居座る台風を／男はそう表現した／トゥルバイはボンヤリ／台風は暴れる／この言葉の組み合わせが面白い／男は目が不自由である／狂おしい音の想念の中の／静かな抽象／具体の日常は眠たい／トゥルバイカーバイ／サッと一日がめくられた／気がつけばアイ！」などである。

さらに〈31〉の「離陸用と着陸用の二本／V字型に造れば／集落の上空を飛ばないですむという／子供だましのロジックに／コロッと丸め込まれ／合意します、大変うれしく思いますと／ウッチントゥーしてのたまった／アギジャビヨー／この愚かさよ　ハジカサヌ／海の向こうの連中はニヤリ／サインはVだ」や、〈40〉の「ナマワジランデー　イチワジーガ！／心まで植民地化され／ヤマトの為政者たちの腑甲斐なさ／その連中にさらに／植民地扱いされる屈辱／ナラン／イカナシンナラン／主体を犯されてたまるか／拒絶のヒンプンを立て／彼らの情けない体たらくを／逆に処分しなければならない」などなど、〈ムサット〉(さっぱり)、〈シプタイ〉(しつこい)、〈トゥルバイ〉(ぼんやり)、〈ウッチントゥー〉(うつむく)、〈ナラン〉(だめだ！)などの沖縄語のひと吹き、いや、一閃が磁力になり、アネクドートを旋回させる。そして〈4〉にはこんな母子の対話がある。

「ウンジョー」と語りかける
「イヤーヤ」と母が応える
世紀末の一日
懐かしい日だまり
普通語でたたかれ
標準語でのばされ
共通語でちぎられ

チャー　シナシナー
「チャーンネーンサ
シワースナケー」

一九九九年の「EKE」十九号に載ったこの詩はまさに「言葉につまずく、時がざわめく」というシリーズのエピグラフを実践したようなものだ。こうした「沖縄口悪態集」や「キッチャキ」シリーズの言語実践は、「沖縄の演劇」のなかで言っていた「異化と同化の相克のなかで衰微していった沖縄の韻律に耳を傾けることに、意味はないか。あるとすれば、それはどういうものか。いまや、マス・メディアの発達によって、ことばは犯されつづけ（中略）それでもなおかつ沖縄が沖縄であり続ける時間と空間とは何か」という問いと「島。ついに東京方言をマスターすることができず、擬態に哭いて舞台を下りざるをえなかった役者は、環礁の褥で悲憤の《サーヨー》をうたうことができるか」という問いに応答する試みであった、と見なしてもよい。

この試みの場こそ「アンソール・ムノー氏」の誕生の場でもある。「アンソール・ムノー氏」とは中里のなかに住む〈もうひとりの私〉であり、固有語としての沖縄語の応答する力であることは、あらためて確認しておいてもいいだろう。こうした中里の言語行為を「方言詩」で括るのは、その行為に秘められた力を、植民地主義的に沖縄の口を封じた国語イデオロギーに囲い込むことにしかならないだろう。「沖縄口悪態集」の毒と解放の笑いは〈沖縄が沖縄であること〉とはどのようなことなのかを遠くまで考えさせてくれる。「チャーンネーンサ／シワースナケー」（何でもないさ、心配することなどないよ）と構える母たちの韻律のおおらかな潜勢力を〈ざわめく時〉に刻むべきである、と中里の「キッチャキ」シリーズは〈いま〉に問いかけている。

「沖縄口悪態語集」のような全篇沖縄語によるものから、日本語のなかに沖縄語をゲリラ的に侵入させ異化の波風を立たせる「キッチャキ」シリーズまで、中里友豪の異化の詩学は日本語と沖縄語の、沖縄諸語内部の言語ヘゲモニーの問題を誘発しつつ、ことばの新たなる地図を制作しつづける。

（注1）畳屋の　親父が／畳にちんぽこをはさまれ／タタンタンタン（囃し：畳屋と男根が立たなくなったことを引っ掛けて）／／しかとされたいのか／このくそがき／狼藉者が／短い棒で／どこまでも追っかけてやるぞ／（中略）／クロンボのペニスは／はぁ長さが一メートル／刺されると／長い病に罹るとさ／ハーケンクン　ハーケンクン（囃し：「びっこ」をひく様子を喩えにして）／／ええい／やがましい／この指を投げて／眼を抜いてやるぞ
（注2）無愛想者／うそつき／大ボラ吹き／女たらし／デカ睾丸／デカペニス
（注3）蛙／叩き潰されるぞ／我がまま者／能なし／食いしん坊／眼病病み／洟垂れ／出ベソ／皮膚病もち／涎小僧／ハゲ
（注4）貧乏人／不潔者／不潔者のハイカラづき／おまんこの垢／おまんこ丸出し／きたなおまんこ／デカおまんこ／大まんこ開き／つるっ歯の蛸好き／パンパン
（注5）いいきみですよ／アメリカはあんまりですよ／自分こそが一番強いといって／弱い者たちをバカにして／言うこと聞かなければ／ミサイル撃ちこんだり／経済封鎖したり／みんな自分勝手／だから　あっちこっちで／恨まれて／テロなんか仕掛けられわけですよ／それみたことか　と思っている人は／多いはずですよ
（注6）昔は大和人《ヤマトンチュ》に／大変バカにされ／いつも　うつむいていました／沖縄人はおとなしいですから／反抗するというようなことは／しませんでした／（中略）／ちかごろは　大和人たちも／バカにしなくなっていますよね

オールーへ——高良勉の根と巡礼

1　島と岬とオキナワンブルー

　高良勉は沖縄においてもっとも旺盛に詩や評論を生産しつづけている書き手の一人である。その言語実践は、琉球弧の〈孤〉と〈弧〉に寄り添い、ときに狂おしいまでに求心的に、ときに緩やかに遠心する知の運動の軌跡を描いている。彼ほど〝アンガージュ〟という言葉が似合う行動する知はいまどきめずらしい。出来事のなかに身を投じ、その熱と渦のなかから自力で何ごとかをつかみとってくるやり方は座学とはおおよそ無縁である。コトバはこの世界と出会い、交渉し、理不尽な現実に抗う、共同性と存在の闇を架橋するメディウムとなっているようだ。

　高良勉をしてこのような旺盛な言語活動へ衝き動かしているのは何だろう。同人誌「ションガネー」の創刊号（一九七七年六月）から三号（一九七八年三月）まで連載された「詩と『根の思想』の火花」は、高良が意識的に書いたはじめての批評文だが、高良の原点を知るうえで欠かせないテクストのように思える。これは「ションガネー」の同人であり、高良を本格的に詩の世界へ誘いもした、年長の詩友山口恒治の詩集『夏の敗歴』を論じたものである。「言葉が硬く、文章はぎこちなく、幼稚な点だけが目立つ。気負いだけが先走っていて、いま読み返すと恥ずかしい」といささか謙遜して振り返っていたが、たしかに気負いと硬さは否めないにしても、「先走る気負い」や「言葉の硬さ」に、私などはむしろ、高良が何をもって発とうとしたのかを垣間見てしまう。『夏の敗歴』を論じる、その論旨や筋道に詩と批評の原質が図らずも流れ込んでいるということである。

詩と批評の原質とは何か。タイトルにも選んだ「根の思想」にかかわっている。それはむろん山口の詩の読みから導き出されたものであり、この詩論を貫くライトモチーフになっているが、それ以上に高良の文の実践の核をみてもよい。

唐突な印象を与えるかもしれないが、ここであらかじめ言っておかなければならないのは、山口恒治の寓意に満ちた詩に「根の思想」を読む、その読みを可能にしたのがフランツ・ファノンであったということである。たとえばそれは「私が、『根』へ向かう思想の普遍性を整理できたのは、実にフランツ・ファノンの著書を読んだ後であった」と書いていたからそう言っただけではない。ファノンの存在が高良の根へ向かう思想を、世界的共時性へとつなぐ文脈を発見させたという意味からである。ここで言う世界的共時性とは、終わらない植民地主義を生かされることで繋がっている関係のことを指す。ファノンによって山口の詩魂に「根の思想」に向かう魂の屈折を見たが、その魂の屈折と「根の思想」はまた高良のものでもあった。それは「民族文化の存在に対するこの信仰告白は、実は熱烈に、手当たりしだいのものに復帰することだ。自己の救済を確保するために、白人文化の覇権から逃れるために、原住民〈知識人〉はこれまで知らなかった根にたちかえる必要を感じる。何事が起ころうとも、この野蛮な民衆の中に自己を失う必要を感じるのである」という『地に呪われたる者』に収められた「民族文化について」の一文を根拠にしていたと言っても過言ではない。

ここでの「根にたちかえる必要」や「民衆の中に自己を失う必要」ということばは高良を摑み、

『夏の敗歴』の読みを可能にしたことは想像に難くない。高良にとって「根の思想」とはほかならぬ「自己の存在にしみついている民族文化、民族意識に目覚め、その価値について厳しく批判、検討しながら進む」ことにおいて到来するものであり、さらにやはりファノンの「自己意識は、コミュニケーションを閉ざす鎧戸ではない。哲学的考察は、逆に自己意識がコミュニケーションの保証であることを教えている。民族主義《ナショナリズム》ならぬ民族意識は、われわれにインターナショナルな広がりを与える唯一のものだ」という場所と関係づけてもけっして読み違いにはならないはずだ。ここで高良は「民族主義《ナショナリズム》ならぬ民族意識は、われわれにインターナショナルな広がりを与える唯一のものだ」という個所にわざわざ波線を入れ強調していたが、この波線での強調は、「根の思想」の在り処を提示する構えとしても読める。そして「民族意識」と「インターナショナルな広がり」の関係は、山口恒治の詩「泉の伝説」において『根の思想』と『裏の国の／塩売りの声』のイメージとの火花として、みごとに交叉する方向を与えられている」として把握される。

　ファノンを中継して山口恒治の詩にみた「民族意識」と「インターナショナル」の交渉と交配は、高良においては、自己を沖縄の現代史に向かって開くことでもあった。開くことは「根」や「民衆の中に自己を失う」ことと矛盾しない。失うことによって開く、さらに開くことによって自己のなかの「民族意識」を深くする。おそらく高良においては「根」と「民族意識」は入れ換え可能な等価性として考えられていたのではないか。こうした往還は、沖縄の言語や文化を忌避し、ひたすら日本への同化の道を歩んだ復帰運動への批判を内在的にくぐることによって到達した異場のようなものであることを見落としてはならないだろう。したがって、ここでの「民族意識」はけっして慰藉や安定を意味しない。ファノンのひりつくような「民族」や「言語」のように、たえずまなざしの政治にさらされ、動くことで可能になる共和空間なのだ。

フランツ・ファノンによってこじ開けられた地平は、高良が留学先の静岡で耽読した魯迅の世界を確実に引き継ぐものであることは言うまでもないだろう。中国民衆の原像として〈阿Q〉や〈狂人〉や〈孔乙己〉などを造型した魯迅もまた「根の思想」の人である。この魯迅からファノンに連接される問題意識のラインは、植民地沖縄の経験を世界的な文脈で認識させたはずである。つまり、沖縄が日本に対して抱える問題に、フランスとアルジェリア、イギリスとアイルランド、アメリカとプエルトリコ、スペインとバスクとの間の、差異を含みつつも相互に参照可能な関係を見ていた。いささか図式的になることを恐れずに言えば、それは宗主国と植民地、統合と反逆、同化と異化という対抗、あるいは国内植民地というタームにおいて語られる関係概念である。しかし、琉球弧の特異な歴史性や位置はもうひとつ別な参照系を要請せずにはおれない。高良は「第三世界」に喩えつつ、だが「第三世界」とは必ずしも同一には論じられない「第二・八世界」と捉えていた。この沖縄を「第二・八世界」と認識する視座は、高良の詩と批評の内在となり、繰り出される言葉たちに一種の政治性を刻み込んでいる。高良の批判者たちは、この政治性に猥雑なものや余剰を見て、それを嫌う。だが、帝国の眼差しに陵辱され、同化圧力にさらされてきた植民地の文化に猥雑ではないものなどあるだろうか。植民地的状況を生きる詩や批評は、まさしくその猥雑さや剰余を引き受けることにおいて避けられず〈政治性〉を獲得するのだ。何よりもその〈政治性〉は「根にたちかえる必要」や「民衆の中に自己を失う必要」、そして「インターナショナル」と「民族意識」の結界において危機として生きられるものなのだ。

高良は山口恒治の『夏の敗歴』への批評を書くことによって、自らの位置と思想の根拠をあらためて確かめ直すことになったわけであるが、この確かめ直しの場所から、今度は高良自身の「根」へと向かわなければならなかった。そのとき〈岬〉が夢の起源のように立ち上がってきた。〈岬〉は高良の想像力を解き放ち、「根へ向かう思想」を究めるトポスとなった。

二つの岬、二つの原点

高良勉の第一詩集『夢の起源』（オリジナル企画、一九七九年）は、「喜屋武岬」からはじまり「辺戸岬」でおわる二十篇の詩と川満信一の解説、そして「あとがき」の「四重の言語生活の中で」からなる。処女作はその作者の文字通りの〈原点〉であるということはよく言われるが、『夢の起源』もまた、高良の〈原点〉と呼ぶにふさわしいはじまりを印している。ここで〈原点〉と言ったのは二つの理由からである。ひとつは、ことばの触手が存在の闇と島々の〈岬〉をめぐることによって歴史や風土性を帯びることであり、いまひとつは、沖縄の近現代を貫いて行使された母語への文化的暴力によって負わされた裂傷への強いこだわりである。このこだわりが詩の文体を特徴づけている。

「喜屋武岬」は一九七三年一月の「琉球新報」紙の「琉球詩壇」に採用され、高良が公けに認められたはじめての詩ということになる。高良は当時休学の身であった。国費留学で静岡大学に在籍していたが、戦後沖縄の歴史的な転換点となる七二年五月の沖縄返還をその目で見て確かめたい、というやみ難い願いからだったというのが理由のようである。しかし沖縄闘争学生委員会が取り組んだ晴海埠頭でのパスポートを焼き払う渡航制限撤廃闘争で逮捕されたことと、深刻な恋愛関係などが背後にあったことは、遍歴を綴ったエッセイから窺い知ることができる。この休学期はまた高良の詩作活動とその後の生き方を決したという意味でも見落とせない。なかでも詩誌「ションガネー」の同人にもなる年長の詩友山口恒治や水納あきらと出会ったことは無視できない。山口は高良に高校時代から書き継いできた詩と真剣に向き合うきっかけをつくった。

第一詩集はそうした関係の磁場から産出されたものであると言えよう。「喜屋武岬」は高良の詩の世界への本格的な旅立ちにふさわしい質を印している。「赤茶けた／貧土に／農民の／鍬の跡が美しい」道を車で走り喜屋武岬に行くと、そこは遠くまで透き通る海が足元から広がり、「波は洗い晒しの岩を浸《おか》している」と、岬までの風景と岬からみる情景描写から、「白い灯台に／反射する／初日の出の／光が眼に痛い」喜屋武岬の「おびただしく流された／血の跡」が拡がる場所の記憶が想起され、やがて主題がひきしぼられていく。

つわぶきの花と
葉を一本ずつ
ささげて
私達は祈る
いのる
恋人との接吻《くちづけ》のように
怨み・悲しみ・怒りを
一つ一つ打ち砕き
心の奥深く沈める
喜屋武岬

海のように
波のように
海鳴りの根の底で
引き金をいっぱいに引き
私達は祈る
喜屋武岬

喜屋武岬は、沖縄島最南端に位置する岬で、沖縄戦のとき追いつめられた多くの住民の血が流されたところとしても知られる。一読してわかるように、この詩の主題は「祈り」であるが、その「祈り」は固有な日付と場所が付与されている。つまり「祈り」の日付は年の始めの元旦の、日の出の時刻であること、だが、「祈り」の場所は、神社仏閣などではなく、凄惨をきわめた沖縄戦の記憶を自然の造型にとどめた岬であることにおいてすでに決定的な性格が刻印されている。単なる平和への祈りというわけでもない、沖縄戦をめぐる抑え難いいくつもの複合した感情を鎮めるものでなければならなかった。

そのために高良は「祈り」をかつて血に染まった地に自生するつわぶきの花を添え、「恋人との接吻のように」と表現することで、死者たちを官能性において甦らせるようだ。「祈り」は身体化されるのだ。不遜なほどに鎮魂は肉感的でそれゆえに深く死者を抱く。そして「海鳴りの根の底で／引き金をいっぱいに引き」という語によって、「祈り」の張力は高められる。「引き金をいっぱいに引き」

という一行から連想されるのは鉄と殺人の瞬間のイメージだが、高良はあえてこの一行を挟むことによって「祈り」の極限に思いを集めているようだ。「海鳴りの根の底」の、死者たちの無念さが装塡された引き金はぎりぎりのところでなにものかへと転位される。転位させるのは、「海のように／波のように」と表現された鎮魂の強度であろう。静謐な緊張感のうちに「祈る」行為が、岬という場所性によって際立たせられる。初日の出の、しかも沖縄戦終焉の地の岬での「祈り」は、沖縄の戦後の〈原点〉への下降であるとともに、高良の詩業の起源にもなっているように思える。

この〈原点〉はのちに「ガマ（洞窟）」（初出は那覇文芸「あけもどろ」三号、一九九五年）によって相対化される。というよりも、その内的風景が獲得される。「ガマ」は隆起珊瑚礁からなる亜熱帯の自然が造型した内部の闇であるが、そこは沖縄戦のときの住民が避難した自然壕であり、また日本軍が避難した住民を追い出したり、虐殺した場所であり、さらにアメリカ軍の攻撃によって修羅場と化した闇である。高良は自らの出自を、この地中の暗闇での惨劇と、そこからノミやシラミやウジ虫に喰われながら、真夏の青空へ捕虜となって這い上がってきた父と、そして母が宿した命であることを想像力によって選び取る。この詩が優れているのは、亜熱帯の自然の子宮である「ガマ」を母の子宮に重ね、さらに自然の子宮の暗闇を沖縄戦の修羅の闇に重ね、出生に重層的な意味を付与したことである。「その母の子宮の中　小さな／私の命が宿っている／ガマから生まれた　戦後の命が」という最終連は、その重層性が見事にイメージ化されている。母の子であり、また、ガマの子でもある戦後の命の原点が告知されているのだ。「喜屋武岬」での鎮魂の、光のなかの静謐さにおいて抱き寄せられた戦後の〈原点〉は、「ガマ」によってその内景が表出された、と言えよう。「喜屋武岬」と「ガマ」、祈りと誕生、詩が詩を批評し、二つの詩が交差するところに沖縄の戦後世代の出自が命名される。

第一詩集の最後に配された「辺戸岬」は、「喜屋武岬」の明透さに較べなかなか捕捉しがたい像の暗いひしめきがある。このひしめきに、高良の困難な詩行が予感されているように思える。一筋の不安な夢のような「あやはべる」に自らの死を仮構し、風土の闇と伝説、血族と不可能な愛はさいはての切岩と海をめぐる。夢の内圧と切り詰めたきびしい抒情が幾層もの夢を黙示するようだ。

もう　信じるまい　熱狂する民の勝利の幻を　いま　ひとつの生が終わる　三十年の夜と昼が密
葬される　敗走する夢を　みおろすのは　赤い蘇鉄の実　祖国復帰闘争碑　恥毛の芝草は枯れ
まばゆい光に　憑かれるあやはべるは　白骨の蝶になって堕ちる

母よ　わが骨を　しなびた太股に囲まれた　土色の女陰の　血族の亀甲墓に　閉じ込めるな　島
切り毛に埋めるな　墓標を求めず　骨灰になり　海の切り口から　寒風に吹かれ　太平洋の
碧《おーるー》の世界に散る　火焔の夢も　はや凍りゆく　背骨を支える　燈台は遠く　さいはての切岸　与
論と向き合う　辺戸岬

この最後の二連は、日本を「祖国」と焦がれた復帰運動の熱狂への不信とひとつの生の終わりを重ね、だが、その死を血の係累に囲い込まれることを拒む意志が彫琢されている。「白骨の蝶になって堕ちる」と「碧《おーるー》の世界に散る　火焔の夢」のイメージは鮮烈だ。高良の想像力の質と視線の運動はわかりやすい繫辞を拒み、不安な刻み音のように切断された短いセンテンスが累乗させる。
第一詩集『夢の起源』の冒頭に沖縄戦の死者たちへの鎮魂に降り立った「喜屋武岬」を、ラストに自らの敗歴や風土の闇との格闘を刻んだ「辺戸岬」を配したことは、高良の詩魂の地勢を見せられるようで興味深い。沖縄島の南と北のはての二つの岬。岬はまた詩をはてへと促してやまない。

岬とは陸がはて、海がはじまる自然のフォルムである。あるいは陸と海が出会う閾、陸の意志と海の思想がきびしく接触する境界の鋭角が詩想を駆り立てる。岬によって体験させられるのは〈涯〉と〈際〉の意識であるが、〈めぐる〉ことへと誘いもする。岬に燈台が立つのは象徴を越えている。だからこそ巡礼の心象を惹きよせるのだ。人は岬によって旅立ちと帰還を折り合わせる内部の海を知る。こうした岬の地勢はまた多くの伝説や物語を生んだ地政にもなっている。地勢にして地政、空間のうちに時間が、時間のうちに空間が重なり、相互に変容し合い、想像力を凝集し、解き放つトポロジックな磁場なのだ。高良が岬に魅了されたのも、おそらくそうした場性にあったと言えよう。〈涯〉と〈際〉の意識が詩魂を研ぎ澄ませ、フィジカルなものとメタフィジカルなもの、ロゴスとパトス、抒情と叙事、過去と現在がせめぎあい、言葉は島風を孕むように螺旋を描き、詩を結晶させるのだ。岬で詩人は自己を審問する。

岬へ／岬から、そして越えるはて

こうした岬めぐりは、琉球弧巡礼の旅によってさらに広がりと深みを増していく。「根を視つめ返す必要があった。言葉にはなりにくい存在の暗部の歴史性と風水土を対象化しなければならなかった。閉鎖することのない自己と、その中の他者に呼びかけたかった。〈琉球弧巡礼の旅〉と自称する島めぐりの旅が始まった。〈岬〉が私を視つめ返していた」と『高良勉詩集』（「沖縄現代史文庫⑦」脈発行所、一九九一年）の「あとがき」に書いている。沖縄島の南と北のはての二つの岬からはじまった旅は、島々を巡礼し、やがて第二詩集『岬』(海風社、一九八四年)となって実を結ぶ。
『岬』には沖縄島中部の「残波岬」を含む、「東崎」(与那国島)、「南風見岬」(西表島)、「東平安名岬」(宮古島)、「平久保岬」(石垣島)、「西崎」(与那国島)など宮古、八重山の島々の岬をめぐって紡がれた詩群が収められている。それらは高良自身も言うように、「根を視つめ返す」ことであり、「存在の暗部の歴史性と風水土を対象化」することであり、「他者への呼びかけ」であったことは言うまでもない。詩魂が岬に立つとき、歴史の闇をさまよう伝説やいくつもの記憶が時空を越えて、いや、時空を交叉させて呼び戻される。そのとき旅は空間の移動であるだけではなく、時間の移動でもあることを知るだろう。時間と空間が相互に重なり、変容するトポスと言ったのはそういった意味からである。陸が尽き、海がはじまるリミットの意識、そう、詩人は岬に視つめ返されることによってある根源的な「根の思想」と出会ったのだ。そのとき言葉は言霊となって島々の根を探りあてる。

真昼の星座
岬の極点を廻る
北緯二四度四二分
ここから
すべてが始まる
パナリの神々が
巡礼のゆくえ
みつめている

爆発する　黄金の草
テッポウ百合の球根
微熱にうるむ

「ここから／すべてが始まる」のは東平安名岬である。岬をめぐる地政学的想像力と根からのまなざしが予感されている。岬の極点の緯度に印す屹立するはじまり、だが巡礼のゆくえを「パナリの神々」がみつめるということにおいて、巡礼は島々の歴史時間に深々と摑まれる。「東平安名岬」で思わず目を凝らしたのは、「私を呼ぶ人よ」と呼びかけられた二つの連である。この二つの「呼ぶ人」は、詩人の〈内的他者〉であることは間違いないだろう。

私を呼ぶ人よ　忘れ去られたか　きみの死は　大阪拘置所　社長の家に　火を放ち　独房の窓
首を吊る　生霊《マブイ》だけ　鉄格子ぬけ出し　海鳥の群れ舞う　岬の涯　怒りと共に　パナリ（離れ）
の女神に　抱きかかえられたか　少年山口　集団就職の　十九歳

生きる先が
視えなかった
闇の手に吊るされ
やせ細った神経
少年の

胸いっぱいの夢
が破れた時
「いつも
なぜおれはこれなんだ
　　犬よ」
歯ぎしり
うなだれていた
紅あざみの棘
群落みだれる
東平安名岬

沖縄の戦後のゆくえを決した「復帰」直前、大阪拘置所で首を吊った宮古島出身の「少年山口　集団就職の　十九歳」は、当時の〈在日〉の沖縄出身の若者たちに大きな衝撃を与えた。高良がこの同時代の死の「生霊《マブイ》だけ　鉄格子ぬけ出し　海鳥の群れ舞う　岬の涯　怒りと共に　パナリ（離れ）の女神に　抱きかかえられたか」と問いかけるのは、少年の魂を鎮め、無念を生き直すためであった。少年は高良自身でもあったのだから。そのことはやはり「私を呼ぶ人よ」と呼びかけるその次の連ではっきりするだろう。そして「アンシ（こうして）　ウズキャス（生きている間が）／ミーヤーク（この世なんだ）」と「私を呼ぶ人」の不在を測り、「ああ　それは／いつの日かの　私であり／もはや私では……」とするところで、私のなかの少年は、私の領分を離れることが予感され、遠い幼少期の幻景のなかで少女との時間へと運ばれていく。それから、あのすべてが始まる「北緯二四度四二分」の岬の極点へとめぐり至るのだ。

岬に立つとき、詩人の心眼は透明に研ぎ澄まされ、過去と現在が、静かに、激しく、洗い、洗われ、呼び、呼ばれる。「人は倒れ／土の病ひろがり／村は滅びた／それでも歌が／島から島へ　残る／こわれた土器の／カケラにぎりしめ／呼んでいる／南風見岬」と、西表島の古見の岬は風土病や過疎に滅ぶ村と滅んでもなお残るものを祈りのように掬いあげる。「少年の村から／姉の一家は消えた／隣の家も／向かいの少女も／ヤキーの島へ　行ったという／〈山羊の島へ　な〉」「岬のつけ根に／しがみついている／強制移住の開拓部落／草と石くれだらけ／低気圧に咆えている山／横なぐりの雨の中／九十三歳の　骨を焼く」八重山裏石垣の開拓部落に移住した姉の「しわだらけの感情線」をめぐる「平久保岬」。岬への巡礼は、歴史の正典から見捨てられた島々の〈孤〉と〈苦〉を発見し、思いを寄せる旅でもあった。

そして国境の島・与那国の岬への道は〈越える〉ことを確実に身体化していた。

船が　視えない緯度線を　越えるたび　南上する　若者たちの　筋肉がゆるむ　おみやげの荷物を　抱いた者　英単語ノート　開いている者　船底は　島言葉と泡盛の洪水だ　宮古グチ（方言）八重山グチ　台湾グチ　船べりをたたく　めくら黒潮の　砕ける音　船は　どこへ向かっている　闇夜を切り裂く　燈台の光束の中　駆けていく　幻

「東崎」の三連目である。ここには〈琉球弧巡礼の旅〉のモチーフと旅の体験の核のようなものが挟まれているように思える。巡礼の旅は、沖縄の戦後史を座礁させた〈北〉への憧れや幻想を断ち切ったところからはじめなければならなかった。「南上」という言葉に注目したい。「南下」ではなく「南上」――この名づけに、認識の転換が起こったことが言われていることは間違いない。その転換にはいくつもの岬めぐりによって、歴史の表舞台から見捨てられた島々の〈孤〉と〈苦〉を見出したこと、そのことはパイパティローマやハイドナンのように、島びとたちが歴史の苛酷のなかで紡いだ〈パイ／ハイ〉(南)という意識の方位とつながることを意味した。言葉を換えて言えば、詩人は自らの内部に内在化されたアジアを見たということである。

日本の版図に編入されて以来、つねに「北上」にしかならなかった眼差しの方位は、戦後は日本を「祖国」と幻想することにおいてより強化されていったが、「辺土岬」で「もう　信じるまい　熱狂する民の勝利の幻」をくぐり抜けた遍歴は、ここに至ってひとつの極点を刻み、〈北〉への幻想の切断の意志と〈パイ／ハイの思想〉への転換を告げる。この転換は詩人にとっては、力学的なそれにとどまることなく根源的な意味を帯びる。〈パイ／ハイの思想〉は逃走であるとともに闘争である。それゆえに「南上」は越境を意味し、高良にとってはそのことがいくつもの言葉を渡り浴びる体験にもなっている。越えることが複数の言語体験と結びついていることは注目されてよいだろう。

この「東崎」での「南上」は、のちに台湾やフィリピンへの旅によってさらに広がりをみせていく。文字通りの「越える」(第四詩集『越える』所収)では「暗闇の海の道／幻の〈国境〉いま越える／腹ちがいの兄が若き日／故郷を捨てて亡命を企てた／ドゥナン海峡よ／何を想っていた／密貿易の船団は視えない」と「腹ちがいの兄」の「若き日」を造型し、「亡命」とかつて国境を自在に越えた民衆の接触が想起される。そして次のような決定的とも言えるヴィジョンへと結び合わされるのである。

落とし　越え　流せ
身体にまとわりつく
〈日本―琉球〉の錆びた観念
いま始まるか〈わが神話〉への旅
青が増す東の空
充血した眼に
台湾の島影が
朝もやの中からぐんぐん
ぐんぐん

「南上」のヴィジョンが鮮やかに結像される。「南上」は、北への幻想が閉じ込めた〈日本―琉球〉の二項を脱し、「〈わが神話〉への旅」として予告される、別の新たなる関係を創出することでなければならなかった。ここでも「ぐんぐん／ぐんぐん」という擬態語は地理的な台湾への境界越えであるとともに、逃走であり、それ以上に闘争であることが高揚感のうちに予感されている。

一九九〇年のフィリピン留学中に作った詩篇『サンパギータ』（思潮社、一九九九年）では、スペインやアメリカやニッポンにひきちぎられたフィリピンの植民地体験と、ルソン、ミンドロ、パナイ、ネグロス、セブー、ボホール、レイテ、サマール、パラワン、ルバング、ミンナダオ、スールーなど真珠のように浮かぶ群島性を確かめ直す。高良はこの群島の細部に東シナ海に点在する琉球の島々を幻視したのだろう。岬をめぐる琉球弧巡礼の旅は、国境の島の「東崎」からさらに〈パイ／ハイ〉を重ね、多言語群島フィリピンで、ある根源的な認識と美しすぎるヴィジョンを描き込む。

彼女・二十一歳
フィリピン語と英語
イロカノ語とパンパンゴの
四つのコトバを使う

私が日本語で
美しいだけの詩を書くと
私は　島の母たちの
言葉と魂から遠ざかり
わが琉球語は　一日一日
亡びてゆく

やせた少女の手から　茉莉花《ジャスミン》の花輪を買おう
それを留学先の壁に飾り
なまめかしい芳香の中で
詩篇を読もう　島宇宙の構造を学ぼう

（「小麦肌の乙女――ニィニィへ」）

だれが編んだか　純白の祈り
サンパギータよ

（「サンパギータ」）

「南上」はたしかに「落とし　越え　流せ／身体にまとわりつく／〈日本―琉球〉の錆びた観念／いま始まるか〈わが神話〉への旅」であった、〈わが神話〉への旅は「サンパギータ」の国でも、「東崎」への見えない緯度線を越える途上の船底での、泡盛とともに宮古、八重山の島言葉の洪水を浴びたように、「小麦肌の乙女」の多言語との出会いとして体験される。何よりも注目したいのは、日本語で美しいだけの詩を書くことが、母たちの言葉から遠ざかるという認識に思い至ったことである。そして多島海の涯の「スールー海」であまりにも逆説的な「一つ一つの言葉を／ぬぎすて　失い／ざらつく舌を／遠浅の海に／ひたす」という失語の体験を書き込むことになった。だが、逆説は還りゆくことの詩学でもあった。やがて詩人は、学びとった「島宇宙の構造」と失語体験から琉球語の言霊を呼び戻す舌へと帰還していく。オキナワンブルーへ。

2　還る舌、たたく言葉

とうとうここまできた、と高良勉をして言わしめたスールー海。そこはインドネシアやマレーシアとの国境を接して島々が点在し、英語や日本語はもちろんのこと、タガログ語やビザヤ語やウイロカノ語やパンパンゴ語などのフィリピン諸語さえも通じない少数民族が海上生活を営んでいるという。

三つの国が境界を接するミクロ言語帯の島々で、高良は「自分の中の日本語が崩れていく」体験をする。「ぎらぎら煮えたぎる／赤道近くの太陽に／ごりごり肌を焼かれ／一つ一つの言葉を／ぬぎすて失い／ざらつく舌を／遠浅の海に／ひたす」とはじまる「スールー海」は、「ぎらぎら」とか「ごりごり」という擬態語の効果とともに言語崩壊が熱帯の強烈な自然に曝されるなまめかしい体験として描出されている。

なまあたたかい海水《みず》を
舌先で　これ　なめる
私が　言葉を壊し始めたのは
いつ頃からだったのか
海は　青い丸鏡
遠くで小魚が　跳ねている
ココナツ林の続く　浜辺には
ひとっ子一人もいない
とうとう　ここまできた
スールー（静かな海）

ここでの崩壊感覚は負のイメージというよりは、むしろ解放感に近い。この詩の全体に漂っている明るい諧調からは、崩壊が放擲でもあること、失うことが解き放たれることでもあるという両義的な感覚に誘われる。注目したいのは、「舌」の現前である。言葉を失うことによって逆に官能的なまでに「舌」が能動性を帯びてくるのである。つまり最初の連では「一つ一つの言葉を／ぬぎすて」という主体的な行為から「失う」と屈折させ、「ざらつく」と形容された「舌」を「遠浅の海に／ひたす」ことによって治癒のイメージを想起させるが、引用した二連では「舌先で　こね　なめる」となり「私が　言葉を壊し始めたのは／いつ頃だったのか」という問いを呼び寄せることで、ことばをめぐる葛藤が詩人の持続した営為であったことに気づかされる。

多言語群島フィリピンでのこのときの体験を、高良は藤井貞和との往復書簡（「沖縄タイムス」一九九三年七月十五日から六回）でも振り返っていた。よっぽどの出来事だったにちがいない。自分のなかの日本語が崩れ、琉球語や英語やフィリピン語が飛び交い混乱したこと、だが同時にそれは〈言語〉について多様な視点から考えさせられたこと、そしてフィリピンの詩人や作家たちが英語とフィリピン語の間で悩み議論していたことに「ここでも私は、表現と〈言葉〉と〈近代〉の問題にぶつかっています。日本やヨーロッパの〈近代〉とは、またアジアやアフリカ、ラテンアメリカでは植民地化の歴史でもありました」という、注目すべき認識を導き出していた。

〈言葉〉と〈近代〉の非対称性——ここに詩人のなかでの日本語の崩壊と混乱のほんとうの原因があった。だから「私の内部で、日本語も琉球語も崩れてみて気付いたのですが、言葉以前に大切な〈存在の表現〉が確かにあると実感しています。その卑近な例の一つが身体表現です」というところまでたどりついたのだ。「舌」の現前と能動はこのような文脈のもとに理解されなければならないだろう。天涯の島の「スールー海」は、〈言葉〉と〈近代〉の非対称的な関係を「舌」の「こね　なめる」ディスクールでたしかめ直す場を演出したということである。そのとき詩人の「舌」は、琉球弧が〈近代／植民地〉の狭間にあることを感じ取ったはずである。そして詩人にとって日本語で書くことがジレンマであり、アポリアでもあることを自覚させもした。日本やヨーロッパの〈近代〉がアジアやアフリカ、ラテンアメリカでは〈植民地化〉の歴史であることによって〈近代〉は二重化され、その狭間を生かされる琉球弧の詩人は、ただジレンマとアポリアを引き受けることによって言葉の風景を独力で書き換える以外なかった。

四重の言葉の壁をめぐって

スペインとアメリカと日本の植民地主義にいたぶられた多言語群島フィリピンで経験させられた〈言葉〉と〈近代〉の非対称性は、高良の初期詩篇のなかで主題化されていた、失語と狂おしいまでの発語のせめぎ合いにあらためて目を向けさせる。それと同時に第一詩集の「あとがき」が「四重の言語生活の中で」となっていることの意味について考えさせられる。このなかで高良は、小学校に入るまで日々の生活はシマ言語であったこと、小学校の六年間、学校でも部落でも「標準語励行」の週訓や「方言札」の監視と処罰に悩まされ、「日本語は在るものではなく獲得される言語」であったことに触れていた。そして中学校に入って異質なシマ言葉に出会い、高校生になってからは宮古群島や八重山群島の島唄を聴くようになり「琉球における共通の島言葉の不在」に気づかされたこと、さらに風土と向き合う重要性と「方言」の感性を取り入れても立派な詩が書けることを宮澤賢治や山之口貘によって教えられ、「初発の感動は、今でも〈原点〉の如く、ぼくの内奥に残っている」と述べているところは、高良勉の言語体験の履歴と詩作のはじまりの現象を知らされるようで興味深い。

こうした「四重の言語生活」は次のように要約される。すなわち「第一に自らの出自の村（島）の言葉であり、第二に未成の琉球共通語としての首里、那覇言葉の波及を受けた言語であり、第三に話し言葉としての日本語であり、第四に書き言葉としての日本語に囲まれている生活をさしている」。ここで注意しておきたいのは、「未成の琉球共通語」という言い方や日本語を「話し言葉」と「書き言葉」に分け、差異線を引いたことである。このことはあのジレンマとそれゆえの「舌」の能動の理解へと導いてくれる。高良にとって「四重の言語生活」とは、沖縄の植民地状況の刻印として受けとめられる。だからこそ、そのことによるハンディを百八十度転換することによって、「生活次元から四重の表現方法を選択する無意識の訓練を行っている強み」と捉え返され、日本語の感性に寄りかからない「新しい表現と喩が成立する基盤」への期待を込め、次のように述べている。

ぼく達が長い間の植民地状況下で四重の言語生活を送らざるを得ない中から、破壊されたアイデンティティ(自己統一性)を取り戻していく過程における文学表現は、共通の課題に向かう多くの被抑圧民族や被抑圧人民の文学の重要な一環を担えるのではないか。(中略)四重の言語生活の中にいながら、ぼくが日本語で詩を書かざるをえない以上、思想やテーマと同じ重要さで新しい言語表現、適切で独在な詩的喩の創造という言葉の問題と格闘しなければならないと考えている。

ここで「四重の言語生活」が「植民地状況下」という視点からはっきりと把握されている。だが、より重要なことは、植民地状況下での文学表現が何を引き受けなければならないのかということと、ことばの問題がはっきりと意識されていることである。そしてそこから「『ぼく達は琉球弧から垂直に世界へ飛翔するのだ』という姿勢でいきたい。四重の言語生活の中で、今まで歴史的後進性や負性と劣等視されてきた視点を百八十度ひっくり返した所から出発してみたいものである」という転位の場へと進み出るのだ。ここでの「琉球弧から垂直に世界へ飛翔」という一節はエピグラフのように繰り返し呼び戻され、語り直され、高良の詩と批評の方位を刻み続ける。

はじめて世に問うた詩集の「あとがき」として書かれた「四重の言語生活の中で」は、高良勉の歴史認識とことばの思想を理解する格好の手がかりを与えてくれるようだ。ここで言われている言葉の格闘は、第一詩集『夢の起源』のなかに収められた「手のことば」と第二詩集『岬』の「たたく」で、失語と発語の濃密なせめぎあいとして表出される。「手のことば」は、耳と言葉を奪われた聾唖の「エリカ」との出会いから、思いを通じ合わせることができない齟齬や異国の街での恋と叛乱（の挫折）、子守の聾唖「アーウー婆」への幼い頃の共同体的疎外を連ねながら、ことばをめぐる格闘を描いたものである。聾者であり唖者でもある「エリカ」と「アーウー婆」によって、耳と言葉の深淵が鮮やかに仮構される。

ぼくに届く言葉を　エリカは話せない　子音は奪われ　始原の森の闇ふかく　母音が激しくこだまする　手と目と胴をふるわせ　口を大きく開いて　訴える〈啞〉の少女

村をすて　村人に届く言葉を失い　村をすて　アーウー婆に届く言葉を失い　異国の街の地下室で　おまえが身につけたのは　何だったのか　クレゾールのベッドで　シーツをつかみ　うなり声をあげ　悶える女の下腹部で　宙吊りに死にゆく　赤ちゃんは　おまえの悲しい嬰児ではなく齟齬のコミューンにつつまれた　美しいアジアの夢ではなかったか

口をあんぐり開け　嗤うエリカの眼の中　ぼくの口は閉ざされ　舌かたく退化する　太陽の光に
憑かれ　海面を滑走し　看板に身のり上げ　渇いたまま死にゆく　飛び魚の言葉　塩風に砕かれ
指の谷間からこぼれ　ビニールにパック　みやげ店で売られる　星砂の言葉　幾千万の真昼の死
語と訣れ　裸木の股の樹液の水底　青みどろゆれる　沈黙の沼を育むおまえよ　まさぐり祈り
水柱うず巻く頂で　よみがえれ　発語をいざなう　水晶のことばよ　エリカの瞳に告げる

六連と最後の二連（十、十一連）を拾ったものであるが、ここから見えてくるのは対話の可能性と不可能性の接線で目覚めている論理の震えであり、ことばの欠如に対する鋭敏な感覚の痛みであり、アジアの村からの脱出がことばを失うことでもあったという背離へのまなざしであった。「村をすて村人に届く言葉を失い　村をすて　アーウー婆に届く言葉を失い」というように、「すてる」と「失う」が重合する村からの脱出は不安に翳る。だからだろう、異国での愛と性の挫折は「齟齬のコミューン」と「アジアの夢」という共同性の死産として変容させられる。だが、最終連で転調の契機を挟み、よみがえりと発語へといざなわれる。転調を決するのは「裸木の股の樹液の水底　青みどろゆれる　沈黙の沼を育むおまえよ」という語句が示唆する内的他者の発見を伴う己れ自身への呼びかけであり、同時にそれはすてたはずの〈村〉や〈言葉〉や〈アーウー婆〉をまなざし返し、「子音は奪われ　始原の森の闇ふかく　母音が激しくこだまする」エリカの手のことばの内圧を逆説的に喚起する。末尾の「エリカの瞳に告げる」は、〈来たるべきことば〉が確信されている。

第二詩集『岬』のなかの「たたく」は「手のことば」への応答であると読んでもいいだろう。ここでは「聾啞」が「自閉症」となり「エリカ」が「ミカエル」になる。

かたく閉ざされ　形象もなく　発語の衝動のまま　蒼くゆれている　一滴の海〈自閉症〉とい
う言葉は　まだあるのか　おまえの胸の　つぼみもふくらみ　飛びこんだ水溜まりに　ひろがる
初潮　燃える火焔土器　爆ぜぬ実を詰められ　呪文を込められ　島尻《しまじり》マージ（赤土）の　実り少
なき地層の底に　埋められる

たたく
ミカエルがたたき返す
おまえとぼくの
会話への祈り
（中略）

たたく
ミカエルがたたき返す
失語の涯に
他人の海を　たたくことば
冷たい秋雨が　胸の棘をたたいている　珊瑚の樹海を　ザン（ジュゴン）の涙が濡らす　ミカエ

ルは　全てを投げだし　戸外へ駆け走る　少女は十の指で　空を刺す　足頸《くび》がぬれる　あかがね色の胴がぬれる　黒い髪も　うなじもぬれる　ミカエル　天の水液と話す　おまえ　縄文人の顔のまま

この口語自由詩と散文詩を組み合わせた「たたく」でも、ことばの誕生への狂おしいまでの渇望がうたわれている。「かたく閉ざされ　形象もなく　発語の衝動のまま　蒼くゆれている　一滴の海」という不安な、だが、鮮やかな海とオールーのイメージの喚起力によって予感されているのは、たしかに〈来たるべきことば〉であるはずだ。聾唖者の「エリカ」と自閉症の「ミカエル」、そして子守の聾唖者の「アーウー婆」は、植民地状況を生きる沖縄の言語葛藤のエンブレムのように思える。「四重の言語生活」からくるハンディを百八十度転換させ、可能なる言語空間を開き「身体にまとわりつく／〈日本─琉球〉の錆びた観念」を落とし、越える、あの「越える」でうたわれた〈神話〉への旅の名宛人なのだ。

翻訳行為と日本語への「復讐」

月刊誌「青い海」（第一二〇号、一九八三年）に発表され、第一評論集『琉球弧　詩・思想・状況』（海風社、一九八八年）の第一章の冒頭を飾る論考「闇の言葉を解き放て」は、詩「手のことば」と「たたく」で仮構された「エリカ」と「ミカエル」と「アーウー婆」の内部の闇に閉ざされたことばへの批評的関与であると見なすことができる。「四重の言語生活の中で」の問題意識に応接し、沖縄の言語状況がより具体的に論じられている。ここでも学校空間で行使された母語への監視と処罰、時を経て「方言札」は視えなくなったにしても、形を変えて継続していることや、一九七一年十月十九日、「沖縄国会」と呼ばれた衆議院本会議で「沖縄返還協定粉砕」を訴え、逮捕された沖縄青年同盟に属する三名が公判廷でそれぞれの琉球諸語を使用したことに対し、裁判長が「日本語の使用」を強制した事件を、「琉球語は公権力からみたら闇の中の言語として扱われている」と認識される。そして琉球大学の研究グループによる「沖縄における言語生活および言語能力に関する比較・測定的研究」と研究代表のおどろくべき言語植民地主義的なコメントを批判し「琉球語を闇の中へ追い詰めスラング化させていく教育のあり方こそ問題にすべき」で、「闇の中に追い込まれつつある各島々の言葉と文化を見直し、複合文化への創造力の展開」こそ課題であると述べている。「闇」という言葉によって、琉球語のおかれている状況を説いているのが印象的だ。

私がこのなかで立ち止まって考えさせられたのは、「どもる心を支えたもの」について言及しているところである。留学中の体験として「本土」の人たちと日本語でうまく話せず「言葉より前に心がどもっていた」こと、だが、「どもる心」を支えたのが琉球民謡で、民謡を聴くことがきっかけになって沖縄の歴史や文化を学び、足元を見つめ直すことで背筋がピンと立つようになったことなどを紹介している。この「どもる心」を琉球の〈うた〉や〈ことば〉や〈歴史〉を力にして立て直した経験は、高良勉の詩と批評の要を支え、励まし続ける。ここからあの「ぼく達は琉球弧から垂直に世界へ飛翔するのだ」という声を聴きとってもよい。

「琉球弧で詩を書くこと」(『現代詩手帖』一九九一年十月号)は、「日本語と琉球語の間で揺れながら詩表現を模索してきた」沖縄の近代詩と戦後詩を概観しつつ、やはり「方言札」に触れ、琉球語と表現の問題について論じている。「三十代以上」という留保を付けてはいたが、琉球弧の書き手たちが「現在でも日常会話を中心とした琉球語と、書き言葉を中心とした日本語（共通語）の間の断絶やズレや緊張関係などを意識しながら表現の格闘を試みているにちがいない。私たちの言語が身体・精神の歴史性や場所性から切り離すことができない以上、私たちは現在、滅びつつある、あるいは滅ぼされつつある、私たちの『母語』とも言うべき琉球語の過去、現在、未来にこだわらざるをえない」と述べているところは、高良の沖縄の言語状況と表現にとっての言語の問題に対するあくなき関心を見せられる思いがする。こうした言語と表現の問題を琉球弧の詩人たちがどのように扱ったのかを、①全篇、琉球語で書く、②何行か、何連かを琉球語で書く、③名詞や感嘆詞、オノマトペなどを部分的に琉球語で書く、というように三つにまとめている。

そうだとして、では、高良勉の詩はどこに分類されるのだろうか。高良はこれまで『夢の起源』から『ガマ』（思潮社、二〇〇九年）まで八冊の詩集を刊行しているが、それらの詩群は三つのいずれにも当てはめることができる。ただし高良独自の視座が通されている。どういうことかと言えば、「四重の言語生活の中で」でみた「未成の琉球共通語」への着目と、日本語を「話し言葉」と「書き言葉」に分け、「書くこと」により意識的であろうとしたことと関係している。

高良はまず日本語で詩作をはじめ、いまもそのスタイルは基本的に変わっていない。だが、第五詩集『越える』（ニライ社、一九九四年）の「あとがき」で「〈日本語で詩を書かなければならない必然性〉を疑いながら書き続けたい」と言っていたことからもわかるように、日本語で書くことをつねに疑うもうひとつの眼をもっている。その眼は、標準日本語とは無縁な場所で生きてきた大衆の声と眼差しをすぐそばにもっていた。たとえば、ヤマトへ留学した息子にたどたどしい日本語のひらがなで手紙を書き、手紙の末尾には得意の琉歌をやはりひらがなで書いて寄こした「母と琉歌」のなかの〈母〉

であり、革命を信じる息子をけっして見捨てない「老樹騒乱」の〈あんまー〉である。また老眼鏡の奥から〈「正確」という字は／「しょうじき」と／読むのかな〉と「父」のなかで描かれ、「夢の黙示」では「艦砲射撃で　耳と眼を　えぐられ　耳が痛い　と唸っている」、また「どぅーにー」のなかでは「毎晩　なにかにうなされ／うーん　うう　うーん／十三名の家族と／地球をかかえている」〈父〉であり、浜の一軒家に暮らす聾唖の子守〈アーウー婆〉である。つまり日本語をもたないか、もったとしても片言でしかない〈サバルタン沖縄〉の存在である。

この〈日本語で詩を書かなければならない必然性〉を疑う内なる他者との対話的交渉から「喜屋武岬」や「老樹騒乱」や「あたびーぬ　うんじ（蛙の恩）」などの〈琉球語版〉が誕生したと言えよう。注意しておきたいのは「喜屋武岬」にしても「老樹騒乱」にしても、はじめに日本語で書かれ、何年かのちに琉球語に翻訳されているということである。「喜屋武岬」と「老樹騒乱」は、いずれも七九年の第一詩集『夢の起源』に収められたものであるが、〈琉球語版〉は「喜屋武岬」が八八年の第一評論集『琉球弧　詩・思想・状況』の序詩として発表され、「老樹騒乱」は月刊「飾粽」（一九九〇年四月号）に掲載され、九四年の第五詩集『越える』にはその二篇がいずれも〈琉球語・日本語〉として併載されている。「あたびーぬ　うんじ（蛙の恩）」の初出は日本語で九四年二月の「琉球新報」に発表され、九五年には『発言・沖縄の戦後五〇年』（ひるぎ社）の序詩として再録されている。〈琉球語版〉は二〇〇九年の第八詩集『ガマ』で、これも日本語と併載されるかたちで収録されている。〈琉球語版〉のすべてを紹介できないのは残念だが、「老樹騒乱」の後半から引用してみよう。この詩は息子からかかってくる、村に一本しかない電話をそなえた共同売店にはやる心を抑えながら不自由な体で走る姿と、電話の向こうで「今年もまた帰りません」と告げる息子の声に、あんまーの心が乱れ騒ぐ様子が描出されている。あんまーの心の内圧と嵐の前触れに騒ぐがじゅまる樹に蜂起が予感されている。

あんまーや　なま
大昔《うふんかし》から石くびり坂《ひら》
ぐーにぃーぐーにぃー　はーえーそーん
あんまー額《ひてー》ぬ　なま汗よー
なま汗じーじー　頭《ちぶる》わいん
あんまー後《くし》うてぃ
がじゅまる樹がうふどぅんもーい
嵐ぬちゅーんどー・蜂起ぬちゅーんどー
電話とぅてぃん
あんまーや　息《いーち》ぜーぜー
「もし、もし」
「今年《くんどぅ》ん、また、けーゆーさんどー」
あんまー　うびじぬうむいや
振り乱りたる白髪ぬぐとぅ
くじりてぃ　わっくゎてぃ　いちゅんどー

先に触れたように、まず全篇日本語で書き、そののちに琉球語で書き直すという翻訳の階梯がくぐらされているわけだが、問題はなぜこのような翻訳行為を介在させたのか、そのことによって何が目指されたのかである。思うに、「小麦肌の乙女」で「私が日本語で／美しいだけの詩を書くと／私は島の母たちの／言葉と魂から遠ざかり／わが琉球語は　一日一日／亡びてゆく」という、ジレンマともアポリアともつかない閾から「琉球弧で詩を書くこと」のなかで言っていた「日常会話を中心とした琉球語と、書き言葉を中心とした日本語（共通語）の間の断絶やズレや緊張関係などを意識しながら表現の格闘」をくぐり、闇に閉ざされた琉球弧の言葉を解き放つ、〈方言〉という従属性を内側から越える、琉球諸語の自立的位相を拓く試みだと言えよう。

高良にサドン・フィクション「方言札」（「ＥＤＧＥ」七号、一九九八年）がある。これは「方言札」によってことばを深く傷つけられた体験をノンフィクションふうに掌篇にしたものである。沖縄の学校で吹き荒れた「共通語励行」運動の象徴的な標識としての「方言札」をめぐる子供たち同士の相互監視と、だが、ルールをつくってそれからうまく逃れる様子や教師による激しい体罰などが描かれている。主人公の少年正幸は成績が優秀だったため級長にさせられるが、「方言札」の相互監視からうまく逃れることができず週三回も残されることになる。首からぶら下がったベニヤ板には白いペンキで「私は方言を使いました」と書かれている。「標準語励行」運動に情熱を燃やす担任の若い教師は、信頼して級長にした正幸に裏切られた思いで、竹箒の柄がばらばらになるまで罰を加える。正幸は歯を食いしばって必死にこらえる。こらえるのは小学校しか出ていない母親が「国語」の教科書でヤマトロを覚えようとする哀れな姿だった。その母の姿を思い出しながら『いつか沖縄の先生に復讐してやる』と心の中で誓っていた」と結んでいた。

いささか唐突に思える「復讐」ということばは、この超短篇小説を尖らせる。少年の「復讐」の思いはひとり高良だけのものではなく、「方言札」体験が避けて通るわけにはいかない傷を残しているという意味で、沖縄の戦後世代に広く共有されている。教師によって行使された言語植民地主義と日本語への「復讐」はなされなければならない。何によって？　言葉の血債は言葉でしか返済しえないとすれば、陵辱された闇のことばを解き放つ、そのために帰還する〈舌〉を組織しなければならない。

高良勉が日本語で詩を書き、それを琉球語に翻訳し直す方法は、遠い少年の日の母語への裂傷に遡ることができる。標準日本語によって母語を辱められた経験は、アジアの旧植民地においても抜きがたい傷を残している。たとえば、植民地朝鮮での「内鮮一体」の同化教育で朝鮮語を疎んじ、損ね、失くした金時鐘が、戦後、済州島での四・三蜂起にかかわったことから身の危険にさらされ、日本に逃れ〈在日〉の身で朝鮮語を取り戻しつつ日本語で詩を書くこととのうちには、日本語への「報復」があったことを、私たちは「クレメンタインの歌」や「私の出会った人々」で知ることができる。「私の出会った人々」のなかで「日本での生活は、恨み多い『日本語』を〝日本〟に向ける生活ともなりました。私の〝日本〟との対峙は、私を培ってきた私の日本語への、私の報復でもあります」と痛苦な思いで告白している。ここでの日本語への「報復」とは、金時鐘の〈私〉を飼いならし、父や母へ繋がる朝鮮を損ね、感情を差配した「日本的抒情」の入植へ向けられているが、言葉を換えると、日本語の限界で書き、限界を開く、そのことによって〈近代〉と〈言語〉のねじれの深淵を探りあてることであると言えよう。

高良勉もまた身体に刻まれたコロニアルな鞭の記憶をバネに、日本語の限界で書く詩人である。日本語で詩を書き、琉球語に翻訳して対峙させる、あるいは日本語のなかに琉球語を叛乱する〈舌〉のように潜り込ます、その方法と表出の地政に、「破壊されたアイデンティティを取りもどしていく過程における文学表現」（「四重の言語生活」）の試みをみてもよい。そこには村人に届く言葉を失い、異国の町の地下室でもだえる女の下腹部で宙吊りに死んでいく「手のことば」のなかの〈齟齬のコミューン〉を、「老樹騒乱」のアンマーにおいて生きられた蜂起の予感や「あたびーぬ　うんじ」の飢餓経験に着床させ、サンパギータの国の「小麦肌の乙女」のなかの言語交差のアポリアをぬける、神話がたしかに予感されている。〈たたく―たたき返す〉言語行為のオートノミーなのだ。

II　小説のゾーン

いとしのトットロー——目取真俊とマイナー文学

カフカの文学を「マイナー文学」という視点から論じたのはドゥルーズ＝ガタリであったが、その文学的特徴を三点挙げている。まず第一に、言語が非領域的であること、第二に、すべてが政治的であること、そして第三に、同じようにすべてが集団的な価値をもっていること。つまり「言語の非領域性」、「政治的なものへの個人の結合」、「言表行為の集団的鎖列」ということである。

ここで考えてみたいのは、マイナー文学の第一の特徴として挙げた言語（の非領域性）について論じたところである。この言語の非領域性は「マイナーの文学はマイナーの言語による文学ではなく、少数民族が広く使われている言語を用いて創造する文学である」という定義によって裏づけられている。カフカはチェコスロバキアのプラハに住むユダヤ人であり、プラハ・ドイツ語で書くことを選び取った作家である。プラハのユダヤ人はチェコでは少数民族であるドイツ人に属しながら同時に排除されている複雑な集団性を生かされていた。

プラハのドイツ語は「涸渇したことばであり、チェコ語やイディシュ語とまざったことば」であるが、しかし、このチェコ語やイディシュ語の侵入を受けたプラハ・ドイツ語こそ、カフカの創作を成立させた条件にほかならなかった。カフカはそのプラハ・ドイツ語を「それがあるがままに、その貧しさもろとも選ぶ態度」で、非領域化へと進み、強度のマチエール的表現へと到達させる。アメリカの黒人が英語で書き、ウズベク人がロシア語で書くように、書かなければならない、という言い方をしている。そして「そのためには、彼自身の未開発の地点、彼自身の隠語、彼にとっての第三世界、彼にとっての砂漠を見出さなくてはならない」とも言っている。言葉を換えて言えば「自分自身の言語の遊牧民・移民・ジプシー」になることであり、「自分の言語のなかで異邦人」になることであり、「自分の言語のなかで、多言語使用」をすることである。

ところで、ドゥルーズ＝ガタリは、アンリ・ゴバールの①土地固有の言語、②伝達的言語、③指示的言語、④神話的言語という四つの言語モデルを援用しながら、その四つの言語モデルからプラハのユダヤ人の言語状況を説明している。すなわち「ユダヤ人にとってその土地の言語はチェコ語であるが、チェコ語は忘れられ、抑圧される傾向にある。イディシュ語はしばしば軽蔑されるが恐れられ、カフカの言うように不安を与える。ドイツ語は都市における伝達言語、国家の官僚言語、交換のための商業言語である」とされ、しかもそのドイツ語はゲーテのドイツ語のように「文化的機能と指示機能」をもっているとされる。さらにシオニズムの出現とともに、活動的な夢の状態の「神話的言語としてのヘブライ語」があり、それらの言語のそれぞれについて「領域性・非領域性・領域回復の係数を測る」ことである、としている。

ここでもっとも興味深いのは、ユダヤ人に不安を与える、とされたイディシュ語に対するカフカの態度について言及したところである。こんなふうに言っている。「カフカがイディシュ語において認めるのは、ユダヤ人にとっての一種の言語的領域性よりも、むしろドイツ語を酷使する遊牧民的な非領域化の運動」であり、その魅力は「宗教的共同体の言語」であるよりも「民衆劇の言語」である点だとされた。そして「軽蔑を惹起する以上に不安を、《ある種の反感を伴う不安》を起こさせる言語」

であるイディシュ語で、ユダヤ人公衆に向かって語りかけるカフカの語り方に注目している。イディシュ語が「盗まれてきた語、動員され、移住してきた語、《力の関係》を内面化する遊牧的になった語で生きている語」であり、そのゆえに「内側からドイツ語を酷使するので、ドイツ語をなくしてしまわない限り、ドイツ語には翻訳できないような言語である」としたところである。ここでの「内側からドイツ語を酷使」するというところに目を留めておきたい。この「酷使」は、「《ひとつの言語の内的な緊張》を表現する要素を、一般的には強度的なものまたはテンソルと呼ぶ」とした、「強度的なもの」あるいは「テンソル」に重ねられるはずである。マイナー文学の「マイナー」とはその「強度」と「テンソル」において生きられるということである。

こうしてみると「マイナーの文学はマイナーの言語による文学ではなく、少数民族が広く使われている言語を用いて創造する文学である」とした定義が、プラハのドイツ語で書くカフカの文学を強烈な光源にして、ゆるぎないものになるのがわかるというものだ。だが、ここでの力点の置きどころをあえて問題にしてみたい。定義を定義し直す、そんな不遜な行為の要請でもある。それというのは、「マイナーな言語による文学」が置き去りにされているように思えるからである。「ではなく」と打ち消す、その打ち消すのはいったい誰か、というもうひとつの問いを問わなければならない。「マイナーな言語による文学」は領域化する、ただそれだけの理由で脇に追いやられてよいのだろうかという疑問は、これまで大言語に従属化され、その存立さえ不断に脅かされてきた少数言語にとっては、依然として深刻な問題であることに変わりはないはずだから。

何が言いたいのかといえば、マイナー文学の定義を植民地と言語の問題に置き直し、広く使われている言語によって〝ことば喰い〟にあったマイナー言語の側から再考してみたいからである。むろんここで単純に、たとえば、アンドレ・ブルトンがエメ・セゼールの『帰郷ノート』の序文として書いた「偉大なる黒人詩人」やサルトルが『ニグロ・マダガスカル新詞華集』の序文として書いた「黒いオルフェ」と、ここでの『カフカ』を比較して論じることはそれほど意味のあることではない。それよりもむしろ、カフカの文学を通して「マイナー文学とは何か」を定位するときの〈領域化〉と見なされ、退けられている「マイナー言語」をめぐる力の政治を言語植民地主義の視座から再定義し直していくことになるだろう。「マイナー言語による文学」が脱植民地的な場で生き直されはじめていること、なによりもその生き直しには言語植民地主義への批判的攪拌と、その攪拌が創造的な地平を開拓しつつあることはけっして無視できない文学的現実である。

ドゥルーズ＝ガタリの『カフカ』においては、まずもって「マイナー言語による文学」は〈領域化〉の係数として測定される。だが、はたして少数民族の「マイナー言語による文学」は、〈領域化〉としてのみ機能することにとどまるものだろうか。ましてや植民地主義的な同化政策によって自らの言語を損ない、奪われた言語を生き直し、マイナーな言語によって文学を創造することはオイディプス的な領域回復として否定性の標識を与え、捨て置くことで事足りることなのだろうか。そうではないはずだ。オイディプス的な領域回復への回路が用意されているからといって、同化主義批判は回避されてはならないし、もしも少数言語による文学がオイディプス的な領域回復を準備するものであったとしても、それとの不断の争闘こそ、マイナー言語による文学が避けようもなく負わされている存在規定性にほかならない。

あえて言えば、「マイナーの文学はマイナーの言語による文学ではなく、少数民族が広く使われている言語を用いて創造する文学である」という定義を、一度は転倒してみなければならない。「少数民族が広く使われている言語を用いて創造する文学である」という言い方は、マイナー文学の第一の特徴とされる「非領域性」に力点がおかれているにしても、そこに働く少数言語を従属化する力の線を無視してよいということにはならない。なぜマイナーの文学はマイナーの言語による文学ではないのか、そしてなぜ少数民族は広く使われている言語を用いて創造しなければならないのか。こう問いを返すとき、「非領域性」を統合や併合のエコノミーとして読み直すことができるはずである。「広く使われている言語」が少数言語を同化主義的に取り込むことは充分ありうる。だからこそ定義を転倒し、定義を定義し直すこと、マイナー文学のマイナー性を二重に生きることの迂回をあえて引き受けることが要請されるというものだ。

では、少数言語による文学の植民地主義批判の実践がオイディプス的な領域回復に陥らずに、同時に「強度的なもの」を獲得することは可能だろうか、可能だとすればそれはどのような内容においてなのか。そう問うとき「自分の言語のなかで、多言語使用をすること、自分の言語についてマイナーまたは強度な使用をすること、この言語の抑圧された特徴を、この言語の抑圧者的な特徴に対立させること、非文化と未開発の地点、言語の第三世界の地帯」を見出すこととしたことがもういちど可能性の中心にせりあがってくるだろう。それはまた「ゆりかごから子どもをさらい、ぴんと張った綱の上で踊ることによって、とカフカは言っていた」とした、そのカフカの言に含意された「強度的なもの」あるいは「テンソル」に重なってくるはずである。

沖縄で「マイナー文学」を生きること

目取真俊の『眼の奥の森』（影書房、二〇〇九年）は、ドゥルーズ＝ガタリの『カフカ――マイナー文学のために』（法政大学出版局、一九七八年）の第三章「マイナー文学とは何か」で論及された「マイナー文学」の三つの特徴を、沖縄という土地の言語的地政と戦争の経験のコンテクストから再考する試みとして読むこともできる。「マイナー文学とは何か」について言われていることは、『眼の奥の森』の文学性を考えるうえでも示唆的である。というよりもむしろ『眼の奥の森』は、「マイナー文学とは何か」ということをいっそうの深度をもって探訪することを可能にしているように思える。「言語の非領域性」、「政治的なものへの個人の結合」、「言表行為の集団的鎖列」が言語と記憶と声のせめぎ合いにおいて作品のなかを通過していくスリリングな光景を目撃することができる。

カフカのプラハ・ドイツ語が「ゆりかごから子どもをさらう」ことの遊牧的強度であるならば、目取真俊の小説では、この「さらう」ということが二重の意味をもってくる。沖縄という地においてはゆりかごから子どもを「さらう」のは言うまでもなく、大言語である日本語の国語イデオロギーであった。そのことによってマイナー文学の非領域性との関連で説明していた「自分たちのものではない言語のなかに生活している」かあるいは「自分たちの言語をもはや知らないか、まだ知らないひとたち、やむをえず使っている大言語をよくは知らないひとたち」という、移民と少数民族のおかれている状況を、沖縄の人たちは居ながらにして生かされていることを認識させられるだろう。沖縄の文学がマイナー文学であるという定義が成り立つとするならば、まずもって「ゆりかごからさらわれた子ども」であることにおいてである。目取真俊の文学は、こうした「さらわれた」ことを「さらい返す」言語行為である。二重性と言ったのはそういった意味からである。ここでの「さらい返す」ことは、植民地主義的な言語へゲモニーに深く関係していることはいうまでもない。カフカは「ゆりかごから子どもをさらい、ぴんと張った綱の上で踊る」ことによってマイナー文学の言語的非領域を創り出したが、目取真俊の言表行為は、ゆりかごから子どもをさらわれた側がさらい返す、迂回と再領域化と見紛うせめぎ合いによって生きられた、文学の「テンソル」だと言えよう。言語の領域性と非領域性の結界を抗争する状態において現前化するのだ。目取真俊の小説に顕著にみられる記憶が現実に流れ込む力やあらぶる暴力は、居ながらにして言語のディアスポラ状態を生かされている沖縄の、領域性へ向かうことを避けられない「うばい返す」力の線を二重化させることによってマイナー文学のマイナー性を独自に刻み直す行為だと見なしてもけっして言い過ぎにはならない。

目取真俊の文学を「マイナー文学」である、と言ってみる。そしてその「マイナー」さを可能にするのは、沖縄の言語を同化主義的に陵辱したことへの注意深い異議提起であり、この島を襲い住民の四人に一人を死に追いやった戦争の経験と戦後の時間に止むことなく流れ込んでいるイクサの記憶であり、この島の身体を暴力的に分断し、いまもなお継続するアメリカの不条理な占領状態への抗いであると言えよう。植民地主義と戦争と占領が幾重にも絡まり重なり合っている配電図を想像してみてもよい。「マイナー文学」を特徴づける三つの指標が植民地主義と戦争と占領に交差配分され、その差配にマイナーであることの文学性が重ね書きされるのだ。

目取真俊の文学において、私たちは「マイナーの文学はマイナーの言語による文学ではなく、少数民族が広く使われている言語を用いて創造する文学である」という定義がもういちど根本から組み直されることを知らされるだろう。マイナーの言語を強度として生きつつ、そのことが「ゆりかごから子どもをさらった」広く使われる言語を緊張状態に差し戻していくのだ。このことはまた、「広く使われる言語」を「内側から酷使」することがどのような言語行為なのかを提示してもいるはずである。カフカがイディシュ語についてドイツ語を「内側から酷使」しチェコのユダヤ人を不安にする言語であるといっていたように、ここでのカフカにとってのイディシュ語が目取真にとっての沖縄語であることは言うまでもない。カフカのイディシュ語はドイツ語を「内側から酷使」した。目取真は「ゆりかごから子どもをさらわれた」ようにさらわれた沖縄語によって日本語を酷使しつつ、沖縄の言語と広く使われている標準語としての日本語を不断にせめぎあいの状態に曝す。曝すことによって、支配言語と従属言語の関係に働く文化のヘゲモニーを避けることなく見せ、言語植民地主義の問題を明らかにしていく。

おそらく「少数民族が広く使われている言語を用いて創造する文学」がアポリアであることを目取真俊ほど自覚している文学者もいないだろう。この自覚においてカフカが生きた「ユニークで孤独なエクリチュール」に繋がり、「苦悩のコノテーション」に近づくことになる。沖縄のことばが言語植民地主義によって陵辱され、さらにグローバリゼーションの波に呑み込まれようとする痛覚から、「広い言語」というときの「広さ」は糺されなければならない。目取真の小説によって私たちは「広く使われている言語」としての日本語とその日本語を用いて創造する文学とは、沖縄の言語との葛藤と軋みなしにはもはやありえないということを納得させられるだろう。この葛藤や軋みを抜きにしては「ぴんと張った綱の上」のような緊張感のある文体を理解できない。『眼の奥の森』では、目取真俊の創作を成り立たせた、というよりも目取真俊の小説においてはじめて出現した言語状況が見事なまでの地政で提示されている。

物語は沖縄戦が終わってまだ間もないころ、沖縄島北部に駐屯した米軍キャンプに隣接する離島の海辺で、四人の米兵によって十七歳の少女が陵辱された事件と、その少女に恋慕を寄せ「トットローー」(薄馬鹿)と周りから見下される少年が銛一本で立ち向かい米兵に重傷を負わせた復讐をめぐって、六〇余年の時間に遠近を越えて、現在に流れ込んでいる出来事とその記憶が、多様な視点と重層的な言語の交叉やせめぎあいによって叙述されている。十組の物語からなり、それぞれ異なる語り手と視点で構成されているが、ここには「マイナー文学とは何か」で言及された「言語の非領域性」と「政治的なものへの個人の結合」と「言表行為の集団的鎖列」が動かしようもない密度をもって実践されているのがわかる。

米兵に暴行された少女「小夜子」の狂気とその狂気をめぐる家族のおびえ、「トットロー」盛治のたった独りの決起と、逃げ込んだガマに投げ込まれたガス弾で失明したあとのモノローグ、盛治の復讐によって露出させられた共同体の閉鎖性と排外性、沖縄系二世通訳の眼が見たアメリカ軍の暴力性、盛治がガマに隠れていることを米軍に密告し見返りを得る区長の狡猾な処世術、少女輪姦に加わり、少年の復讐で深手を負い沖縄戦の戦闘に加わることなく本国に送還され、「闇の中で光を放つ巨大な蛇の目のようなアダンの実の赤い蠢き」の幻影に悩まされる老いた元米兵の鬱と荒れ、長い髪を振り乱し「叫びながら走る女の夢」に悩まされる戦争トラウマの久子やフミによる島の戦争の回想、そして小夜子の妹タミコの、姉の狂気と父親の暴力への少女時代のおびえ、七十歳を越え子どもたちの前ではじめて語った戦争体験、そのタミコの戦争体験を最前列で聴きタミコに強い印象を与えるが、同級生からは陰湿なイジメにあう少女の出口のない現実、大学時代の友人Mから突然送られてきた鋲で作ったペンダントと、ペンダントをめぐる事情を友人自ら撮影したビデオで知らされる、予備校や専門学校の講師をしながら小説を書き続けている作家など、多様な人称の語りと視点の重層性は、それぞれの物語性が同時に集団的な鎖列に組み込まれている。フミとヒサコとタミコは国民学校四年生のとき、対岸に造られた米軍の仮設桟橋から泳いでやってきた四名の米兵に小夜子が代わる代わる辱められたアダンの茂みの近傍に居合わせ、叫びやうめき声として体験していた。

それぞれの語り手が一人称の独白であったり、二人称や三人称の客観的な語りであったり、多様な語りの視点で構成されている。そして、そうした多様な視点以上に注目したいのは、多言語の語りであることとである。それはしかし「オートミール」とドゥルーズ＝ガタリによって形容された言語混交において説明されるのではなく、言語と言語がせめぎ合い軋みあう、充分に政治的でもある強度において叙述されているということである。

陸の論理と海の思想

主人公の盛治は、幼い頃から不器用で、うまく物が言いきれないおとなしい内向的な性格のうえ、学校も休みがちで勉強も人並み以下であるため、他の子どもたちから虐められ、周囲からは「トットロー」といわれた。だが、陸では薄馬鹿でも幼い頃から父親にしごかれて、海のなかでは人並み以上の力を発揮した。ここでの盛治の「トットロー」は内向的な性格や不器用さという気質的なものからくるものではあったが、目取真はその内向さや不器用さのうちに異なる要因を書き込む。すなわち、「トットロー」であることを、言語障害と関わらせ、十七歳の少年の薄馬鹿さが日本語をうまく使いこなせないことに起因していることを注意深く提示している。第一話で、小夜子を襲ったアメリカ兵を海中で待ち伏せ、そのうちの一人を銛で刺して重傷を負わせ、他の一人も傷つけた復讐のあと、森の奥の洞窟に逃げ込むが、暗いガマの中で海中でのこと、小夜子のこと、家族のこと、学校でのこと、同級生のこと、あの戦争と防衛隊のことなどが「意識の流れ」の手法によって乱脈ながらも濃密に重ねられていく。声と声が共鳴し、ぶつかり、乱反射する。まさに独白はマチエールに働きかけテンソルそのものとなる。
森の奥の暗い洞窟での独白は、盛治の言語である沖縄語、より正確に言えば、沖縄本島北部の今帰仁《なきじん》ことばによってなされる。この独白で「トットロー」と見なされることが言語障害と深く関わっていることが注意深く挿入されている。盛治が取った行動に対し「清《す》ら海をアメリカーの血で汚しくさって《ちーじゅぐしくわてぃ》」と咎める声に、「竜宮の《ぬ》神よ、御嶽《うたき》の《ぬ》神よ、部落《しま》の《ぬ》神よ、赦《ゆる》しみ候《そーりょ》えよ」と訴え、自分がやったことはこの島を守り、アメリカーからこの島の女たちを守るためだった、と赦しを請い何度も頭を下げる、と、「部落《しま》を守る？ お前がか……？」と笑う声が頭上に響いてくるところである。

その「お前がか……？」と笑い小馬鹿にした声の主は、幼い頃から何をさせても優秀で、島から中学校に進んだ数少ない同級生の清和と宗徳の二人であった。彼らが鉄血勤皇隊に動員されるため別れに来たときの回想シーンは、「我《わん》は部落《しま》を守るために戦うからよ、と言ったのを嘲笑されたうえに、我《わん》、我《わん》ってお前は犬か？ 早く標準語を覚えろよ、日本人なんだから……、と吐き捨てるように言われて、恥ずかしくてたまらなかった。標準語を使おうとすれば舌も唇も頬も強ばって動かなくなり、顔が焼けるように熱くなるのはいくつになっても変らず、二人の後ろ姿に頭を垂れるしかなかった」となっている。ここには、盛治が「トットロー」と言われた内界が、実は言語の問題、つまり標準語を覚えることができないという事情に関わっていたことをはっきりと示している。「標準語を使おうとすれば舌も唇も頬も強ばって動かなくなり、顔が焼けるように熱くなる」ことの負性が「トットロー」であるということである。「いくつになっても変らない」というところに注目したい。「早く標準語を覚えろよ、日本人なんだから……」と、ディキヤーの清和と宗徳が命じることばは盛治の舌や唇を拘束し、硬直化させる。標準語をいくつになっても習得できないことが負い目になり、それを打ち消そうとして、思うように標準語を話せなくても、防衛隊の一員となり、日本軍に尽くし「何を言われても気をつけをして、はい、はい、と敬礼する」ことや「うまく物が言いきれないぶん行動で示そう」とした盛治の姿が連想される。盛治にとって標準語は立身や出世の領域性と結びついた陸の論理である。その対極にことばを必要としない、ただ水の流れに身体を開く海の思想がある。陸の論理と海の思想の間で、盛治のことばと身体は引き裂かれている。この場合のことばとは、母体的言語を疎んじる標準語としての日本語である。こうした言語のヒエラルキーこそ盛治の「トットロー」を決定づけていることは言うまでもないだろう。それゆえに陸の論理では、身体はことばの負い目を解消しようとして、ますますことばに従属化されるのだ。

海は違った。盛治が同級生に負けないただ一つのものが、何度も溺れながら体に叩き込まれた泳ぎの技術だった。泳ぎの技術で盛治は海において自由になる。そのことは盛治が四人のアメリカ兵に一人で立ち向かう場面によって知ることができる。「潮の流れに乗ってそれまでの倍以上の速さ」で米兵に近づき、潜り、裏をかき、突き、素早く逃げる、的を逸らし完全には射止められなかったにせよ、盛治は水を身体化しているのだ。この澄んだ内海で繰り広げられた復讐の一部始終を、フミとチカシの二人は海を見下ろす崖の上から目撃していた。ここでの少年と少女の俯瞰する視線はある種の至高性を帯びている。トットロー盛治のたった独りの決起は、少年と少女の無垢なる眼において見届けられなければならない、と言っているようにも思える。

こうして一本の銛でアメリカ兵へ復讐を遂げたあと逃げ込んだ洞窟《ガマ》での盛治の独白は、第五話でより細密に、より密度をもって展開されている。ガマは盛治を含むすべての村びとたちにとって、戦争中アメリカ軍の攻撃から逃れるための避難所であるが、同時にそこは「島の根の奥に繋がっているような洞窟」として、ある種の聖性が付与された場所でもあった。たった独りの決起のあと、盛治はその森の奥の闇の中に逃れる。暗い穴はなによりもサンクチュアリであった。聖なる穴の深い闇に溶け込んだ盛治に幾重もの声が侵入してくる。「頭《ちぶる》の中《ん》も、体《どぅーぬ》の中《ん》も、言葉《くとぅばぬ》が小さな《ぐな》虫が《ぬ》いっぱい《ちゃっさん》飛んで《とぅどーぬ》くるみたいに《ぐとぅ》ワサワサーして、殺して《くるち》とぅらすん、もう《なー》、みんな《むる》、グチャグチャーして《ち》、殺して《くるち》とぅらすん、あちこちから《あまくま》、声が聞こえてきて《くいぬちかっていちー》、殺して《くるち》とぅらすん……」というように、幾つもの声が盛治の頭と体の中に流れ込んでくる。その声は小夜子へ呼びかける盛治自身の声であったり、盛治のアメリカ兵への復讐と小夜子の狂気をめぐって、村の男たちや女たちの讃えたり揶揄する声であったり、沖縄系二世の通訳兵の尋問する声であったり、兄を気遣う弟や母の声であったり、精魔について問いかけてくる童であったり、その童たちとの交感を疑われ村びとから詰問される声であったり、意識の流れに複数の声が侵入し、流れ去る。この乱脈とも見紛う意識の流れに、声が密度と強度をもってせりあがってくるのは、小夜子が村の男たちに強姦されるところである。先に引用した部分はその一部であるが、そこでは小夜子を辱める男たちに「殺《くる》して《ち》とぅらすん」と銛のように向けた怒りの声が叩きつけられるように繰り返し繰り返し挿入される。そしてもうひとつの声の強度は、小夜子への恋慕の情を吐露するところである。

ところで、この盛治の混濁した意識に流れ込んでくる声の言語もまた複数である。そのほとんどは盛治のウチナーグチ（沖縄語）で占められているが、村の男や女たち、家族の声もまた沖縄の言語である。ただ沖縄系二世の通訳兵の日本語は、尋問し命令する言語として差配される。ところが、現代の場面では、子どもたちとのやりとりや村びとたちの声は標準語になっている。注意したいのは、沖縄の言語とはいえ、差異の線が引かれていることである。たとえば、沖縄出身の両親をもつ通訳兵は、「日本語と沖縄の言葉の両方をある程度つかいこなす」ことができるが、盛治が話すことばは「意味不明の言葉」として受け止められ、「その言葉が沖縄の言葉であることは分かりましたが、私の両親のつかっていた言葉とは違っているうえ、発音もはっきりしないので、私には意味を聞き取ることができませんでした」と、沖縄内部の差異を示していた。そうした地域的差異への視線だけではなく、時間的な経過によって同じ人物でも話すことばが変わってくる。例えば幼い頃のタミコやフミや久子などが使っていることばは沖縄語であったが、時代が下って現代の場面では沖縄の言語はほとんど使われなくなっている。盛治と小夜子の沖縄語以外は。作家はこうした言語の地理的、時間的差異と変化を排除することなく、差異は差異のまま、違いは違いのまま書き込んでいく。そのことによって盛治と小夜子の、戦後の時間を貫いた思いと変わらない沖縄の言語の声はいっそうその強さを増していくようになっている。

「トットロー」が拓くコンパッション

こうした目取真俊の小説のことばの世界は、明確な方法意識にもとづいたものであることは言うまでもない。沖縄本島北部の今帰仁村で一九六〇年生まれの目取真は、自らの言語体験についてインタビューやエッセイで語っている。「EDGE」(第七号、一九九八年)のインタビューで、小学生のころ標準語励行運動を経験したこと、祖父母もいっしょの三世代同居家族で家ではすべて沖縄のことばを使っていたこと、十八歳で高校を卒業し、琉球大学への進学のため那覇へ出るまでは日常会話はすべて沖縄語であったこと、那覇に移ってはじめて日常生活が共通語会話になったことなどを語っている。

こうした沖縄語を母語として育ったのには、とくに父親の存在の大きさを挙げている。当時沖縄の教師たちが熱心に取り組んだ標準語励行運動は学校だけではなく、地域を巻き込んで行なわれたが、父親は意識的に今帰仁ことばを使い批判的であったことを紹介している。別のインタビューでも、「ぬーりちどぅーなーたーくとぅば使《ちか》てぃやならんが」（どうして自分たちの言葉を使ってはいけないのか）と反発した父からの影響が少なからずあった。「沖縄語を自由に話せるのは、父のおかげです」と応えていた（『沖縄「戦後」ゼロ年』NHK出版協会、二〇〇五年）。

沖縄の言語を母語にもったこと、このことは目取真俊の世代ではけっして多いとは言えなかったが、この母語体験は目取真俊の小説のことばを考えるうえで無視できない意味をもっているように思われる。やはり「EDGE」のインタビューで小説のなかに沖縄の言語を取り入れた理由について訊ねられ、地方の言語を取り入れながらの創作行為は、まず宮澤賢治の水準は押さえられていること、地域言語を母語としてもち、その軋轢のなかで書く書き手は同心円状に広がっていて、そのなかに沖縄の書き手の問題があることを挙げながら次のように述べている。すなわち日本語の体系を揺すり、何を創りだしていくのかが問われていること、そのとき沖縄の言語が武器になること、その場合に漢字仮名交じり文にルビをふるという表現形式をもっているが、そういう条件の規定のもとでどこまで表現可能かを追求しなければならないことなどについて述べている。

さらに日常の会話レヴェルでの沖縄のことばの導入はそれほど難しいことではないが、フォークナーの意識の流れの例を挙げ、たとえば「ユタが神ダーリー状態になって分裂症的に頭の中で言葉が錯乱状態になるとか、そういったものを方言を駆使しながらやっていくというレベルでの方言の使用というところまでいくと、難しいし、その分面白いとも思いますけどね。そういったレベルで標準語なり方言なりの体系を崩していくという形での方言の使い方ですね。今はそこまでやっていないんですが」と応えているところは注目に値する。ここでの錯乱や分裂した状態を、意識の流れの手法と絡ませて述べるところを、〈異物としての言葉の力〉という視点から「小説の中で描かれている日常生活のなかで、何気なく流れている言葉のなかに突然異物としての言葉が現れてくる、立ち上がってくる、そういった体験を味わわせることが小説の言葉の力だと思うんです。方言の使用にしても、突然ある方言がおどろおどろしい形で、生々しく立ち上がってくる、そういったレベルまでいかんといけないと思います」とも述べている。

　ここで言われている、日本語や沖縄の言語の体系を崩すためには、意識の流れや〈異物としての言葉の力〉のレヴェルまでいかなければいけない、ということばの思想は『眼の奥の森』の言語実践と絡み合い、重なり合っているように思える。いや、むしろそうした言語思想や方法を作品として結実させたのが『眼の奥の森』であり、とりわけ盛治の錯乱した意識の流れでの独白シーンだと言えよう。一九九八年のインタビューでは、言語体系を揺すり崩す方法としての意識の流れに注目しつつも「今はそこまでやっていない」と答えていたが、すでにその時点で『眼の奥の森』は準備されていたということが想像できる。

　こうした方法をディテールにおいてより具体化するのが漢字という表意文字で、ウチナーグチの意味を伝え、ルビを振り沖縄の言葉の音を伝えていく、という表記の問題を挙げている。このルビは意外と重要な意味をもっているように思える。それは標準日本語に沖縄のことばを対訳風に対置するということにとどまるものではなく、日本語の体系を揺すり、崩すという方法が意識されていることをけっして無視するわけにはいかない。と同時に、ドイツ語を不安にし、「酷使」するとしたカフカのイディシュ語と繋がる機能をもっていると見なしても誤りにはならないだろう。ことばの思想の根本にかかわっているのだ。カフカのイディシュ語と目取真俊の沖縄語は、ドイツ語と日本語を内側から「酷使」するという点において重なり、単なるアナロジーを超えてマイナー文学の〈マイナー性〉を刻み込んでいる。

さらに言えば、目取真において沖縄のことばの表記は、沖縄語で書くことの限界の意識として受けとめられてもいる。『沖縄「戦後」ゼロ年』のなかに収められている「〈癒しの島〉の幻想とナショナリズム」のなかの「沖縄文学と言葉」で、「沖縄が独自の文字体系を持ちえなくて、日本の近代化の中に組み込まれながら、小説表現を可能としてきたことの歴史的な限界でもあるし、宿命でもある」と述べていたところである。そしてグローバリゼーションの流れに世界の少数言語が日々消え、大きな流れのなかで進行している問題に沖縄の書き手も例外なく直面していること、差異をもった沖縄の島々の言語や文字に記されることなく消えたり、数名の記憶にしか残されていない言葉があり、そうした言葉の悲しみがあることに触れ、「ウチナーグチを小説に使うとき、私はその悲しみを意識せずにおられません」と結んでいたところは、書くことのなかで沖縄のことばがどのように生きられているのかをうかがい知ることができる。

『眼の奥の森』の、とりわけ第五話の「意識の流れ」の手法を取り入れた沖縄の言語による大胆な言表行為は、目取真俊の小説がまぎれもない「マイナー文学」であることを例証してもいる。目取真俊の創作において、私たちは日本の近代化に組み込まれながら独自の文字体系をもたない沖縄の言語の「限界」において書くことの意味と、文字をもたないまま消えていくことばに対する「悲しみ」を読み取ることができるだろう。「限界」で書くこととは、ほかでもない、「言語の第三世界」をそれそのもののうちにおいて見出していくことに繫がっていくことにもなる。ここでの「悲しみ」や「限界」は、「孤独なエクリチュール」と「苦悩のコノテーション」と言い換えることもできるはずだ。

この「孤独なエクリチュール」と「苦悩のコノテーション」は『眼の奥の森』では、四名のアメリカ兵に強姦された小夜子の、体の奥に響きつづける狂気の叫びにおいて、そして島の青年たちによって二重に陵辱された小夜子が生んだ子に、「アメリカーやあらんさや……」と言った父親がすぐさま娘の気持ちを押し潰すように「島の犬畜生の子であるむん《しまぬいんぐわーたーぬくわーるやるむん》な」と吐き捨てるように言ったことに対し、それでも「我《わん》が赤子ぞ《あかんぐわど》……、我《わん》が産子ぞ《なしんぐわど》……」と絞るように呼びかける声において生きられている。だがそれ以上に、「孤独なエクリチュール」や「苦悩のコノテーション」は、逃げ込んだガマに打ち込まれたガス弾で失明した盛治と、精神を壊し施設に入れられた小夜子の、波と風の音を聞きながら呼び合う思いの深さに見出すことができる。終日、海を前にして盛治の混濁した意識に流れ込む声と小夜子への思い――

お前《いやーん》この《くぬ》海を見て、波の《ぬ》音を《うとぅ》聞いているか《ちちうんな》……、行ってしまったぜ……、
この《くぬ》風《かじ》の《ぬ》音を《うとぅ》聞いてるか《ちちうんな》……、狂者《ぷりむん》が、どうにも《ちゃーん》ならんさ……、波に乗《ぬ》てぃ、風《かじ》に乗《ぬ》てぃ、我《わん》が
声《くい》届いておるか《ぬとぅどぅちうんな》……、届くわけがあるか……、届くさ、盛治、きっと……、我や《わんや》今も《なまん》、お前の《いやーが》こ
とを思っておるよ《うむてぃうんど》……、明日は雨か……、我《わん》が声《くい》が、聞こえるか《ちかりんな》、小夜子……。

雑音のような日本語の声の絡みに、盛治の沖縄語の声は凜とした意思のように、波と風によって届けられる。沖縄語のルビが、内側から日本語を「酷使」する光景がここにはある。そして小夜子の妹

のもう七十歳を越したタミコが、末の娘の前の職場でお世話になった同僚の頼みだからということで、はじめて中学生を前にして、あのイクサの出来事を話したあとの、寄る辺ない哀しみに誘われるままに、姉が入所している南部の施設を久しぶりに訪ねるところである。遠鳴りが聞こえてくる海を、丘の上の施設から見ている小夜子の唇の動きに幻聴のように聴いたつぶやき——


え、何？

姉は海を見つめたまま、何も答えなかった。ただ、姉がつぶやいた言葉は耳に残っていた。かすかな風の音と共に。

聞こえるよ《ちかりんどー》、セイジ

二人の思いの強さは、波と風の音とともにあることにおいて繋がり響き合う。ここでの「孤独なエクリチュール」は、沖縄のことばによって運ばれなければならない。そして盛治と小夜子の「苦悩のコノテーション」は、独自な文字体系をもたないまま日本の近代に組み込まれた沖縄の言語の内在でもあった。

「我《わん》が声《くぃ》が、聞こえるか《ちかりんな》、小夜子」と波と風に乗せて呼びかける盛治。「聞こえるよ《ちかりんどー》、セイジ」と応える小夜子。二人のコンパッションは、ただ沖縄のことばの言魂において生きられる。ここで私たちはあらためて沖縄語の〈ルビ〉が、ただ単に意味の役割を振り当てられているだけではなく、日本語を揺すり崩す異物となっていることを確認することになるだろう。沖縄語の日本語への対訳的対置ではなく、沖縄語が日本語を「酷使」するマチエールにもなっていることも。〈ルビ〉はまた独自の文字体系をもつことなく日本語に従属させられてきた沖縄の言語の「限界」の言表行為でもあり、さらに言えば、不断に消滅の危機に曝されている少数言語の「悲しみ」のテクネーである、と見なしても過言ではない。

そしてこの〈ルビ〉に、盛治が標準語をうまく話せないことの負性として名指された「トットロー」を、海の思想で転位させたたった独りの〈決起〉が含意されている、驚くべきヴィジョンを知らされるだろう。陸の論理に拘束された盛治の「トットロー」は、海の思想によって転倒され、あらたな価値を生きる。陸では薄馬鹿だが、海では魚のように自由になる。復讐の銛は、だから、海を身体化することによって放たれた沖縄語の言語的強度でもあるのだ。このとき、〈ルビ〉が日本語を内側から「酷使」し崩すように、海で放たれた〈銛〉は小夜子の陵辱への復讐を遂げる。

目取真俊の文学において、私たちは「マイナーの言語による文学」と「少数民族が広く使われている言語を用いて創造する文学」が背離しつつ接合する稀有な結晶を目撃させられるだろう。そしてこのことはドゥルーズ＝ガタリがアンリ・ゴバールの四つの言語モデルを例にとり時間的・空間的カテゴリーを説明した、「土地固有な言語はここにあり、伝達的言語はいたるところにあり、指示的言語はかしこにあり、神話的言語は向こう側にある」と言うときの、「ここ」と「いたるところ」と「かしこ」と「向こう側」を、マイナー文学としての沖縄文学の「ここ」にいて「かしこ」を、「かしこ」にあって「ここ」を、そして「いたるところ」と「向こう側」を、矛盾とせめぎ合いにおいて同時に生きるのだ。そのとき、領域性・非領域性・領域回復の係数は失効する。あの盛治と小夜子の存在の底から揺れのぼってくる哀しみは、「ゆりかごからさらわれた」沖縄のことばの哀しみの、孤独なエクリチュールによる稀に見る分有として読み直すことができる。

占領と性と言語のポリフォニー——東峰夫「オキナワの少年」

1　「べろやあ！」が交錯するところ

東峰夫の「オキナワの少年」の書き出しは、この作品のテーマ性を巧みな会話のなかに配分しているということだけではなく、沖縄コトバのオーラルな魅力を活かしているという意味でも、まれにみる〈はじまりの現象〉を印象づけている。沖縄の散文の歴史で、沖縄のことばが加工を施されているとはいえ、このようにポリフォニックな響きを刻みながら作品空間に躍り出た例はかつてなかった。

　ぼくが寝ているとね、

「つね、つねよし、起《う》きれ、起《う》きらんな！」

と、おっかあがゆすりおこすんだよ。

「ううん……何《ぬ》やがよ……」

目をもみながら、毛布から首をだしておっかあを見あげると、

「あのよ……」

そういっておっかあはニッと笑っとる顔をちかづけて、賺《すか》すかのごとくにいうんだ。

「あのよ、ミチコー達《たあ》が兵隊《ひいたい》つかめえたしがよ、ベッドが足らん困《くま》っておるもん、つねよしがベッドいっとき貸らちょかんな？　な？　ほんの十五分ぐらいやことよ」

ええっ？　と、ぼくはおどろかされたけれど、すぐに嫌な気持ちが胸に走って声をあげてしまった。

「べろやあ！」

うちでアメリカ兵相手の飲屋をはじめたがために、ベッドを貸さなければならないこともあるとは……思いもよらないことだったんだ。

主人公の一家が営むアメリカ兵相手の風俗店で働くミチコーやヨーコは、いつもなら店のカウンターの隣にある部屋にダブルベッドを置きかわりばんこで間に合わせているが、同時に客がつくとつねよしのベッドを借りなければならなくなる。母子の押し問答はこのあとも「こん如《ごと》うる商売は、ほんとに好かんさあ」といやがる息子と「もの喰《く》う業《わざ》」のためには仕方がないと宥める母親との間で続いていくが、この書き出しから読む者がまっ先に感じ取るのは、沖縄コトバが標準日本語の境界を侵犯しながら物語を色づかせていく様相である。

主人公の少年つねよしはサイパンで移民の子として生まれ、敗戦後六歳のときに沖縄にひきあげ、一家は「おじい」の住む美里村で生活を再開する。「おじい」の死後コザの町へ移り住み、「おとう」はこんにゃく製造や雑貨商店を手がけるが、いずれもうまくいかず、いまではアメリカ兵相手の「女商売」を営んでいる。いかに「もの喰《く》う業《わざ》」とはいえ「女商売」は、思春期の少年にとって受け入れがたい屈辱と嫌悪感を抱かせ、その屈辱と嫌悪感が『ロビンソン漂流記』の夢想を力にして、アメリカ占領下の〝オキナワ〟からの脱出を試みる、というのが大筋である。少年が拒絶し脱出したいと思っているアメリカ占領を象徴する基地の町コザの汚辱にまみれたイメージは、つねよしが幼少期に過ごしたサイパンの牧歌的な暮らしや、コザに移るまでのあいだ過ごした美里村での貧しくも身を寄せ合った一家の親密な生活の記憶によっていっそう際立たされる。

占領とは、女がよその国の男に抱かれることに耐えることだ、という悪い冗談のような箴言を、主人公の少年はもっとも身近な家業をとおして見せつけられるわけであるが、目覚めはじめた少年の性は、父親が「もの喰《く》う業《わざ》」としてはじめた「女商売」によって拘束され、「女商売」をとおしてゆがめられていく。冒頭の会話は、「女商売」が少年の不安定な自己性に侵入してくる事情が描かれている。少年が言い放った「べろやあ！」(拒否や反発を意味する沖縄語)という語は、こうした女がアメリカ兵に身を売ることに象徴される占領の現実への拒絶の表明であり、少年のアイデンティティを決定づけるアクセントのようにそのつど打ち直される。いわば「べろやあ！」の倍音や強度が思春期の少年の不安定な実存に形を与え方向づけていく。

たとえば、母親が新聞配達に遅れそうだからということでゆすり起こす声に、条件反射的にベッドを貸すように急き立てる声を連想し「べろやあ、やな香気《かざ》し」と言い放つ場面、つねよしと妹の直江が毎日の日課とはいえ、苦労して汲み上げた飲料水を溜めた飯銅甕に、酔った客の米兵が堪えきれず放尿したため、もう一度水汲みを言いつけられる理不尽さに「べろやあ、べろやあ！」と反発するところなどである。だが、なんと言っても作品のエッセンスと結びついた場面として注目したいのは、やはり母親からベッドを貸すように迫られるシーンではあるが、以前のようにいやいやながらも妥協するようなことはせず、頑なに拒み、拒むことによってアメリカ占領下のやりきれない現実を浮かび上がらせたところである。

　こういうことである。つねよしが『ロビンソン・クルーソー』を読んでいる最中、母親がミチコーの客のためにベッドを貸すよう声をかけてくる。勉強しているので「ならんよ！」と突きはなす。急かすミチコーの声を背に母親が「つねよし！　早くせえよ！　十五分ぐらいやろもん、ただいますぐやさ！」と賺《すか》すが、応じることはなく、脱出に必要な準備のための空想に耽る。つねよしの頑なさに、ミチコーは結局茶の間で済ますことになるが、つねよしは隣の茶の間に聞き耳を立て、バンドをはずす音、笑う声、床板がきしむ音、荒い息づかいやうめき声に、たまらなくなって自慰に及ぶ。この泣きたくなるような現実と、その合い間に『ロビンソン・クルーソー』を読むことをとおして汚濁にまみれた環境から脱出する空想を挟み、隣の茶の間でミチコーと米兵の行為を盗み聞きしながら自瀆するところを組み合わせたところに、作品の見取り図が簡潔にして濃密に凝縮されている、と見なしてもよい。ここで言えることは、占領に拘束された思春期の生と性の不安定さや中途半端さを打ち消そうとする「べろやあ！」の倍音が『ロビンソン漂流記』の物語に接合されることによって、よりイノセントな純粋性を強めていく、ということである。

　このあとつねよしが母親にとった仕打ちは、つねよしの潜在的意識を意外な角度から突出させるものであった。「さっきのおっかあの言葉が気になって」という一節を入れ、灯りのついた茶の間に出ていって、親の特権性をたてにくすね取られた新聞配達の手間賃十二ドルを返してもらうよう詰め寄る。気になった「おっかあの言葉」とは、「やめれえ、あん如《ごと》る女《おなご》商売は！」と反発するつねよしに、商売やめてしまえば貧乏生活に戻ってしまい、学校にも行けなくなるとなだめる。それでもつねよしは学校など行かなくていいし、お金もいらんと強弁するところで、「ふん、云《い》ゆたんや、よう覚えておりよ！」と返した母親の捨て台詞に対応している。新聞配達の手間賃で無人島に脱出するために必要な物を買うつもりでいたにしても、前のシーンとの脈絡から見ればいささか唐突な感じを抱かしかねないつねよしの行動は、鬱積した感情のはけ口をもっとも近しい関係の母親に向けることによってドメスティックな愛憎を帯びる。手間賃を返せと詰め寄るつねよしに、母親はとぼけたり、屁理屈を並べたりして話を逸らすが、いつになく強い息子の態度に、「あんすりゃ、あとから返《けえ》すさ、待っちょれえ！」となおも言い逃れようとするところで、口論は次のように深みにはまり込んでいく。


「べろやあ、いますぐに返《けえ》せえ！」

ぼくは癪にさわったばっかりに、目から涙がわいた。

「だあ、銭《ぜに》は足らんせえ、あとから返《けえ》すさ！」

「べろやあ！　すぐに返《けえ》せえ！　返《けえ》せえ！　返《けえ》せえっさ！」

ぼくは、うしろからおっかあのふくらはぎを蹴りとばした。

「はあもう！　ほれはい！　取れえ！　強情にはかなわんさ！」

おっかあは、前かけのポケットにおしこんであったミチコーからの金を、そっくり投げてよこした。ぼくは、その一ドル札をひろうと、ふたつに裂いた。それから、めちゃくちゃにひきちぎった。

「あいなっ!?」

おっかあはそんな叫び声をあげて、こぼれてちらばった札をかき集めようとしていた。

十二ドルが一ドルだから破り捨てたのではない。投げ返された一ドル札はミチコーがアメリカ兵との売春行為で得た金であったからである。「べろやあ!」はドル紙幣をひきちぎるという行為に移されることによって、少年の拒否に〈動〉の輪郭を与える。つまり「べろやあ!」の反復する倍音は、少年の潜在意識に溜め込まれた不遇感を解き放とうとする矢印に転位し、その矢印は遠い幼年の記憶と密通した〈ここではないどこか〉を狂おしいまでに求めていくのである。ところが「べろやあ!」が父親に向かうとき、少年のセクシュアリティはより内攻性を強めていく。つねよしが拾ってきた子犬が床下に落ちている缶詰やら古下駄やらをくわえ込んで散らかすので、「おとう」が防護用の囲いを作る作業をはじめる。その作業を手伝うことになったつねよしは、床下に散らかった塵を「レーキ」でかき出すように命じられる。


「レーキはとどかんもんな?」

「這いこんで行っち、かきいだせえ!」

「べろやあ! 糞器《はご》やろもん!」

「バカ、糞器《はご》やこと掃除する場所やあらんな? 早く入《へ》れえ!」


ここでのつねよしの「べろやあ!」は、「糞器《はご》」な床下が、女たちがアメリカ兵との性行為のあとの「洗浄のときにこぼした水でジメジメしてもいた」からである。先の「おっかあ」に対する「べろやあ!」が一ドル札を破り捨てる行為へと転じたことと、ここでの「べろやあ!」のどこか抑鬱性を帯びた姿勢は、少年の母と父に対するオイディプス的なバイアスだと見なしてもよいが、共通しているのは、少年のセクシュアリティを取り巻く汚濁にまみれたアメリカ占領下のオキナワの現実と「女商売」にたいする反発であった。

だがそのあとの「おとう」のとった行為は「おっかあ」が「あいなっ!?」と叫んでちらばった一ドル札をかき集めようとした行為が意味するものとは明らかに違っていた。つねよしに「この、横着もんや！」と言い放ち、持っていたげんのうでつねよしの頭にうちかかる……間一髪で止められる、が、これまでつねよしを殴っては「愛《かな》さぬならん殴ゆる場合るやんど」と言ったりしたことは嘘で、憎くて殴っているのだと突き放した認識を示す。「ちかごろ、反抗ばっかりし……」と咎める「おとう」のことばに、声もなく泣きながら決定的とも言える――だが、それは少年の口からけっして外へ吐き出されることはなく――抑止された声として少年の心の閉ざされた内壁で反響する。《……そうだ、ぼくは知っているぞ、おとうだって兵隊みたいに、あれがやりたくて、やりたくてのしかかったら余計なものが出てきたというんだろう？　厄介な……お荷物のぼくがさ……ちぇっ！》

つねよしの内部で悪態をつく声は、息子が父親に抱く一種オイディプス・コンプレックス的な歪みがかかっていると言えなくもないが、しかしこの声は誰に向けるともなく、ただつねよし自身の抑鬱として読むことができるはずだ。ここでの「おとう」に対する悪意にゆがんだコンプレックスは、少年がはじめて自慰を覚えたときに訪れた「ぼくには、その時になってすべてがわかったんだよ。そうなんだ、それは単なる摩擦にすぎなかったんだ。凸《とつ》には凹《ぼこ》がなければ快感が得られないということではなかったんだ。それなのに……兵隊たちは……なんという……もう……」という奇妙な悟りと対応していると見なしてもけっして的を外した読みにはならないだろう。そしてその即物的な性認識と、父親とアメリカ兵を同列に重ね、その結果産み落とされた「余計なもの」で「厄介な」「お荷物のぼく」を自嘲する、そのすぐ前に母親が取った親密な行為は際立った対照をなしている。細石が入り赤くなったつねよしの目に気づいた「おっかあ」は、

「だあ、面持《つらも》っち来《く》うわよ」

「……」

「うち向けて、見しれえっさ！」

「こん如《ごと》うしな？」

ぼくは横にころがりながら、おっかあの膝の上に頭をのせた。おっかあはしなびたお乳をつかみだして、白い汁をひきしぼっては二滴三滴ぼくの目にたらしこんだ。

「パチパチせえ、すぐ取りゆさ」

かわった匂いがするおっかあの膝から離れて、天井を見ながら目をパチパチしていると、目尻から乳が涙のように流れた。

「なおたらや？」

「うん、なおたん！」

「おっかあ」の行為は、人々がそのようなときはそうしてきたような療法の一種だとしても、「かわった匂いがするおっかあの膝」という一節によって性的な変容をうけ、つねよしを戸惑わせるが、しかし、それはアメリカ兵と同一視した父親への嫌悪感とは相反する質をもっていることは言うまでもない。そのことは「目尻から乳が涙のように流れた」という描写が喚起するイメージと、なによりも

治癒ということと結びついていることによって納得できるはずだ。いや、むしろこう見るべきなのかもしれない。すなわち「かわった匂いがするおっかあの膝」は、少年のなかに芽生えた性の衝動を困惑のもとに感じ取った瞬間だった、と。

コンタクトゾーンと器官的疎外

「オキナワの少年」を占領下オキナワにおける少年のアイデンティティ形成の困難さという視点から鮮やかに読解したのはマイケル・モラスキーであった。モラスキーの読みの核心は「戦後沖縄アイデンティティーの複雑な内実はこの作品においてはこのように、〝沖縄〟と〝女性〟というものをアメリカの〈男性的な〉力に対する従属を共有させることを通して結びつけることでひとまず成立している。この読解を進めるならば、この小説の主人公は、自らの大人の男としての立場、マスキュリニティを確立しようとする中で、〝女性化〟された土着の沖縄と男性的な異国の占領者の世界との間で、捕らえられ、身動き出来なくなっているのだと言うことが出来よう」(「占領と性と沖縄のアイデンティティー」『占領と文学』所収、オリジン出版センター、一九九三年)というところで言い当てられている。モラスキーはこの認識を導き出すのに、主人公のつねよしのセクシュアリティのおかれている場に注目し、少年の父親に代表される男たちが女たちを借金で縛りつけ、性をアメリカ兵に切り売りさせて奴隷化し、さらにその沖縄の男たちをアメリカの占領者が支配するという「父権支配の二重構造」のなかで説明している。〝沖縄〟と〝女性〟をアメリカの〈男性的な〉力への従属を共有させることを通して結びつけることで成立する〈沖縄のアイデンティティ〉といい、〈女性化された沖縄〉という指摘は充分に説得的だ。

だが、とあえて言えば、「父権支配の二重構造」に従属化されている女たちのセクシュアリティについてこの小説は、そうした文脈だけでは掬い取れない性の位相について注意深く書き込んでいることを無視するわけにはいかないだろう。たとえば書き出しでつねよしのベッドを借りるミチコーが「ごめんなあ！」と声をかけ、「兵隊の手をひっぱって、腰にくっつけながら、目だけでわらってこっちをみていた」と描写されていることや、つねよしが《ヒヤヒヤヒヤ！　我《わ》あがベッドで犬の如し、あんちきしょうらがつるんで居《お》んど！》と心のなかで叫びながら外に飛び出したところ、民家の門口でつねよしがひそかに恋慕の情を抱いているチーコ姉《ねえ》の乳に額をうちつけ、本当の姉さんのように髪が長いといっては散髪にいくように叱る場面のあと、つねよしが走るのを止め、チーコ姉がのぼっていった坂を振り返った向こうに見た光景に感じ取ることができる性の陰翳である。振り返った向こう、ネオンの光でほのあかるんだ空のもと落下傘のように広がったスカートとそこからすずめのチョンチョン足に似ている細い足が出ているのを目にする、が、「あれっ？」という少年の呟きとともに出現する「道の片側にたっていた兵隊が、ついっとチーコ姉によると、チーコ姉はその腕にぶらさがって、そのまま角をまがって見えなくなった」という情景は、街娼行為を示しているが、しかしそこにはアメリカ兵に身を売る女たちの性において生きられているもう一つの性がある。性が売り買いされる境界で、かすかにエロスが差し込む気配を感じさせるだろう。おそらく少年は直感的にそれに気づいている。「父権支配の二重構造」に繋ぎとめられているとはいえ、女たちは売春行為の内部で〝第三の性〟のように性の迷宮を渡っている、ということである。少年がひそかに思いを寄せるチーコ姉だけに、よけいにその光景はネオンの光のほの灯りのようにエロス的なものの鈍い光を放っている。

とはいえ、そのことが即物的に反転すると「父権支配の二重構造」を逆なでする形であらわれる。

たとえばそれは、隣の部屋で女たちが興じる下ネタ話で、チーコ姉が、その時に及んで性病を恐がる若いアメリカ兵に下半身をむき出しにしてどやしつけたという行為や、家族部隊のメイドをしているときにしつこくつきまとう、アメリカの少年を逆にとっつかまえて「習わせて」やったという挑発的な逸話に垣間見ることができる。だが、そのすぐあとに、わたしだって十四のときに「習わせられた」と言わせることによって、性のヘゲモニーは二重化される。ここでの「習わせる／習わせられる」関係は、イニシエーションとしての性を想起させるが、占領というファクターが介在することによって暴力的な陰翳を帯び、女たちは「父権支配の二重構造」のもとで性のヘゲモニーを変容ないしは逆転させながらエロス的なものの辺縁を漂流する。

この場面は、「山学校」から帰ったつねよしが隣の部屋でチーコ姉が話しているのを〈聴く〉という設定になっている。この〈聴く〉というシチュエーションは、〈対〉を獲得できない少年の宙吊りにされたマスキュリニティという視座を抜きにしては理解できないだろう。つまり少年は盗聴行為的にしか性に参入できない。この参入のあり方は、少年が茶の間でアメリカ兵と女の行為を漏れ聞きながら自瀆するところに象徴化されている。いわば〈聴く〉という行為には〈盗む〉というもうひとつの契機が縫い合わされていて、そのことが少年の現実参入の秘儀的な方法にもなっているということでもある。ここでいう「秘儀的」ということは、少年の性が〈対〉ないし外部を獲得できないことと関係していることは言うまでもない。

こうした秘儀的な参入は密室から外に出て、たとえば、浜に引き上げられたサバニ舟に寝ているとき、二人の漁師の会話の場面でも基本的に変わりはない。

「……浜上地のひろこも、ブラジルかへ立つんといいよるもんやあ……」

「……せいきちの傍《はた》かへな？……」

「……ああ……」

底にたまった水をかいだしているのであろう。ジャボッ、ジャボッと音がする。

「……あんすしが増しよ。あれん姉さん如《ぐと》うし、アメリカーと偶《ぐう》になってハーニーになゆる場合かやと思ったしが……」

「……ああ……フッフッフ、よごれハイカラーやったんやあ……」

「……ああ……フッフッ、おしろい塗りたっくわしてやあ……」


この対話から送り届けられてくるのは、冒頭でも触れたように沖縄コトバの〈話の現存性〉と、二人の会話が他と違って沈黙の間合いを記号的に伝える「……」の多用である。挿入された複数の間合いに、おそらく漁師の寡黙さを含意させているということだろうが、この沈黙の間を挟んだ会話において、沖縄の近現代が辿った移民とアメリカによる占領、そのことに従属的に繋ぎとめられている女たちの人生模様がユーモアとペーソスのなかから滲み出てくるようになっている。ミチコーやヨーコやチーコ姉たちのもうひとつの姿がここからは見えてくる。ここでの〈聴く〉という行為もまた盗聴的な性格を帯びているのがわかる。注意しておきたいのは、少年は好んで〈聴く〉という場を選びとっているわけではない。それはある啓示のように訪れるということである。そしてその〈聴く〉ことの徹底した受動性において〈視る〉ということに連接される構造をもっている。

少年の〈視る〉ことにおいて出現するのは、占領によって変容した〝オキナワ〟である。たとえば漁師の会話が途絶えたあと、舟底から首をもたげた少年が目にするのは、小さな帆をふくらませ沖のほうに向かうサバニ舟とは対照的な「勝連半島の上の空がむらさき色になって、朝はちかい。海の上の軍艦のギラギラもきえている」光景であった。その前の夜は海の匂いのする風を浴びながら、月の光のもとほのじろむ美里村の屋根屋根とともに「海には軍艦のイルミネーションが、入用もないのにギラギラしていた」様子を見ていた。別のところでは、七色に輝いている海の広がりと「湾のいりぐちにあるホワイトビーチ軍港の空母がまぼろしのように浮かんでいる」のを目撃していた。占領の風景は少年の眼において偏り取られるのだ。

こうした〈聴く〉ことと〈視る〉ことは、少年の器官が占領と接触するコンタクトゾーンにおいて鋭敏になり、鋭敏になるだけ避けられようもなく〈盗聴〉と〈窃視〉という性格を帯びることになる。繰り返すことになるが、そのことはマイケル・モラスキーがいみじくも指摘した、少年がマスキュリニティを確立しようとすればするほど「〝女性化〟された土着の沖縄と男性的な異国の占領者の世界との間で、捕らえられ、身動き出来なくなっている」抑圧されたメカニズムに関係している。つまり少年のマスキュリニティが「捕らえられ、身動きが出来ない」ことによって逆に〈耳〉と〈眼〉は鋭くなり、占領の風景に秘儀的に〈盗聴〉もしくは〈窃視的〉にかかわっていくことになる。

たしかに〈聴く〉ことと〈視る〉こと、〈耳〉と〈眼〉の器官的強度は、この小説の文体の固有なセンサーシップになってもいる。少年が美里村からコザに移り住んだときに感じた「なきわらいの時のようなおかしさと悲しさ」から、「日向にでてきたみみずに蟻がたかるみたいに、軍用道路に土地をなくした住民が、しゃぶりついてできた町」としてコザの町の構造を認識するのも少年のイノセンスが疎外した〈眼〉の強度においてであった。コザ小学校の前にある山のてっぺんからは、一本の軍用道路にしがみつき、どの店にも大きな看板がたてられて、前をかざってうしろを隠しているけれど、「まる見えになったコザの町を見下ろす」というところもまた、抑止されたマスキュリニティにかかわっている。ここでの「見下ろす」という鳥瞰は少年の夢想や無垢性のエンブレムと見なしても間違いにはならないだろう。そして占領が吹き溜まったコザは、「さびたトタン屋根やすすくった瓦屋根の間に、ものほし台や便所や、煙突や水タンクがゴチャゴチャして、ぼくは恥ずかしい部分をみているような気がして、チョオッと嘲りたくなっていた」というように、非占領の歪みが「恥ずかしい部分」として身体化されたイメージで受けとめられるのだ。

　さらに言えば、こうした少年の〈聴く〉ことと〈視る〉ことに、〈嗅ぐ〉ことを付け加えなければならないだろう。実際この小説のなかには〈匂い〉と〈嗅ぐ〉という場面が散りばめられている。たとえば女たちが利用したあとの部屋は「女の匂いがプンプン」しているし、少年が夢うつつの状態で「やな香気《かざ》し……いつまでん、プーンとやな香気《かざ》しならんもん！」となされるところ、自慰のあとの草にかかった液の「青芽の匂い」、通りをぶらぶらするアメリカ兵の「せっけんの匂い」や女たちの「こうすいくさいドレス」など、少年はアメリカとのコンタクトゾーンを〈嗅ぐ〉ということで感受させられる。基地の町コザはまた〈匂い〉の町でもある。〈匂い〉は基地と関係づけられることによって特別な意味を放散する。つねよしの夢にまで侵入してくる「やな香気《かざ》」は、占領によってもたらされる不条理な、だが強い侵食力をもったセクシュアルなものの隠喩にもなっている。だからこそ「やな香気《かざ》」であるだけではなく、「いつまでん」とされることによってその侵食力の強さが嗅ぎ分けられるのだ。

　こうした〈聴く〉ことと〈視る〉こと、そして〈嗅ぐ〉ことは、圧倒的なアメリカの侵食を受けた思春期の少年の不安定で困難なマスキュリニティを代補する器官的疎外であった。たしかに「オキナワの少年」の特徴のひとつは、少年のやわらかい器官が女たちや両親や占領の風景の結界で描く震えの軌跡にある、と言える。〈耳〉や〈眼〉の方法は「べろやあ!」という否定の矢印が向かう夢想の無垢性と共犯しながら、アメリカ占領下の〝オキナワ〟の「なきわらいの時のようなおかしさと悲しさ」に染まった風景と交渉しつつ、この小説が戦後沖縄の表出史を決定的に変えた沖縄のことばの〈話の現存性〉を刻み込んでいく。

2 コロニアル・グラモフォン

なぜ小説のタイトルの固有名詞は〝沖縄〟ではなく〝オキナワ〟だったのか。そしてなぜ片方の性の「少年」だったのか。「オキナワの少年」は、言語とジェンダー関係についてきわめて示唆に富む認識に導いてくれる。「少女」ではなく「少年」だったことは、作者の私小説的コンテクストによるものであったにしても、〝沖縄〟を〝オキナワ〟にしたことは東峰夫の占領認識にかかわっていた。この固有名のカタカナ表記によってアメリカの占領とそれによって捕らえられ、変質していく沖縄の戦後性がより明示的に表象される。占領と性は分かちがたく結びつく。だから、マイケル・モラスキーがこの結びつきを「性的関係とある種の正字法」という視点から読んだのには根拠があった。「占領と性と沖縄のアイデンティティー」のなかで、モラスキーは「オキナワの少年」の文体に注目し、カタカナの「戦略的な採用」について論述している。小説のタイトルに沖縄のアイデンティティの問題が示唆されていたことについて「敢えてカタカナで記されたその言葉〝オキナワ〟は、〝沖縄〟であったものが、アメリカ占領のヒリヒリした現実と向かい合うことで、すっかりその性格を変え、書き換えられてしまったのだと告げているようでもある」と指摘し、さらに「少年」という片方の性だけを選び取っていることに注意するならば「この小説が沖縄アイデンティティーという問題に、言語とジェンダーとを通じて言及しているのだと予想することが出来よう。そして物語は事実、性的関係とある種の正字法、文字論をその課題として孕みつつ展開していく」としていた。「性的関係と正字法」はカタカナの使用において戦略的に結び合わされ、それはタイトルの象徴的な表記だけではなく、作品のなかでも一般的な外来語と擬音や擬態語をのぞけば、アメリカ兵と寝る女にのみ限定的に使用されることで特別な結びつきが表意されると捉えている。

たしかに「女商売」に携わる名は「ヨーコー」や「ミチコー」や「チーコ」や「スージー」と表記されている。そのことは他の登場人物名が、主人公の「つねよし」、「おじい」の口から明らかにされる「おとう」の名の「ぜんきちぃ」、「おっかあ」の名の「まつこぅ」、いとこでタクシードライバーの「幸吉にいさん」と女商売に長けた「山ノ内叔父さん」、新聞配達のアルバイト先の「波照間のおじさん」、友人の「恵三くん」や級長の「政一」、担任の「安里先生」、六年生までいっしょだった「さちこ」とその弟の「しげる」、漁師部落の「おじさん」など、すべて漢字か平仮名であるのとは明確な違いをみせている。

モラスキーの読みで興味深いのは、カタカナが象徴するものによって、占領で変質した沖縄が「女性的（フェミニン）であり、在外のもの（フォーリン）である」としたところである。カタカナはまさに「女達を外国の男達との性関係という刻印の下に認識するための記号」として使用されているということである。

言語とジェンダーの関係について、結論部分でつぎのようにまとめている。すなわち「戦略的に律されたテキストの〝正字法〟は、正に、外国からの占領者によって隅々まで変質した沖縄を起ち現わさせる過不足のない手段である。政治的に占領された実体は性において占領された肉体にピッタリ重なり合い、社会においても自然においてもその風景に処女地を残しはしない。／この沖縄こそが、そこで〝つねよし〟がアイデンティティーを獲得しようとしなければならなかった〝オキナワ〟である」と。「戦略的に律されたテキストの〝正字法〟」とは、まさしくアメリカの浸食を受けた沖縄が〝フェミニン〟であることと〝フォーリン〟であることを認識させる。こうした「性的関係とある種の正字法、文字論をその課題として孕みつつ展開していく」ことへのモラスキーの着目は、占領と性とアイデンティティへの理解を導いただけではなく、この小説の文体のひとつの特性を言い当てている。

だが、とここであえて言えば、「オキナワの少年」の文体は「性的関係と正字法」にとどまるものではない。いやそれ以上にこの小説の核心は、モラスキーがけっして言及することのなかった沖縄の言語の革命的ともいえる応用と組み換えにあった。「オキナワの少年」が沖縄で言語表現に携わる者たちに衝撃をもって迎えられたのは、これまで誰もなし得なかった文学空間への沖縄語の参入であった。当時高校生だった崎山多美は「日本語をからかうように飛び交う沖縄コトバ」に胸騒がせ、「なかなかこの身に馴じんでくれない標準的日本語を溜息まじりに眺め暮らしていた私にとって、それこそバクダンであった」と受けとめ、仲程昌徳は「標準語の呪縛からの解放」とまで言っている。

言語と主体のメタモルフォーゼ

「オキナワの少年」は一九七一年の「文學界」新人賞、同年下半期の芥川賞を李恢成の「砧をうつ女」とともに受賞した。沖縄出身の作家と在日朝鮮人作家が同時に受賞したことで話題になったことでも知られるが、この同時受賞は単なる偶然と見なすことができるにしても、時の司祭は、日本の近代が陵辱し内部に取り込みつつ排除した二つの〈在日〉の経験から生まれた作品によって、日本文学が二重の植民地をもったことの有徴性と向き合うための窓を開くことになった。東峰夫の「オキナワの少年」について言えば、アメリカのむきだしの占領状態に置かれた荒野から生まれた小説によって遂行された沖縄語の惑乱的現前は、日本文学の枠組みそのものを問うことになった。

だが、「オキナワの少年」が拓いた世界は、そうした日本文学の内輪の事情にはかかわりなく、戦争と植民地と占領を重層的に生きた沖縄の地において、言語を獲得し直すことがどのようなことなのかを、作品そのものにおいて提示して見せた。崎山多美や仲程昌徳の受けとめ方からもわかるように、沖縄の表出史において「オキナワの少年」の言語的達成はひとつの画期を印したことは疑い得ない。

東峰夫はこの作品が生まれた事情を、詩人の勝連敏男との対談「東峰夫の軌跡――夢への脱出・夢からの帰還」(「沖縄公論」第十三号、一九八二年)のなかで語っている。対談のなかで東はまず、フィリピンのミンダナオ島で開拓移民の子として生まれたこと、コザ高校を中退したあと、父とともに嘉手納基地で「ソージサー」をしていたこと、二年後にそこを辞めてからはブロック工場や看板屋の見習いをしていたが、二十六歳のときにパスポートを取得し集団就職で東京に働きに出たこと、日雇い生活をしながら十年後に初めて書いたのが「オキナワの少年」であったことなど、作品が生まれるまでの遍歴を紹介している。そして文学界新人賞に二度投稿したが、最初は没になり、「書き改め」翌年投稿、それが受賞したことを明かしている。重要なのは書き改めた内容である。勝連敏男の「どういうところを書き改めたんでしょう」という問いに応えて言っている。

東　「ぼく」ではなくして、最初は「彼」という客観描写をしていました。ところが客観描写をしていると、靴の上からかゆいところを掻いているような感じでうまくいかないんですよ。それで「ぼく」になおして自分が少年になった気持ちで、ウチナーグチもチャンポンにしてかいたわけです。それがよかったんでしょうね。

勝連　最初はウチナーグチは入れてなかったんですか。

東　ウチナーグチは全然なく、標準語だけだったんです。それが駄目だったんでしょうね。でもそれを「ぼく」にかき直して、語り口のなかに沖縄的な言葉をいっぱい取り込んだんですよ。会話の中にもそれを取り入れた、それが結果的によかったんだろうと思います。

簡潔ながら決定的なことが言われているように思う。そして二つのポイントに気づかされる。第一に、主人公を「彼」という三人称の客観描写から「ぼく」という一人称に変えたこと、第二に、変えることによって主人公の語ることばに根源的な変化が訪れたということである。「彼」による標準語の叙述から「ぼく」によるウチナーグチの叙述へ、この「書き改め」による主体と言語の変成はきわめて重要な意味をもっているように思える。「彼」が「ぼく」になることは人称の移動にちがいないが、それにとどまるものではない。主体の変化が能記を孕むことであり、能記としての「ぼく」にウチナーグチは泳ぐ水を与えるように与え、〈話の現存性〉を獲得していくのだ。言語と主体を同化主義的に書き換えられた植民地においては、話すこと、書くこと、つまり言表行為そのものが避けようもなく政治的なるものを帯びるということである。人称変化にとどまらない、と言ったのはそういった意味である。

「オキナワの少年」の骨法は、そういった意味で、植民地化された土地における言語と声を取り戻す試みにもなっている。この言語と声を取り戻し、帰還させる文体の力こそ、マイケル・モラスキーがけっして踏み込むことができなかった領域でもあった。話す言語と書く主体を変えることによって出現した物語空間は、この小説のコアを決定づけている。カタカナの戦略的採用が「言語とジェンダー」の結びつきを前景化するならば、「彼」から「ぼく」へ、「標準語」から「ウチナーグチ」へのメタモルフォーゼは、作品の自力と地力を組み換え、「言語と植民地」の関係をこじ開けることになった。

仲程昌徳は「文学作品における沖縄の言葉」(『沖縄文学の地平』三一書房、一九八一年)のなかで、「オキナワの少年」に触発されながら、沖縄の作家たちが沖縄の言語を作品のなかにどのように取り入れたのかについて論及している。戦前、国民精神総動員の一環として挙県的一大運動として取り組まれた標準語励行運動とそれを裏づけた「標準語励行県民運動要項」、それから十年後のアメリカの占領初期、「放送語を沖縄語で」とか「教科書を沖縄方言で」などに見られる動きを、戦前の皇民化教育の内面化を克服しえなかったことや戦後の占領政策を批判的に摂取することすらできず、なす術もなく流産させられた沖縄のコトバが辿ったコロニアルな曲折と暗渠を想起し、「小説作品に、沖縄の言葉を大胆に取り込んでいく方法が、意識的であればあるほど、その言葉のになった歴史がたちあらわれてくるのは、不思議なことではあるまい。特に、それが単なる地方語としてあるのではなく、一つの独立した方言圏を形成した言葉としてあったことによって、さまざまな問題をひき起こした、という歴史を有したことからすれば、なおさらであろう」とまっとうなことを言っている。ここでは「一つの独立した方言圏」という語義矛盾については立ち入らないが、「独立した」という前置きがあるとはいえ、沖縄の言語を「方言」としたところに、仲程にしてもなお近代の国語という思想の陥穽から自由ではなかった、ということは指摘しておいてもいい。「方言」ではなく「固有語」と捉えるべきなのだ。沖縄のことばにかかわる表現者たちは、内面化された同化と国語イデオロギーを踏み越える手前でウッチントゥ（うつむく）する。ルビコン川を渡ることはついになかった。

仲程は山之口貘の詩のなかに出てくる単発的なウチナーグチの使用、霜田正次の小説への琉歌の挿入、大城立裕の「実験方言」など、文学作品における沖縄のことばを取り入れた例を挙げ、こうした試みが断片的、実験的な段階にとどまっていたのに対し、「オキナワの少年」は「強烈な個性の誕生」と「新鮮な魅力」を付け加えたと述べている。このことを論証するため、とりわけ副題を「実験方言をもつある風土記」とした大城立裕の短篇「亀甲墓」との比較をしている。「亀甲墓」が助詞や動詞、畳語の使いかたを工夫し、沖縄風のニュアンスを出しているにしても、その幅は限定され「ごつごつと固い」印象を与えているのに対し、「オキナワの少年」の会話の流れは「なんと巧みに、なんと自由に」不自然なところがない、本格的な展開になっていると考察している。「沖縄の言葉そのまま」で「沖縄的共通語」とも述べている。明らかにそれまでの文学作品におけることばの風景とは違う、言語の地勢を描き換え、標準日本語に媚びたコンプレックスからくる固さを解く自由度と屈伸力があったということである。「標準語の呪縛からの解放」と言ったのは理由のないことではなかった。

崎山多美もまた、仲程昌徳と似たような感想を抱いていた。大城立裕ら先輩作家たちのそれまでの沖縄コトバを日本語にのせる工夫にもかかわらず、「標準的日本語に回収」され「保守的日本語の補完装置」にとどまっていたとして、他方、「オキナワの少年」の「教育的標準語の圧迫をくぐり抜けるようにして作品全体に滲みでた作者自身の内的言語リズムの自由奔放さ」の新しさについて触れている。「教育的標準語の圧迫をくぐり抜ける」ということと「内的言語リズム」に注目したい。なぜならそれこそ、主人公を「彼」から「ぼく」に、「標準語」から「ウチナーグチ」に変える動力になっていて、民衆の身体に埋め込まれている声とことばを発見することを可能にしたのだ。東峰夫の「ぼく」は「教育的標準語」のなかにはいない。「ぼく」は移民と軍作業と集団就職と日雇いの〈話の現存〉のなかに住む。多くの読み手がこの作品から受け取った解放感はアカデミズムの外の、民衆の身体化された言語とその内的リズムに関係していたことは疑いようがない。

それでは、なぜ、東峰夫において「彼」から「ぼく」に、「標準日本語」から「ウチナーグチ」への変成は可能となったのだろうか。やはり勝連敏男との対談は、東峰夫の言語観を知るうえで見落とせない答えを用意している。勝連が沖縄のことばを文字化することの困難さについて尋ねたことに、フィリピンでの移民生活と沖縄への帰還と集団就職での上京による言語環境の違いを知ったことが幸いしていると東は応えている。さらに東京で沖縄のことばを標準語で考えてみたところ、古語が転化したものが多いことに気づき、それを元に戻して現代風に書けば理解の幅が広がるにちがいないと思ったとして、「だからたぶん沖縄に育って標準語を知らないで、方言ばかり喋っていて方言会話を書こうとしてもできなかったかもしれない」と興味深い見解を披露している。ここでも沖縄のことばを「方言」としているが、「オキナワの少年」の言語の地政は標準日本語に従属的に関係づけられた枠組みに閉じ込めることなどできない、むしろ「方言」という概念を内側から変えていく力をもっていることは言うまでもあるまい。

この東峰夫の発言から見えてくることは、沖縄語と標準日本語の〈あいだ〉を生きることによって双方を交渉させ、さらにそれを〈翻訳〉する二重の作業が介在していることである。二つの言語のインターフェイスにこそ「オキナワの少年」の文体の地力があり、作品のなかから立ち上がってくる声の響きを特徴づけてもいる。それを可能にしたのが移民と沖縄への帰還と沖縄からの脱出からくる、入れ子状の言語体験であった。

〈あいだ〉を生きること、〈翻訳〉すること

では、沖縄のことばの「文字化」は小説のなかでどのようになされたのか、そしてそのことによって何が提示されたのか、具体的にみてみよう。そこから沖縄語と標準語の〈あいだ〉を生きることと〈翻訳〉行為がどのようなものなのかを探りあてることができるはずである。


「つね、風が暴れこむるもん、早《へえ》く閉めれ！」

と、おっかあがいったけれど、ぼくはバンバンうたれている山羊から目がはなせないでいた。

(山羊に草やらんとならんがなあ、山羊が餌欲《やほ》さぬ餌欲さぬって鳴いてるがなあ)

小便を我慢してる時みたいに、ぼくはジリジリしていたんだ。

(はあもう！　早く草刈りにいかんとならんがあ！)

そう阿鼻《あび》しているうちに、肝がホトホトしてきて、ヒイーッヒイーッヒイーッ。泣かされてしまっていた。胆がいたくて、うめいて、苦しさのあまりに目をさますと、ぼくはベッドに寝てい

る。

つねよし少年の夢に出てくる嵐の日のシーンである。一家がコザの町に引っ越す一年前、美里村で山羊を「四頭も束《つか》なって」いて、餌の草刈はつねよしの役目だった。「風が暴れる日」には、実際はあらかじめ余分にまとめて刈り取って与えたが、夢ではそのことが括弧に括られた潜在意識となって投影されている。この夢のシーンで肝心なのは「小便を我慢してる時みたいに」ジリジリしたつねよしの焦燥感と言えよう。なぜなら、このすぐ前には、ミチコーが客のアメリカ兵の相手をするため母親から半強制的にベッドを追われた場面があることと、女の匂いで息がつまってしまう部屋に戻ってみて、チーコ姉からもらったポパイの絵が描いてある時計がなくなっているのに気づき、母親を「あんやこと好かんといったえさに!?」となじり、口論となる場面になっていたことが投射されていたからである。つねよしを「肝がホトホトしてきて、ヒイーッヒイーッヒイーッ」させた夢は、現実のやるせなさが少なくとも伏線になっていたと見なしてもよい。夢は現実を騙り直すとすれば、汚濁に満ちたアメリカとのコンタクトゾーンは、家族が親密だった村での牧歌を呼び戻す。しかしその村はすでに失われ、占領の穢れによって不安に翳る。だからこそ、目覚めたあと「ほっとするより以上に、こんどはさびしくなってきた」と言わなければならなかったのだ。この「さびしさ」は、丹精込めて「束《つか》」なった大きな茶色の目をした栗色の毛並みの外国産の山羊が子を産み、その子山羊が肥溜めに落ちて死んだことから二度と子を産まなくなったので、すぐに売られ、殺され、喰われた痛みと喪失感が投影されてもいた。不安に翳る夢見を通して、外国兵に犯された〝オキナワ〟を、外国産の山羊の親子の不遇な運命によって打ち消そうとする逆説的な寓意になっているようにも思える。

引用した文からは、沖縄のことばを文字化するにあたっての工夫の痕跡を見ることができるはずだ。崎山多美が言った「日本語をからかうような沖縄コトバのリズム」と、沖縄のことばの「音感と意味をうまく合体させた当て字の、一見デコボコにも見えるその奇抜な組み合わせ」である。たとえば、「ひもじい」は沖縄のことばでは「やーさん」だが「餌欲《やほ》さぬ」としたこと、また「しゃべる」は「あびーん」となるが、「阿鼻《あび》」とすることで切迫した感じを伝えている、と崎山は指摘している。「肝がホトホト」は心が騒ぐ状態を意味している。これらの例からもわかるように「オキナワの少年」の文体を特徴づけているのは、沖縄のコトバを忠実になぞることにあるのではなく、沖縄語の音感と意味を巧みに組み合わせる文字化の力量、つまり〈翻訳〉行為の介在なしにはあり得ないということである。

もう少し進んでみよう。敗戦によって沖縄に帰還した一家を「おじい」が収容所のテントから飛び出してきて迎えた、感激の再会場面である。


「おおっ、ぜんきちぃまつこぅ！　無事帰《ぶじけえ》て来《く》られゆたんなあ!?」

「あいよな！　おじいもよう頑丈しおったえさやあ!?」

「おおっさ！　南洋も玉砕と聞《ち》ちおったしが、ようまあ帰《けえ》らられったさ！　して、誰《たあ》ん戦《いくさ》にまけらんたんな!?」

「はいなっ、兵隊《ひいたい》にん行かんでまことしおったれえ、親子もろとも皆無事《んなぶじ》やせえ！」

「ううっ、良《よう》しやさ！　ようしやさ！」

ここでは沖縄語の音感と意味を合体させた当て字の妙技というよりはむしろ「日本語をからかうような沖縄コトバのリズム」の効果をみたほうがよい。沖縄語のリズムが日本語のエッジに働きかけ、変容させる。ついでに「沖縄コトバのリズム」を外来語と交配させたならばどうなるかを二つの例からみてみたい。


「そばの兵隊が膝《ひさ》踏《ふ》ん付《じ》けて、くるま走《は》い飛ばしめたんとよ！」

「えっ？　アクセル下《くだ》めとる膝な？」

「うん、ハアバー、ハアバー、ハヤク、ハヤクといっち……」

「幸吉にいさんは五体《ぐてい》があるもん、押し転ばさらんたる場合がや？」

「押し転ばさるるかや、相手はうしの如《ごと》うる三人組のマリンやったといゆるもん！」


「何《ぬ》しおったかといっちん、忙《いそが》さぬならんしわからんな？　ビール買《こ》うたり湯《ゆう》わかしたり……。さっき、その兵隊《ひぃたい》が吐きあげて雑巾かけておったんよ、ママサン、ベンジョベンジョといっち這《ほ》うていきよるもん……」

「アウトサイド、アウトサイドといっち声浴びしたんな!?」

「やさ、アウトサイド、アウトサイドと浴びして、すぐあと追うたしがまにあわんよ。隅にむかってたらしておるもん」


前の引用文はタクシー運転手をしているいとこの「幸吉にいさん」が三人組のマリン兵のタクシー

強盗にあい、車を大破させられたときの様子をつねよしと両親が話しているところだが、このなかに出てくる「アクセル下《くだ》めとる」の「下《くだ》める」とは「踏みつける」の意味で、「五体《ぐてい》」とは「ぐてぃ」つまり「腕力」の当て字だが、ここでの当て字工作は必ずしも成功しているとはいえない。とはいえ、この引用文からは沖縄語の音韻や語幹をもとにして、標準日本語と外来語の断片が対話的にかけ合わされ、多声的な響きを刻み込んでいるのが見て取れる。後ろの引用は、客の米兵が飲料水を入れた甕に小便したときの、母親の対応とそれを咎める少年のやりとりである。ここでの「ハアバー、ハアバー」や「アウトサイド、アウトサイド」という外来語の片言は、沖縄コトバでの会話のなかに混入し、ポリフォニックな効果を生んでいるのがわかるだろう。

　このほか沖縄コトバの音感と意味の組合せの巧みさとしてみれば、意表を衝く出来事への反応としての「呆《あ》っ気《き》さめよ」とか、生理的な嫌悪感を示すときの「糞器《はご》やろもん」、擬態語の髪が長く伸び放題になっていることを示す「髪頭《かんとう》バアバア」とか、「肝《きも》もホトホト」や「イッサンゴーゴー」などのほうがツボをおさえている。沖縄語のリズムと語感と意味を合体させた畳語の喚起する力で言えば、たとえば、サイパンから引き上げる船の中での会話に出てくる「おじいの家についたら、きなこのプクプクふきでちょる芋を噛《かん》ん割《わ》い、かんわい喰《く》おうな。掌程の肉《しし》をシイシイ喰おうな」というところだろう。そして何と言っても造語の妙味と膨らみから見れば、おとうが「女商売」で儲かる秘訣を山ノ内叔父さんから伝授されたときの「乳摩訶《ちいちまが》の女子、蜂鎌首《はちがまく》のおなごから選んで三、四名は集めらんとならん筈や」「うちのスージー如《ごと》うる色白うの、尻曲《ちびまが》り屋が見つかれば儲けたるもんやがな」というところである。「乳摩訶《ちいちまが》」とはおっぱいがでかいという意味で、「蜂鎌首《はちがまく》」とは蜂のようにくびれた腰を指して言う造語などで、それらは、二つのことばの境界を侵犯し、新たなことばのゾーンを敷設していくようだ。

アメリカの占領によって変質した沖縄が〝フェミニン〟であり〝フォーリン〟であることを表象したのが「戦略的に律されたテキストの〝正字法〟」、つまりカタカナの戦略的採用であるならば、これまで見てきたことから言えるのは、沖縄語と標準日本語の〈あいだ〉を生きることと〈翻訳〉行為によって〝正字法〟が解体させられている言語地図である。日本語の境界を沖縄語の異化力によって侵犯し、第三の言語地図が描き込まれるのだ。その錬金術は異語とも造語ともとれる、言の葉を繁茂させる。「オキナワの少年」を読むことで感じる解放感は、まさに「日本語をからかうような沖縄コトバ」のカーニバル性によるものであり、〝正字法〟など必要としない抗体の自在さにあった。この段階を沖縄の言語が標準日本語に組み伏せられる過程の一現象と見ればいいのか、それとも標準日本語への従属から脱し、固有語としての沖縄語の地力にして自力へと至る侵犯行為と捉えればよいのか。そのいずれでもあり、いずれでもない。いわば、「オキナワの少年」によって出現した言語地図は〈あいだ〉を力にする亜言語帯と見なすことができる。

こうした「オキナワの少年」によって体験させられるコロニアル・グラモフォンとも言える言語の群島性は、たとえばミハイル・バフチンが『小説の言葉』(平凡社、一九九六年)のなかに収めた「詩の言葉と小説の言葉」のなかで言及している「標準語」と「方言」(ここでもだが)の対話的交渉と相互侵入/相互変容という視点で捉え直すことができるように思える。すなわち、「方言」は文学のなかに入り、加わることによって変形し、「方言」としての規定を失っていくが、しかし「他方では、これらの方言は、標準語の中に入り込み、その中でも自己の方言学的な弾力性、自己の異言語性を保つことによって、逆にその標準語をも変形させる。つまり標準語もまた、かつての閉じられた社会的言語の体系ではなくなるのである」としたこと、また「標準語の中では、ことばに住みついた志向の多様性（それは生きた、閉じられた方言ならば、そのどれにも存在する）は、多言語使用へと移行する。これは単一の言語ではない、諸言語の対話」と述べていたところである。

東峰夫によって開かれた〈話の現存性〉とは、バフチンのひそみに倣って言えば、標準日本語のなかに入り込み、そのなかでも沖縄語の弾力性と異語性を保つことによって日本語を変形させ、多言語使用へ移行させたということになる。沖縄の言語が標準語に「入り込む」ことは、沖縄のことばを損なうのではなく、そのなかでその弾力性は保たれながら言語の風景を変えていく、ということであろう。もちろん、このことはあくまでも沖縄の言語の地力と自力なしにはありえないことは論をまたない。さらにバフチンのポリフォニー論は「相互に接触し、相互に自己を意識する〈諸言語〉のきわめて独特な統一」という状態までいく。ことわっておくが、ここでの「統一」とは〈一〉なるものへの回収ではない、諸言語の対話が重視されていることははっきりしている。バフチンのポリフォニーはむしろ対話的闘争ということなのだ。

こうして見ると「オキナワの少年」の言表行為は、沖縄の言語史を同化主義的に閉じ込め、人々の口を封じてきた国語イデオロギーの〝正字法〟を対話的に崩壊させ、沖縄コトバのイディオムを練成する。フィリピン移民、沖縄への帰還、沖縄からの脱出、そして再帰還と再脱出を刻みつつ、いくつもの〈あいだ〉を挿入していく、その〈あいだ〉こそ、「オキナワの少年」がコロニアルなグラモフォンたり得ている理由である。そういった意味で、民衆のなかの言霊を取り戻す、バフチンの言う〈メタ言語学〉的実践だと見なすことができるはずだ。一つの意識や一つの声ではけっして充足することのない多声〈楽〉的言語地図、そんな文学空間なのだ。ただ「オキナワの少年」以後の東峰夫の文学はその試みを深めていく方向を辿ったわけではない。沖縄の表現史を旋回させ、画期を印したにもかかわらず、作者自身によって置き去りにされたこの作品以後の問題は、むしろ沖縄においてことばに携わる者たちの領分に属する。

旅するパナリ、パナスの夢——崎山多美のイナグ

1　声と物語の境界

なぜ書くか、沖縄において書くとはどのようなことばをめぐるジレンマを引き受けることなのか、と問いを立ててみる。標準日本語によって沖縄のことばが放逐されつつある現在、こうした問いがどこまで有効なのかは意見が分かれるところでもある。しかし、時代によって、書き手によって濃淡があるにしても、沖縄の言語表出は二つのことばの狭間で揺れ続けた歴史をもっていることに変りはない。

目取真俊は、沖縄の言語が独自な文字体系をもたないまま近代日本に組み込まれたことの「限界」と、次第に消えつつある琉球諸語への「悲しみ」を、書くことの内部で意識していたが、崎山多美においては、標準日本語と沖縄の言語の狭間で書くことのジレンマとして抱きとめていた。その鋭敏なセンサーシップは目取真俊とともに、沖縄の現代作家では際立っている。たとえば「コトバの風景——〈アッパ〉と〈アンナ〉と〈オバァ〉の狭間で」（初出は「ＥＤＧＥ」七号、一九九八年、以下「コトバの風景」と略記）のなかで、富岡多恵子の『ニホン・ニホン人』（集英社文庫）に収められている「方言という母国語」を例に挙げながら、関西出身の富岡が東京コトバのなかで覚えたという「とまどいと不安」

を引き合いに出して、富岡と自分との違いについて触れている。「混乱はもっぱらコトバを喋るときにおこっていて、不安もそこにあった。コトバでものを書くときわたしにあっても方言による混乱はほとんどなかった」という個所に注目しながら、喋るときの混乱は起こっても、方言が書くことに及ぼす混乱はない、とした濡い物言いに、標準語と沖縄の言語の間で苦しめられた沖縄の書き手と較べてみると、溜息のでる発言だとして受けとめている。富岡の「とまどいと不安」はもっぱら話すときにのみかかわるもので、書くときには問題にならないということであるが、しかし話すことと書くことは、地理的な距離によることばの差という以上に、本来が別もので、富岡の認識はどこかが転倒していることを崎山は指摘している。富岡と崎山との違いは、東京に対する大阪と沖縄の距離のみにあるのではなく、違いの違い、差異の差異のようなものがあることに注意深く目を向ける。すなわち「オキナワの書き手たちが、なかなか上手になれなかった日本語（標準語）とウチナーグチとの狭間で苦い葛藤をつづけ、どうにかウチナーグチの日本語圏に参加を目論んできたのは（中略）権力のコトバたる標準語に擦り寄って自己表現をせざるをえないことへの異和感、屈辱感、しらじらしさ、ぎこちなさ、空虚さが、オキナワの書き手たちを日常語であったシマコトバへと向かわせたのではなかったか」と述べている、「日本語（標準語）とウチナーグチとの狭間」という箇所に、そして「権力のコトバたる標準語」への異和を含む複合した感情に、富岡の大阪と崎山の沖縄がおかれていることばの環境の根本的な違いがあった。

ここでの「異和感、屈辱感、しらじらしさ、ぎこちなさ、空虚さ」は、目取真俊が抱いた「悲しみ」の崎山なりの言い換えだと見なしてもよい。富岡多恵子に対する崎山多美が挿んだ〈差異の差異〉は、標準日本語に抱いた「とまどいと不安」を国語／方言関係の枠組みの内部で処理できるか、そうでないかの違いであると言っても差し支えない。崎山が感じ取った「異和感、屈辱感、しらじらしさ、ぎこちなさ、空虚さ」は別の説明装置が必要とされているということである。というよりも、これらの複合した感情こそ、沖縄で書くことを引き受け、書くことへと促す、ジレンマであり衝迫でもあると言えよう。

崎山多美の小説を特徴づけるものとして、まず挙げておかなければならないのは「声」への鋭敏な感応力である。先に見た「コトバの風景」のなかで、幼少期を過ごした西表島西部の一集落の言語環境を振り返っていたところがあった。その集落が戦後間もない頃の入植地であったこと、崎山の両親は宮古コトバを話したが、隣近所は鳩間コトバや祖内コトバで、お互いがお互いのコトバやイントネーションを笑いあったことなど、入植地特有のそれこそ多言語環境であったことに触れている。なかでもとくに崎山を揺すり、感応したのは、隣の鳩間島からの入植者の家族の使っていたコトバで、そのなかのひとつ、六名の孫たちがお婆さんのことを呼ぶときの〈アッパ〉というコトバであった。それというのは、崎山の両親が祖母を〈アンナ〉(実際は母親のことだが)と呼んでいたからである。幼年の崎山を揺すった、このコトバの響きの記憶がのちに〈阿ッ婆〉と〈阿ン母〉の文字を当て、「二つのコトバを交換し、交歓させ、私が自分の小説のコトバとして書き出す」内部の衝迫について述べている。

〈アッパ〉も〈アンナ〉も私にとってはすでに遠い日に喪われてしまっていた音声であった、ということ。喪われたものであるにも拘らず、喪われてしまったゆえに、それがかけがえのないコトバであったことに気づいたとき、そのコトバをどうにか書きつけておきたいという衝迫に把われた。その把われが、今となってみると私の書くという行為のエネルギー源になっていると感じることがある。

「喪われてしまったゆえに、それがかけがえのないコトバであったことに気づいたとき、そのコトバをどうにか書きつけておきたいという衝迫」。崎山の書くことのはじまりには、このようなパラドックスともジレンマともつかないアモルフな波動があった。しかしより重要なことは、その「衝迫」が「喪われてしまった」がゆえのかけがえのなさへの気づきからくるだけではなく、「まだ在りえぬものへの希い」でもあったということにある。喪われたかけがえのないものを未生へと転生させること、このいっけん矛盾する両義的な場所こそ、崎山の小説のコトバが生まれる場所でもあった。

エッセイ「〈音のコトバ〉から〈コトバの音〉へ」（初出は「EDGE」十一号、二〇〇〇年）でもこんなことを言っている。すなわち「私に残されるのは、耳を掠めて消えてしまった『音のコトバ』への思いをどう再生するのか、という焦燥である。私の身体に揺らぎとショックを与えたあの音をどう文字に載せるか、私の紡いだコトバにふととでも触れてくれる者たちの耳に、どうやって『コトバの音』を伝えるのか」。この〈音のコトバ〉と〈コトバの音〉への関心は、崎山の小説の耳の器官のようなものであるが、それは〈声〉の回復として希求され、その声はまた、「引っ掛かってしまった」として、シマウタ（島唄）への深い哀惜からくるものであった、というように意外なところへと導かれる。何が崎山を引っ掛けたかというと「うたいの間に吐かれる〝母音の息〟」と応えている。言い換えると「シマコトバの母音の摩擦音」ということであり、それを運ぶ島唄のうたさーの声との出会いが、「コトバ探しの旅」へと強く促していく、ということなのだ。「全面的に書く文字だけに頼らねばならぬ表現行為に、『声』をこめる欲求を抑えきれぬ者」こそ、崎山にとっての小説家なのだ。崎山の小説は、こうした幻惑的な声（シマコトバ）のさざめきがつくる流紋を幾重にも刻み込んでいる、ということができよう。崎山多美は耳をペンにすることができる数少ない書き手の一人である。

惑乱する声とコトバ

「ムイアニ」という不思議な声が不意に女の耳朶をくすぐるところからはじまる「ムイアニ由来記」は、そうした〈音のコトバ〉と〈コトバの音〉をめぐる怪奇譚とも幻想譚としても読むことができる。

それ以来だ。奇妙な習慣に悩まされることになったのは。毎朝、目覚めしな、ムイアニと一度ならず二度三度と呟く自分の声をわたしは聴くことになったのだ。挙句に、その四音節の音の連なりには何かしら特別な世界からのメッセージがこめられているとでもいう、あらぬ思い込みに把われてしまっているのに気づいたのだった。それが果たして日本語であるのかどうかさえ、見当もつかぬのに。

「日本語であるかどうかさえ、見当もつかぬ」四音節の音の連なりとしての「ムイアニ」という〈声〉はまた「男か女か、子供か若者か年寄りか」わからぬ、いや、そのいずれともとれる、ただ「怪しげな、それでいていやに親しみのこもった湿りのある声」であり、さらにその〈声〉は、外からのものなのか内からのものなのかさえ判明しない。つまり「ムイアニ」という四音節の音の連なりは、重層的に決定された〈場ならぬ場〉、〈主体ならぬ主体〉からの〈声〉、所属を決定されることを拒まれ、意味に還元されない、それそのものの力を生きる〈声〉のマチエールとしか言いようがない、もの。一つの意味に収斂していくことをあえて回避する〈曖昧さ〉こそがむしろ戦略にされている。

主人公は新聞社の書評や校正のアルバイトをして食いつなぎながら、一人でアパート暮らしをしている三十代半ばの女である。ある夜、女のもとに突然電話がかかってきて、「えーひゃあっ、何《ヌ》ーが、汝《ヤ》ーや、ぬーそーが」と、甲高く固い声を浴びせられる。その声は、今日が五年目の約束した日で、みんな待ちかねているので早く来ないか、というお咎めと促しの電話だった。主人公には身に覚えはないが、電話の向こうの女の断定的な固いシマ訛りのコトバで、「記憶のファイルから肝心な何かがごっそり抜け落ちているかもしれない」という不安を呼び起こされ、強迫観念に変わっていく。

これは何かの罠ではないか、と疑うが、次第に追い込まれ、「約束の場」に引き入れられていく。その場とは、五年前の二月三十日、生後百日の赤子の枕許に、この家で一緒にやっていくことはとてもできないこと、この子が必要というなら預けておくこと、五年後にこの子が学校へあがる前の誕生日に迎えにくること、この子はわたしが産んだ子で、わたしの承諾なしで古波蔵家の都合だけでこの子の身の振り方を決めるのはゆるされないこと、などを書いた手紙を残し、家を出た主人公と、古波蔵家の阿ン母とその家の後妻の五十女と先妻との間に生まれた二十代半ばの女が、五年後の約束の日の今日、子どもの身の振り方を決めるということだった。

「ムイアニ由来記」は、崎山の言語思想を知ることができるエッセイ「コトバの風景」や「〈音のコトバ〉から〈コトバの音〉へ」で示された方法意識が駆動させられている。作品の文体を特徴づけるのは、まさしく二つのコトバの対立を孕んだ相互交渉と言えよう。たとえば主人公の閉ざされた日常を破った「えーひゃあっ、何《ヌ》ーが、汝《ヤ》ーや、ぬーそーが」という、深夜の電話での最初の声が「そんなわたしの前に唐突に飛び込んできた突拍子もない、この声。そのひどいシマ訛りのコトバとともに女は平穏無事を装うわたしの暮らしをひっぺ返して」やる、と招かれざる訪問者のように侵入してくるところですでに予感されている。つまり「音のコトバ」は、なによりも平穏無事な日常を攪拌するものであり、五十女にそうさせたのは、のちに「毎日まいにち標準語に汚染された世間に暮らしていて、頭の中も、のぺーとなっておるから、どうしてもあのようなコトバでどやしてやる必要」があったからで、そうしたのは「阿ン母の考え」であったとされる。その「阿ン母」は、主人公を迎えに来た二十代後半の黒ずくめの女によって「ああいぅ、穏やかに日を過ごす人の心を、一瞬のうちに破壊してしまうような、ひどいシマ訛りを叩きつけることのできるのは、この頃ではそぅ多くは無いわね。ああいぅのは、そろそろこのシマでも博物館入りなんだけど、まぁ、保存盤の音声といったところね」と明かされる。ここでのシマことばはコミュニケーションの媒体としてではなく、むしろ日常の平衡や人心を破壊する異物と見なされる。「のぺーとなっておる」標準語に汚染された日常と頭のなかを挑発し、かき乱す役目が振り当てられているのだ。そしてその発信源は、五十女と二十代後半の黒ずくめの女の背後に影のように存在する「阿ン母」ということになるが、その声は「保存盤の音声」と形容されることによって、やがて消えゆこうとしている存在であることが示唆されてもいる。

この「音のコトバ」と「コトバの音」による標準日本語の日常の攪拌はどのような方法でなされたのかを、冒頭の会話は伝えている。まず、「えーひゃあっ、何《ヌ》ーが、汝《ヤ》ーや、ぬーそーが」に続いて次のような言葉が投げかけられる。

――汝《ヤ》ーや、

といったん切れ、

——今《ナマ》までぃ来《ク》ーんそーてぃ、またん、チャー成《ナ》らんムヌガタイなんか、テレーと読んでるんでしょうが。

この声は「標準語まじりのシマコトバとでもいうものに変換された」として捉えられているが、二つのことばのミクロな力のせめぎ合いがあることを教えている。その力の差によって標準語とシマコトバの関係図が決まるのである。ここではシマコトバの幹に標準語が流れ込み接着されているコトバの地勢がある。そして、そのあとには、次のような声が続けられる。

——待ってるんだからねー、皆んな、あんたが来るのをさ。いちにちじゅうずーっとだよ、ずーっと。ハッサもう、人をこんなに待たせておいてー、なんてヒトかね、あんたってヒトは。

ここでは「シマ訛りの強い標準語に再度変換された」ということからもわかるように、標準語の幹にシマコトバが接着されているコトバの地勢がある。こうした「標準語まじりのシマコトバ」から「シマ訛りの強い標準語」へ、「シマ訛りの強い標準語」から「標準語まじりのシマコトバ」への変換と反転が、この小説の文体を特徴づけていることは疑いえない。二つのコトバのせめぎ合いを介した相互変換は、作品のなかのいたるところに、とくに五十女の声によって配信されている。ちなみに任意に取り出してみよう。「えェー、何《ヌ》ーやてぃん、済《シ》むんョ、早《ヘ》ーくナー来《ク》ーョー、あんたが来さえすれば、問題は何もかも解決することになってるんだからさー」とか「何も、あンた、そうガタガタせんでも、この人は今来たばかりで、えェ、見てごらん、右往左往《トゥールマーユ》して」とか「ハぁ、いやなヒトだね、この阿ン母も、死な死なーしていたと思ったのに」とかというように。また、文字だけに頼らねばならぬ表現行為に、「声」を込める欲求としては、「トゥルバル」「クヌヒャー」「さーらない」「えーひゃあっ」「呆《ア》っ気さみョー」「精抜《ソウヌ》ぎたフラー」「ヌガワル」「ヒンギマーイ」などなどである。

注意しておきたいのは、小説の最初のシーンで、電話から伝えられる「標準語まじりのシマコトバ」と「シマ訛りの強い標準語」の声による二つの言語を変換し伝達する媒介者は、「阿ン母」でもなく二十代後半の女でもない、五十女であることである。これは二つのコトバをめぐるせめぎ合いや混成の偏差値が世代に投射されていることを意味しているということでもある。三十代半ばの主人公の女は、その五十女の二つのコトバの相互変換による惑乱をただ聴き取るという位置にいて、二十代半ばの女は、シマコトバを話さず標準日本語だけである。そして、主人公の「ワナを仕掛けたのは、誰？」という問いかけに、迎えに来た二十代後半の黒ずくめの女に、「アレ」として言わしめ、主人公を死の床で待つシマコトバネイティヴともいえる阿ン母の存在が仄めかされる。ここで興味深いのは、「もうすぐ力尽きてしまう」老婆に、沖縄の言語の死が投影されている、二重の意味である。この二重の意味において「あのコトバには並々ならぬ力」があり、主人公を揺り動かしたということにもなる。死の床に横たわる「阿《ア》ン母《ナ》」に代わって五十女が言う。

「待《マ》ちかんてぃー居《ウ》たんどー、阿《ア》ン母《ナ》や」

五十女の発したその声は柔らかでやさしい。だが、甲高く威圧感のあった電話の声の、あの音色にも不思議に重なる。混乱が起こるが、待ちかんてぃーうたんどー、というイントネーションのうねりへわたしの心はゆらゆらと引きずられてゆくのだった。

ここでの「ゆらゆらと引きずられて」いったのは、「私に残されるのは、耳を掠めて消えてしまった『音のコトバ』への思いをどう再生するのか、という焦燥である。私の身体に揺らぎとショックを与えたあの音をどう文字に載せるか、私の紡いだコトバにふととでも触れてくれる者たちの耳に、どうやって『コトバの音』を伝えるのか」という方法意識と「喪われたものであるにも拘らず、喪われてしまったゆえに、それがかけがえのないコトバであったことに気づいたとき、そのコトバをどうにか書きつけておきたいという衝迫」の作品的転位だと見なしてもよい。少なくとも崎山多美の〈音のコトバ〉から〈コトバの音〉への書くことの旅は、決して過去へのノスタルジックな回帰ではないということである。そうではなく、喪われたことを愛惜する深さが「まだ在りえぬものへの希い」だということにおいて、コトバをめぐる風景を刷新する。崎山多美の小説の背後には、「コエ、トハ、ナニ、カ」という問いがやむことなく鳴っている。そしてその問う〈声〉は物語の境界を惑乱しつつ、コトバの閾を深くしていく。

2　遊行する声とコトバの流紋

それにしても、〈ムイアニ〉とはいったいなんだろう。崎山多美の言語表出の特徴を確認するために、ここであらためてこの作品のはじまりの場面を思い起こしてみよう。主人公で三十代半ばの一人身の女が三階建てのアパートの一室で、いつまでも寝つけそうもないわびしすぎる夜半、半ば放心の体で星空を見上げていたときのこと、耳朶をくすぐるその声を聴いたところからはじまっていた。最初は幻聴だと思うが、毎朝寝覚めしな〈ムイアニ〉と一度ならず、二度三度と呟く自分の声を聴く奇妙な習慣に悩まされ、特別な世界からのメッセージがこめられているのではないかという思い込みにとらわれる。〈ムイアニ〉と呟くその声は、性別や年齢不詳で、男／女、子供／年寄り、内部／外部の区別がつかない。しかも「日本語であるかどうかさえ見当もつかない」とされることによって非決定の場に差し出される。

つまり、〈ムイアニ〉という四音節は、意味や自己同一性へ収斂していく契機を回避し、出所不明の響きの多重性を帯び、ただ音の連なりとして投げ出されているということであるが、より注意深くありたいのは、そのことが〈ムイアニ〉の由来に言語をめぐる問題が孕まれているということである。謎はひとつの声として到来し、音声と意味は重なることがない。声と意味の間は空隙ならぬ遊隙として意味の不在を漂うことになる。だから意味は宙吊りにされたまま、〈ムイアニ〉という音の連なりとともに遊行することになる。読む者をときにいらつかせもする非意味化の戦略は、崎山の〈音〉と〈声〉への偏愛とかかわっていることはどうやらたしからしい。

だが、由来は辿られ、明らかにされなければならない。何によって？　どのように？　崎山は〈ムイアニ〉の由来を、旧家で名門の家系の跡取りの継承をめぐる場に、本人も「トゥルバリ症」と自嘲する「突発性局部的記憶喪失症」に陥った主人公の産む性としての女の意識と存在の分裂から探索しようとしている。物語の場に旧家のうだつのあがらないダヤー息子とかかわった五名の女（ダヤー息子の母親にあたる臨終間際の老女、最初の妻との間に生まれた二十代後半の女、後妻で子どもの産めなかった五十女、ダヤー男の愛人だったらしい三十代後半の主人公、そして姿は見せないが濃密な気配として存在するその娘）を登場させ、男が現実的に物語へ関与することを抑制したジェンダー戦略のもとに描きあげている。産む性としての女の意識と存在の分裂、というよりもその〈分裂〉は、子どもを出産したことの現実性を喪失した主人公の「トゥルバリ症」によって際立たせられ、現実と幻想、過去と現在の境界のリアリティは失われた非決定の保釈状態を生かされる。主人公はすべての局面において受け身であり、自らの意志によって動くことはない。意志が不在なのだ。主人公が動くのはただ他者によって、この場合は臨終間際の老女の「ワナ」とみなされた跡取りの母親となることに押し出される力によってである。主人公は跡取り娘の母親であることを、わずかに残された写真や自費出版の詩集や臍の緒や断片的な記憶によって包囲網を徐々に狭められるようなかたちで認めていく、というよりも認めさせられる。

結局、女たちが差し出す「物」や「出来事」の記憶の断片の「ヌガワルわけにはいかない」状況証拠を固められ、自分が子を出産したらしいことを追認させられ、その子と対面するところで物語はエンディングへと至る。だがその子が何という名なのかも思い出すことはできない。黒ずくめの二十女と五十女が中庭の向こうにその子がいるという闇に向かって引き込まれるように踏み出していく、最後の場面はこうなっている。

あんやさやー、と肩をすぼめ、すかさず、やさ、やさ、と囃したてる五十女の弾む調子がわたしをけしかける。わたしは上体を中庭に突っ込むような姿勢になった。その時、ウリッ、と掛け声を合わせ二人の女の手が同時にわたしの背中を押した。前につんのめり素足がひやりとした土を

> 踏んだ。／深い闇のトンネルだ。（中略）わたしを誘う連鎖音に耳を澄ませる。それはしだいに膨らみ押し寄せるようになる。思わずその方へ手を伸ばした。音のつらなりの渦から樹々のトンネルを突き抜ける高らかな声を、その時わたしは聴いたのだ。ムぅイぃアぁニぃー、という。／呼ばれたのか呼んだのか。「杜阿仁」とも「守姉」とも耳にとどいたその震える音声の木霊に、もう一度わたしは応えた。ムイアニー。途端に、遠くせつないものが甦る。こよなくいとおしいものに対面するため、樹間の闇を駆けた。すると一歩ごとに体に絡まってくる闇の膜が一枚いちまい剝がれるのだった。

このエンディングから〈ムイアニ〉とはいったい何か、という問いへの答えは得られるだろうか。たしかに甦った「遠くせつないもの」や、やがて対面することになるだろう「こよなくいとおしいもの」という言葉は、自ら腹を痛めて産んだ子を指示するように思えるが、しかしそれでもなお確たるものであるわけではない。ただ「ムぅイぃアぁニぃー」という声が声そのものの強度で、そこに漂っている。「呼ばれたのか呼んだのか。『杜阿仁』とも『守姉』とも耳にとどいたその震える音声の木霊」ということが解釈の一義的な固定化を阻む。「呼ばれたのか呼んだのか」ということは、ここでのコンテクストから見れば、母親であるかもしれない私という主体と娘であるかもしれない客体の関係を反転させる危険な機能を帯び、「杜阿仁」とも「守姉」ともとれる音声の木霊は〈ムイアニ〉が娘の名であることを曖昧にする。「杜阿仁」とも「守姉」ともとれる〈ムイアニ〉という「音のコトバ」は、むしろ濃い〈闇〉の存在そのものと、私を育てた〈もうひとりの女〉のように見なすこともできるし、私自身かもしれないという解釈を拒ばない。

崎山多美は最後の最後においてもなお読者を不安にする非決定の場に晒す。この非決定の場は、崎山の小説世界から受け渡されるある特有な言語体験にどうやら起因しているように思われる。その言語体験をここでは言語と意味の〈遊隙〉と言っておきたい。〈ムイアニ〉とは何かと問うたはじめの場面では、その四つの音節の連なりは、あらゆる帰属や領域性が剝落された曖昧な声として聴き取られただけだった。ただ小説内部の要請から導き出されるのは〈ムイアニ〉の由来が子を産する女の深い〈亀裂〉、というよりも〈亀裂〉を産む性としての女を自覚しているかどうかに関係しているらしいことである。それは主人公の三十女の混乱の根は「トゥルバリ症状」という「突発性局部的記憶喪失」にあり、その症状の由来は「女であることの〈亀裂〉そのものを認めまいとする、頑なな自分の心に深く閉じこめられてきたのではあるまいか。ソコからこの世に転がり現われでたものの重さに、この身が怯え、トゥルバリ、その症状に逃げこむことによって我が身を護ってきたのではあるまいか」という表現からもうかがい知ることができるはずだ。だがそれとても確信的な断言としてではなく、自問するかたちの間接的な話法から訪れてくるようにしかなっていない。「恐らくわたしは」とか「ではあるまいか」という推測を挟むことによって仄めかされる答えのかたちと言えようか。その曖昧さと非決定は、最後においてもなお断言した答えが導かれたわけではない。たとえ「わたしの産み落としたという現実的存在との対面」という設定に思えるにしても、なおである。ただ子を産んだことの〈亀裂〉は幾つかの場所で仄めかされていることもまたたしかである。

たとえば、1DKの部屋をほぼ占拠した本の山を片づけているとき、ぼろぼろの文庫本から一枚の写真（茶封筒に入った赤子の写真）がはみ出ているのに気づき手を伸ばした瞬間、本の山が崩れ、頭や腰や背中を激しく打ちつけたときに聴いた「ぎゃあっやぁぁー」とも「ふっぎゃあへぇああー」とも「ほっぎぇやぉぐはぉー」ともとれる、「内部の声とも外部の声ともつかぬ」奇ッ怪な擬声語が示唆するのは、子を産むときの母体の激しい〈亀裂〉と子の誕生という肉が分離する激烈な瞬間を想起させる。私たちは再び問わなければならないだろう。〈ムイアニ〉とはいったい何か、と。すると〈ムイアニ〉とは、「女であることの亀裂そのもの」であり、亀裂そのものを非決定の閾としていまだ名づけ得ない声そのものの実存だと見なすことができないか。〈ムイアニ〉という音声そのものの自己言及性において生きられる、ある言語体験だといえないだろうか。

それでは〈ムイアニ〉とは説明不可能な異言語なのか、それとも沖縄の言語による崎山多美固有の造語なのか、というもうひとつの問いが差し向けられていることに気づかされる。男なのか女なのか、子供なのか年寄りなのか、内部の声なのか外部の声なのかも判然としない、その声。聴き取られ、呼びかけられることの自己言及的な音の声。このことから私たちは崎山多美の小説を読むことが、ある特有な言語体験をさせられていることの、深い謎のようなゾーンに迷い込んでいることを意識させられるだろう。

先に引用したエンディングのシーンからも感じ取ることができることではあるが、そこには崎山のシマや人間の〈闇〉へのただならぬ関心と、その〈闇〉を描写するときの暗くうねるような濃密な文体があり、そうした〈闇〉の表出と異化の関係をもつ沖縄のコトバが挿入されていることである。ときに遊ぶように、ときに揶揄するように、あるいは鋭いユーモアとウィットを利かせた反語的批評のように、である。沖縄の言語の遊撃的な介在によって異化され多元化されているコトバの光景なのだ。二つの異なる言語が浸透、衝突、相互に照らし合う、葛藤と相克の醸成場にしてイクサ場、そんな場なのだ。

迂回と参照の光源

擬態語や擬声語の多用、造語や二つの言語を掛け合わせ、ズラせて繋ぐ崎山多美のワザは、沖縄の言語が辿らされている臨界への鋭い危機意識とその意識を弾機《ばね》にしていまだ明かしえぬ表現の閾を遊ぶ、遊びつつ〈新〉と〈信〉なるものを手繰り寄せる。たとえばこの崎山の試みに、やや唐突な印象を与えるかもしれないが、ジョルジョ・アガンベンが『イタリア的カテゴリー』（みすず書房、二〇一〇年）のなかで論及していた、生きた言語／死んだ言語、ラテン語／俗語、国語／方言などの対カテゴリーの葛藤と対立を内在させた「言語活動の経験」としての作品を参照したならばどうだろう。とりわけ「言語の夢」のなかで、言語の危機が意識される時点へと踏み込み、『ポリフィロの愛の戦いの夢』という作品のもつ、めくるめく異化効果に注目していたところが目を引く。すなわち「ポリフィロの言語は、みずからのうちに躓きの石のごとくラテン語名詞の語彙の骸骨を引きずる、俗語の言述となる。この言述は、ラテン語を全面的に溶かし込んでしまうことのないまま、むしろみずからの胎内で一瞬、紋章のごとき下地を描く。したがって、こうも言うことができるだろう。われわれは、一方の言語つまりラテン語が、他方の言語すなわち俗語に映しだされる」として、ポリフィロの作品の〈遅滞した扇動〉とも〈息せききったぐずつき〉とも言える「ゆっくり急げ」の印象を言語活動の経験として論じたところである。

またポリアとポリフィロの愛を〈言語の自己言及性の形象＝綾〉と読み直し、「この言語、すなわち古きポリアは、われわれがすでに見たように、ラテン語でも俗語でもなく、死語でも生きた言語でもなく、この本が夢であるとすれば夢見られた言語であり、テキストの言述がつづくあいだでのみ存在する、未知の新しい言語への夢である」としたところに注意して目を止めておくべきだろう。「結局のところ、二言語主義の問題がつねにあらゆる夢を含意しているわけではないにしても、夢はつねに、言語を越えるのではなく言語のあいだに存在する次元」なのであるという、「二言語主義の問題」への言及と「言語のあいだに存在する次元」としての夢は、アガンベンが引き合いに出したジョヴァンニ・パスコリの異言や見知らぬ言語、カルロ・エミリオ・ガッダの擬古主義や造語、言語本体への方言のたび重なる侵入にいたるまで、近年のイタリア文学の歴史においても、ことあるごとに夢見られつづけているとしていたところに崎山と沖縄の言語表出と相互変容の関係にある、と言っても不当にはならないだろう。そしてジョヴァンニ・パスコリの詩作について論及した「パスコリの声と思考」においては、通常言語に特殊言語を結びつけたり、オノマトペのような非文法的かつ前文法的な言語ならぬ言語に固執したりするところに「未知の言語で制作するという野望」を見てとり、「声のみの言語の思考」と「異言語症」に注目していたところも興味深い。

こうしたアガンベンがイタリア的カテゴリーのうちに見た二つの言語の絡み合いから、ポリフィロの作品に読んだ〈遅滞した扇動〉あるいは〈息せききったぐずつき〉の言語活動の経験、ジョヴァンニ・パスコリの「声のみの言語の思考」や「異言語症」は、崎山多美の小説を読むときに経験させられる言語のゆれやきしみや志向性に繫がっているように思える。崎山の作品に頻出する非文法的・前文法的な擬態語や擬声語、標準日本語への沖縄のことばの侵入による言語の核反応、緊張と弛緩の異化効果、そして「〈音のコトバ〉から〈コトバの音へ〉」や「コトバの風景」などのエッセイのなかで生きられていることばの思想を考えさせられる。そしてなによりもアガンベンがポリフィロの作品に摑み取った〈遅滞した扇動〉とも〈息せききったぐずつき〉ともとれる言語経験は、崎山の作品から受ける顕著な印象とズレながらも繋がっているように思える。ことばが次第に消えゆこうとしていることへの痛覚とそれゆえの研ぎ澄まされた言語感覚が作品のなかで共時的に生きられているということだろう。この〈遅滞した扇動〉あるいは〈息せききったぐずつき〉こそ「ムイアニ由来記」のなかの「標準語まじりのシマコトバ」と「シマ訛りの強い標準語」の往還しせめぎ合う文体の幻惑性の根っこにあるものである。

さらに、参照を進めていくと、やはりアガンベンの『イタリア的カテゴリー』のなかに「補遺」の一つとして収められていた「バスクの少女の謎」の謎解きが意外なところから光を与えてくれる。アガンベンは短篇『バスクの少女の思い出』について作者のデルフィーニ自身が「誰にも理解できないごたまぜ」と評し、「どうしてバスク人なのか、彼女は誰か、どんな意味か」と質問したくなる誘惑にたいして注意をうながしているところに注目し、「最後の封印のように物語の末尾の『密閉体』を締めくくっている、未知の言語による詩」について読解している。「バスクの少女」は、少年の思い出のなかで「見知らぬ言語の甘美さを通じて登場し、とらえどころのない異言のつぶやきのなかでその姿を消す」とされるが、アガンベンはいくつもの問いを挟み、「バスクの少女」の謎に分け入っていく。

バスクの少女を特徴づける言語は「精神が意味の媒介なしにじかに声と交じり合う言葉」としての異言でも、「言語の、根源的かつ無媒介的な状態の暗号」でもない、むしろ「どうして短編は『バスクの少女の思い出』と題されているのだろうか。なぜ、『バスクの少女』はたんに失われただけでなく、さらに『永遠の失踪』でさえあるのだろうか」と問い、「バスクの少女」の失踪が永遠なのは「ただ多種多様の話し言葉のバベル的不一致を通じてのみ、その存在が示唆され」るからであり、それゆえ「短編を締めくくる詩は単純な異言ではありえず、むしろ詩的経験のこの根本的なバイリンガルをなんらかのかたちで示しているはずである」という仮説が友人のバスク語の専門家によって実証されたことに言及している。つまりこの詩は「異言」ではなく、バスク語の詩節であることを導き出しているのだ。注目したいのは、バスクの少女が失踪によってその存在が示唆される「多種多様の話し言葉のバベル的不一致」ということと、物語の末尾という戦略的な位置に「密閉体」のように封印した詩の、だが実際はバスク語であることによって経験される「根本的なバイリンガル」ということである。

この「バスクの少女の謎」の開示からアガンペンが導き出した言語観は、崎山多美の「ムイアニ由来記」のなかに挿入された琉歌のリズムを借りた詩と、その詩が介在することで言語のプリズムが物語をどのように屈折させるのかを意外な角度から発見させられる。

流れと渦

主人公が跡取り娘の親であることを追認させられた「証拠物件」のひとつに、夕陽色の表紙をもつ焼け爛れた自費出版の詩集『残照のシマの浜辺にて』があった。二十代の終わりに書いた自作の習作詩篇をまとめたものであったとされるが、そのなかの一篇で、人の心を湿らせてしまうという琉歌のリズムを借りて作った「砂のウタ」が挿入されている。

シマ抱ちゅる白浜《シラパマ》や
女腕《イナグ》ぬ如《ぐと》うし

ユラリユラリ、水ん揺らり
ササラササラ、流りながり
波連《ち》りてぃ遊《あしぃ》ぶ
浜ぬ真砂《マサグ》
白さゆ、寂《さび》さゆ
チュイチュイ浜千鳥《チヂュヤー》
声ん無《ね》らん……

羞恥のあまり顔を覆ったと描写された「稚拙な詩」は、しかし「揺らめき漂う記憶の海の、残照に浮かぶシマ。その海の上にかつてわたしが見ていたものは、何だったのか」という問いに仮託された「水と戯れる砂にわたしが託そうとしていたもの、それは、シマの寂しさ、だった」と主人公がたしかめ直すその詩は、〈ムイアニ〉の由来に別種の想像力をもって介入することを可能にする。水が揺れる「ユラリユラリ」とか流れる「ササラササラ」という擬態語や浜千鳥の鳴き声の「チュイチュイ」という擬声語に崎山多美の「声のみの言語の思考」や「異言語症」への傾きを見てもよいが、『バスクの少女の思い出』の末尾に戦略的に置かれたバスク語の詩が「多種多様の話し言葉のバベル的不一致」と「根本的なバイリンガル」の言語経験をさせたように、物語の繋ぎ目にさりげなく挿入された「砂のウタ」も「多種多様の話し言葉のバベル的不一致」は措くとして、「バイリンガル」な言語体験をさせもする。琉歌のリズムはシマへの郷愁とシマからの流離を乗せる。シマを抱く女の腕に擬せられた白浜は、水に揺れ、流れる砂の白さに仮託したシマの寂しさに〈ムイアニ〉の遠い起源の声を聴き取ってもよいだろう。残照のシマの「寂しさ」に漆黒の闇のなかで甦った「遠くせつないもの」や「こよなくいとおしいもの」と共振する感情の閾を読んでもいい。ただし物語の結末で、呼び呼ばれた〈ムイアニ〉が産む性としての女の血や汚れを代償にした〈亀裂〉に深く関係づけられているとすれば、「白い砂のウタ」に仮託されているのはむろん「シマの寂しさ」であり、その「寂しさ」には喪失感が縫い合わされてもいる。物語の結末の漆黒の闇のなかで求められた「遠くせつないもの」や「こよなくいとおしいもの」と、物語の間に挟まった琉歌のリズムによって招き寄せられる残照に浮かぶシマの「寂しさ」。〈ムイアニ〉とは、まさしく言語と言語の間に存在する、「遠くせつないもの」や「こよなくいとおしいもの」や「寂しさ」としてしか表出しえない言霊であるという、誤読すれすれの境界での読解をけっして拒まないはずである。〈ムイアニ〉とはまた「言語の夢」であり、「夢の言語」でもあると言えないだろうか。

崎山多美の小説を読むことによって体験させられる世界とは、日本語とウチナーグチ、「標準語まじりのシマコトバ」と「シマ訛りの強い標準語」、〈音のコトバ〉と〈コトバの音〉の狭間で起こる渦と流紋の幻惑的とも思える言語体験である。音声と意味の間の遊隙での緊張と弛緩を往還しつつ、コトバの風景を刷新する、あの〈遅滞した扇動〉とも〈息せききったぐずつき〉にも似た、両義的で差延化された言語表出だと言えるだろう。そしてそのことは、沖縄の書き手をシマコトバへと向かわせた、標準語に擦り寄って表現することに対する「異和感、屈辱感、しらじらしさ、ぎこちなさ、空虚さ」と結び合わされていることは間違いない。崎山多美の物語空間を探訪することによって受け渡されるコトバのうねりや〈闇〉への偏愛は、こうした沖縄の言表行為が抱え込まざるを得なかった両義的で差延化されたことばの閾と関係している。「ムイアニ由来記」は標準語と沖縄の言語の狭間で書くことがどのようなことなのかを、物語のなかで、しかも周到なジェンダーの布置のもとに編み上げているが、「オキナワンイナグングァヌ・パナス」でも同様なジェンダー戦略によって、コトバの風景を現前させている。崎山の惑乱的にして攪拌的な言語の境界横断は、エッセイ『シマコトバ』でカチャーシー」によって方法化され、より遊撃性を深めていく。それはもはや「方言による実験小説」という枠組みの限界を越え、コトバの新たな空間への旅を書き込んでいくことでもあった。

3　クムイとインファンティア

崎山多美はシマとコトバをめぐる言語葛藤を不断に問いつづけた作家の一人である。シマとはまずもって崎山の出自の場であり、感受性をその深みで規定した実際の島でもあったが、しかしその島を暮らしの時間のなかでいったんは喪い書くことによって見出される、ある幻想（像）のカタチといえよう。実在の島が原像に転位するとき、島はシマになるのだ。言語葛藤とは、崎山が「あの島この島」に移り住むことで馴染んだ島コトバと学校という制度空間で学んだ標準日本語との、なかなか折り合えない異和の問題としてある。

書くということを意識しはじめたとき、この二つは崎山を強く衝迫した。崎山のシマは、第一作品集『くりかえしがえし』（砂子屋書房、一九九四年）に収められた同名の小説を含む「水上往還」と「シマ籠る」に結実されていったが、エッセイ集『南島小景』（砂子屋書房、一九九六年）や『コトバの生まれる場所』（砂子屋書房、二〇〇四年）のなかでもたびたび言葉を尽くし述べている。たとえば、「島を書くということ」をみてみよう。そこでは、生まれ落ちてから十四年間暮らした西表島を離れてのちの、三度の渡島が崎山の生き方を決するほどの重い意味をもったことや島をシマとして書くことに至った経緯について触れている。すなわち、小説を書いてみようと思いはじめたとき、生まれ育った西表島の島影の異様な気配に圧倒されつつ自分を託したいと思ったこと、島をあえて「シマ」と書いたわけは、離れてしまった島は暮らしの場ではないことと島を離れたことにはやむを得ない事情があったにしても慙愧の念が残り、そのことが強迫観念のようになって「水上往還」という作品を書かせたとしている。とりわけ崎山の「シマ」の内的な位相について語ったところは次のような文言で知ることができる。すなわち、実際の島の影は日に日に遠ざかり、「島を自分のものとして実感することが現在の私の生活になくなってしまった以上、私にとって島は現実の島の向こうにあるシマでなければならなくなったのだ」として、だから「書きつづけることで見つけだすしかないと言うほかないだろう。書くためのシマ、といったものに私の島はなってしまった」という認識に至ったという事情について語っている。書きつづけることで見つけだすこと、だからこそ書くためのシマ――崎山の〈シマ〉は言表行為においてはじめて可能となる空間なのだ。

ここで明らかにされているのは、〈島〉が〈シマ〉になることのうちには、距離が介在しているということであるが、その距離は現実の距離である以上に幻想の距離の存在が言われている。現実の距離と幻想の距離は、書くことを間に置くことによって転生する。〈島〉が〈シマ〉になることはあくまでも言表行為にかかわっているということである。「書くためのシマ」には明らかに転倒と転位があるが、その転倒と転位によって原像として発見し直されるがゆえにいっそう強く崎山を摑み、書くことの根源へ向かって崎山を衝迫してやまない。〈島〉が〈シマ〉となることのうちには、いったん島を喪うという心的経験がぐぐらされているということである。

『コトバの生まれる場所』のなかに収められた「なぜ書くの？」では、書くことが〈断念〉を介在させて立ち上がってくる事情について述べている。崎山がまだ琉球大学在学中の一九七四年から七七年にかけての「沖縄返還」直後の島巡りの体験が、その後の崎山の生をかんたんには解き放してはくれなかったばかりか、日々の生活そのものが、たとえば島唄のライブに足を運ぶなどシマを探すためのものであったことを振り返っている。さらに崎山の作家としてのプロファイルに興味をもつ者ならば看過できない、島巡りをしていた学生の頃、本気で琉球舞踊の踊り子かウタサー（島唄うたい）になろうと思っていたことを告白している。肝心なのはしかし、「けれど」と言葉を継いで「その夢もその夢をはぐくんだ現実の島巡りも私にはもうできないということを悟ったとき、残されていたのが、書くことだったようなのだ」と続けていたところである。つまりここでは、〈断念〉が書くという行為を促していることになる。

このように「なぜ書くのか」ということの根拠は、沖縄の戦後史の転換期を画した「施政権返還」後のシマ巡りによって体験した、島の〈喪失〉や〈断念〉を通して見出されていった。そして〈シマ〉と〈コトバ〉をつなぐ位置にあるのが「シマ巡り断章」（『南島小景』所収）と言えよう。ここでの〈シマ〉と〈コトバ〉をつなぐと言ったときの、〈コトバ〉の問題をより精確に言えば、二つまたはそれ以上のことばが力の介在による排除と同一化の言語編制によって、書くという行為がどのように影響を受け、意識化されるのかという問題として提示される。

沈黙の交換と「たくらみ」

「シマ巡り断章」は、わずか千字ほどのエッセイではあるが、その断章に崎山多美という一人の作家が誕生するはじまりの陰影を、忘れがたい印象を残して刻み込んでいる。一九七五年の夏、波照間島に伝わる「節祭」についての知識を得ようと、古い大きな家に一人で住む老婆を訪ねたときの体験は、こう結ばれている。

〔……〕静かな存在感を湛えていた老婆の姿が自分を取り巻く現実をふっと消し去った瞬間があって、その時間を少しでも持続させたいという願いが私に起こったということはいえる。余所者の気まぐれな訪問者にも不審な表情を見せることもなく、過剰な歓迎をするでもなく、老婆は、開けた戸の隙間から入って来た風を招き入れる、とでもいう目で私を見ていた。いくらかのろのろした動きで縁側にお茶を運び、それを二人ですすりながら過ごしたあの時間が、現在の私の生活の中で遠い夢のように、だが明瞭な輪郭で浮き上がるとき、書いていいよね、おばぁ、という独り言となって私を励ますのだ。

文の終わりに至ってほとんど唐突とも思える「書いていいよね、おばぁ」という独白に、この断章のアクセントが打たれている。この最後の一言は、だが、文の前半におかれたシマへの思いに促され「私は重い腰を上げ、言葉の旅に出る」という場所への返答であったことがわかる。そして「言葉の旅」で出会ったのが波照間島の老婆であり、最後の一言はそれまで崎山がなかなか踏み出せなかった、書き出すことへの「羞恥とある種の嫌悪感」を脱する機縁になったことを伝えている。ここには島の歴史を身体化した老婆と交わしたひとときの、いっさいの作為や修辞を脱ぎ捨てたアノニマスな時間へのオマージュがささげられていると同時に、一人の作家の誕生の秘密が書きとめられている。沈黙において、老婆と崎山の間で本源的なにものかが伝承されていることを、清涼にして濃密な気配のなかで感じ取ることができよう。この場面はひかえめな描写ながら、島々に伝わる女が神女になるための聖なる儀式を思わせもする。崎山は神女にならずに小説家になった。小説家は言霊を運ぶ巫女でもあるとすれば、やはりここで沈黙において交歓し交換された、ある何ものかがあった。その何ものかとは〈シマ〉である。崎山はその〈シマ〉を書く決意において受け取り、書きつづけることを通して運び、受け渡していく。

ところで、こうした「遠い夢」のような時間と、消しがたい「明瞭な輪郭」で浮き上がってくる場所、そして「書いていいよね、おばぁ」という沈黙の贈与交換を理解するどのような言葉をわれわれはもっているのだろうか。この時空をやはり私は、ジョルジョ・アガンベンが「インファンティアと歴史」のなかで定位した、言語がそれを前提とする場所としての「言葉を語らない状態」とも「言語活動をもたない状態」ともいわれる〈インファンティア〉に求めてみたいと思う。いまだ言語活動をもたない状態、だが、そのことなしには言語活動が成り立たない場所としての〈インファンティア〉――上村忠男は『幼児期と歴史』(岩波書店、二〇〇七年)の解説として書かれた「アガンベン読解のための第三の扉」で、「歴史にはじめてその空間を開くのは、インファンティアなのである。ラングとパロールの間の差異の超越論的経験なのである。このために、バベルすなわちエデンの純粋言語からの脱出とインファンティアの口ごもりへの入場は、歴史の超越論的起源なのだ。このために、歴史は語る存在としての人類の直線的時間にそった不断の進歩ではなく、その本質において、間隙であり、不連続であり、エポケーなのだ。インファンティアのうちにその本源的な祖国をもっているものは、インファンティアに向かって、そしてインファンティアをつうじて、旅しつづけていかなければならないのである」というアガンベンの「インファンティアと歴史」の結語について触れながら、〈インファンティア〉を「人間的なものと言語活動との閾ないしは境界線に位置する超越論的な意味においての経験」であると読解している。

対話の内容をいっさい明らかにしない、いや、話を交わしたのかどうかさえわからない、ただ老婆によって運ばれた無名にして無償、そして非所有な時空こそ、書くことの〈はじまり〉を可能にした〈インファンティア〉であり、島の歴史に刻まれた「間隙であり、不連続であり、エポケー」であり、また「ラングとパロールの間の差異の超越論的経験」だといってもけっして読み違いにはならないだろう。「書いていいよね、おばぁ」という啓示のような呟きは、崎山のなかで長く沈潜していた「インファンティアの口ごもり」からのコトバへの旅をひそかに告知してもいた。「インファンティアに向かって、そしてインファンティアをつうじて」の書くことへの旅は、上村忠男が「人間的なものと言語活動との閾ないしは境界線に位置する超越論的な意味においての経験」と言った、その〈閾〉と〈境界線〉を引き直し、組み換え、書くことへと越えていくということなのだ。「シマ巡り断章」でやはり目を止めておきたいことは、老婆との夢のような時間の前に「作品を書きだすことへの羞恥とある種の嫌悪感」と率直に向かい合えない状態が長い間つづき、現在でもそれはある、と告白していたところである。この「羞恥」と「嫌悪感」は崎山固有の資質からくるものであるが、しかし資質にはとどまらない、いや崎山の資質において生きられる、沖縄で書くことの困難でも固有な〈政治性〉にかかわっていた。

エッセイ「届けられた声」において、そのことはよりはっきりと言い渡される。これは知人からかかってきた一本の電話にまつわる、書くことの重いエピソードを紹介したものであるが、同時代の詩人たちへのアンビヴァレントな感情とみずからも陥った〈引き裂かれた口ごもり〉について言及している。

言葉を発することの羞恥とは、先島で生まれ義務教育の大半をそこで暮らした私の言葉の訛りが、本島中部の方言まじり標準語圏にまぎれこんだ時に起こった、気おくれであった。罪悪感とは、それでも人並みに標準語を使いこなそうと志向することで言語表現を獲得してゆかねばならなかったことへの、後ろめたさであったように思う。方言と標準語の二重言語生活を強いられたウチナーンチュの、誰もが抱えていたであろうその言語の心理的金縛り状態は、現在も私の中には逃れがたくある。

「シマ巡り断章」の結語に至る、だがその理由は必ずしも明らかではなかった「羞恥」と「嫌悪感」が、標準日本語と沖縄コトバとの葛藤を孕んだ二重言語生活からくる「金縛り状態」であったということがはっきりと言われている。「書いていいよね、おばぁ」という呟きは、「金縛り状態」が解き放たれたということになろうが、しかし言語の二重生活からくる逃れようもない刻印、ないしはその痕跡を引き受けなければならない。崎山においてそれは「へんな日本語を書く小説家」ということになる。「へんな日本語を書く小説家」とは、シマのコトバを離れて日本語で書くことが羞恥や嫌悪感として意識され、書くことの内部に口ごもりを抱きとめていることにかかわっている。それはまたある根源的なことばへの希求を内懐してもいる。見方を変えて言えば、こういうことになる。「標準化された正しい日本語を上手に使いこなすことへの違和感と抵抗を、シマコトバのリズムをテコにあえて表明してみせること、そうすることでもしかすると果たせるかもしれぬ失われた（奪われた）コトバたちとの対面」という、ある種のたくらみとして認識される。

この認識は『コトバの生まれる場所』の冒頭に置かれた「たくらみ・いざ、たくらまん」で言われた、「私」を書こうとすれば「沖縄」という海におぼれてしまうが、しかし「私」と「沖縄」の間にあるミゾは、埋めることのできない裂け目でもあり、「それこそが、書くことの『たくらみ』を注ぐことを可能ならしめる理想の場」でもあると受け止められていることと響き合っていることがわかる。「へんな日本語を書く」対極には、「失われた（奪われた）コトバたちとの対面」が希求されているのだ。そしてそれは、書くことのはじまりを印した、あの波照間島の老婆との沈黙の交易への崎山の返礼行為でもあった。

狭間、不連続、エポケーをめぐって

「インファンティアの口ごもり」状態から「たくらみ・いざ・たくらまん」の場所へと進み出た崎山の〈たくらみ〉を方法的に、しかし、パロディの風を吹き込みながら提示したのが『シマコトバ』でカチャーシー」（『21世紀の文学2／「私」の探求』岩波書店、二〇〇二年）であった。この論考が興味深いのは、言語的な企みを知ることができるということもあるが、風刺を含んだ軽妙さに重いテーマを刻み込んでいる文体の妙技にある。「シマコトバで日本語をかきまぜる、とはいかなる方法《わざ》であるか」と問いつつ、三線歌謡として節にのせて歌われる琉歌のリズムや山城正忠から大城立裕まで、標準日本語にシマコトバをのせる試みを細々ながらつづけてきた散文の歴史を振り返り、その試みが東峰夫の「オキナワの少年」によって確実にひとつの壁を越えたことに言及している。「日本語と沖縄コトバの狭間で悩みながら日本語の小説を書かねばならなかったであろう我が先人たち」の〈実験方言〉はしかし、明確な方法意識にもとづいた試みというよりも、日本語で書いた登場人物に沖縄コトバを喋らせる「沖縄コトバふうの日本語体」にとどまり、「実験方言をもつある風土記」として明確な方法意識で書かれたとも言われる大城立裕の「亀甲墓」でさえ、沖縄コトバの使用は会話体が中心であり、「ややもすると、そのまま標準的日本語に回収され安定してしまう危うさを感じさせもする調子である」として、「意識的な方言実験作としては、寂しい」と言う。さらに続けて「標準的日本語に寄りかかってあえて表現化される沖縄コトバの位置というのは、そっくり沖縄と日本の地政的力関係を自ら肯定的に露呈したもの」であると指摘して、次のように崎山自身の視座と方法を書き込んでいる。

> 私が小説を書くための「私」のコトバ探しをしていたとき、どうしても抵抗してみたかったのはじつはそこのところであった。標準的日本語に回収されてしまわざるをえない沖縄コトバの位置、というものを崩す方法を考えることから小説を書いていきたい、とせつに願ったのだ。方言を尾ヒレのように日本語にくっ付けることでなんとなく地方のアイデンティティを主張してみせる、というのではなくて、異質なコトバとコトバの関係を異質なままに立ち上がらせ、「私」なりの小説とコトバとしてどうにか想像（創造）できないかと。

異質なコトバとコトバの関係を異質なままに立ち上がらせる――この方法は大城立裕までの沖縄の近代小説が試みた、だが、標準的日本語に寄りかかりその補完装置にとどまっていた段階を刷新し、新たな次元に踏み込む方法的要諦であったと見なしてもよい。この方法を実際の作品に開示して見せたのが東峰夫の「オキナワの少年」だった。「高校の潰れかけた文芸部で、何かを表現しようにもなかなかこの身に馴じんでくれない標準語的日本語を溜息まじりに眺め暮らしていた」崎山多美はこの東峰夫によってなされた言表行為から、それこそ「バクダン」と形容するほどの衝撃を受けた。

『シマコトバ』でカチャーシー」のなかで注目すべきいまひとつのトピックは「オキナワの少年」との出会いを可能にした、シマコトバと標準日本語との言語葛藤とシマコトバの記憶について触れたところである。崎山は一九五四年に西表島に生まれ十四歳までそこで暮らすが、その後、宮古島、沖縄本島中部の基地の街コザ、石垣島、そして再びコザと、まさに「沖縄のあの島この島」を移動する暮らしの経験をもっていた。そのことはまた、義務教育期間中の「あの時期この時期」にシマコトバに親しむことになり、言語感受にあるインパクトを与えつづけ、すなおに標準的日本語に寄り添うことを拒む心理的素地を作りだしてもいた。そして小説を書いていこうと思いはじめた崎山を刺激し、「異国の風」のようになでていったのが、島々の暮しの日常で使われていたシマコトバの記憶であった。

「オキナワの少年」との出会いへと導き、可能にしたのは、崎山のこうした言語記憶があったからである。その言語記憶は「私がシマコトバで日本語をかきまぜるとかワケの分からぬことをいってヒバンゴーゴー（かきまぜ表現の一例）されている、ムボウな小説のワザを発想せざるをえなかった『私』的いきさつと、相当程度に関わるものである」と確実にシンクロしている。「異国の風のよう」な記憶のなかのコトバが新たな次元に転生され、標準日本語の攪拌を方法化するのだ。こうした言語行為は崎山がまぎれもない「インファンティアに向かって、そしてインファンティアをつうじて」書くことを旅として生きる作家であるからである。そして「インファンティアの口ごもり」から『シマコトバ』でカチャーシー」の方法を作品に向かって開いていったのが、第二作品集『ムイアニ由来記』に収められた同名の作品と「オキナワンイナグングァヌ・パナス」であったことは、あらためて確かめ直すまでもないだろう。

吃音と籠りのジェンダー編成

「オキナワンイナグングァヌ・パナス」は、シマとシマの闇を書くこととシマコトバで標準日本語を攪拌するワザによって出現した小説空間であると言えよう。この小説で描かれるシマは「水上往還」や「シマ籠る」とは異なる、都市のなかに移動した幻想化された〈シマ〉であり、闇にしても島の夜に蠢く漆黒のそれというよりは、ネオンの瞬きのなかの合い間に漂う〈あわいの闇〉である。あとひとつ、この作品名が「沖縄女物語」としていることからもわかるように、「ムイアニ由来記」から一貫していることは、登場人物から男の影を消し、すべて女だけにしていることである。これも崎山の「たくらみ」の顕著な特徴をなしている。「オキナワンイナグングァヌ・パナス」は、こうした都市の合い間に浮かぶシマとコトバとイナグのトライアングルな結界を、アガンベンが言う〈インファンティアの口ごもり〉として描き上げた作品として位置づけても不当な読みにはならない。

この作品から強く伝わってくる〈籠る〉という身振りは、そんな〈インファンティアの口ごもり〉を身体化したものと捉えてもよい。崎山はこの〈籠る〉身振りを主人公の九歳の少女加那を間に挟み、九十八歳のウトオバァと三十八歳の母親をつなぐジェンダーの網目において織り上げている。登校拒否症の少女は吃音に籠り、ウトオバァは記憶に籠り、母親は夜毎卓袱台の上で「愛の記録」を書き綴るボールペンのカリカリという音に籠る。こうした記憶や吃音や書くことに〈籠る〉という仕草は、関係のジェンダー的組み換えによって解き放ちのトポスともなっている。ここでの「解放のトポス」は、「その本質において、間隙であり、不連続であり、エポケーなのだ」とされた〈インファンティアの口ごもり〉と結びついた歴史を逆なでする集団的鎖列と見なしてもよいだろう。つまり「間隙」、「不連続」、「エポケー」は、〈イナグ性〉(女―性)によって裁縫されることにおいてはじめて「解放のトポス」となる、と言い換えることもできる。〈籠る〉という身振りには内部性や閉ざすということのイメージが強いが、ここでは内に閉ざすことが逆に開かれるということになっている。それを保証するのは言うまでもなく、ジェンダーによる編成である。

ちなみに主人公の少女加那の「ドモリ」は、家の中で母親と二人っきりで話すときは起こらないし、年齢が九十歳も離れているウトオバァと話すときも不思議とドモることはない。だが、より注意深くありたいのは、加那の吃音が解かれるのは関係のジェンダー編成の効果であると同時に、アガンベンが言及した言語をめぐる〈インファンティアの口ごもり〉の閾にかかわっているということである。崎山の「たくらみ」は二重である。加那の「ドモリ」について説明した個所を見てみよう。

特に言いたいことが胸の中から湧きあがってくる時ほど、舌先の緊張がひどくなり、唇もひきつる。ア、ア、という音がコトバの綴りにならず、拳を握り顔をまっ赤にする加那に向ける仲間たちの含み笑いや同情の目に、加那はいつまで経っても馴れることはできない。国語の本読みが当てられる時など加那は泣きだしたいのを耐えながら、だいじょうぶよ、ゆっくりでいいんだからね、とやさしく言いつつも、ふとザンコクな表情を過ぎらせたりする教師を、睨みあげるのがやっとだった。

加那の「ドモリ」は、学校という集団のなかで発話を迫られることによって引き起こされる。「舌先の緊張がひどくなり、唇もひきつる」ことがとりわけ「国語」と関係づけられたことに注意したい。このことは加那の「ドモリ」が、「とつとつとしながらも時にいきおい雪崩れこむウトオバァのシマコトバ」での語りにおいて解きほぐされる対照的な場と「オバァとの間では加那もけっこう言いたいことをドモラずに言える。オバァと加那は話の掛け合いが成立する仲」を逆説的に想起させる。加那の「ドモリ」は集団性から対の関係へ、しかもジェンダー的組み換えによって解消されるにしても、沖縄のシマコトバのなかへの〈コトバ籠り〉を抜きにしては理解することはできないということである。

主人公で九歳の少女加那がはじめてウトオバァと出会った場面は、「エーひゃあ、悪童《ヤナワラバ》ぁ、今《なま》時分、木ーぬ中《み》ーん籠《くま》り居《う》てぃ、ヤマガッコウなぁ」というオバァのシマコトバによる呼びかけだったことは象徴以上の意味をもっている。加那が「籠《くま》り居《う》てぃ」いたのがガジュマルの古木であったこと、そして出会いは「ヤマガッコウ」であったことの意味するものは決して小さくない。さらに最初のシマコトバに続く「汝《やー》や、女童《イナグワラビ》ングァやあらにっ、此《く》ん如《ぐとぅ》る高さる木ん登てぃ、大事《でーじ》なヤマングーやさや、えぇー、髪《からじ》ん、バァバアーし、キジムナーぬ如どぅやんどー」という加那の叙述に、すでにして物語のジェンダー的地勢が予感されているだけではなく、沖縄のコトバによって日本語をかきまぜる言語的実践がなされている。加那とウトオバァの出会いは、加那にとってはシマコトバとの出会いでもあったのだ。ここで使われている「髪《からじ》ん、バァバアー」とは、崎山自身が指摘したように

「かきまぜ表現例」であり、この「かきまぜ表現」を叛乱する声のように出現させたオバァのコトバの力は、「標準的日本語に回収される」危うさを拒む、と言い切ってもよい。沖縄のコトバの標準的日本語への侵入によって創り出される世界は、読む者を「ムイアニ由来記」と共通する〈遅滞する扇動〉とも〈息せききったぐずつき〉とも言える言語体験へと導く。ここにきて、加那の吃音がシマコトバへの〈コトバ籠り〉とシマコトバによる標準日本語への遊撃的〈かきまぜ〉によって創出される流紋、あるいは「間隙」、「不連続」、「エポケー」において解除される、という光景を目撃させられる。そして重要なことは、「カチャーシー」と崎山が言う〈かきまぜ〉には中和的イメージがつきまとうが、けっしてそうではなく、日本語に従属化された言語秩序をゆすり、組み換え、金縛り状態を解き放ち、そして奪われたコタバたちとの対面を果たす、じゅうぶん政治的で対話的な闘争だということである。

あの「シマ巡り断章」の沈黙の交易からはじまった「インファンティアに向かって、そしてインファンティアをつうじて」のコトバの旅が「『シマコトバ』でカチャーシー」の方法を中継して誕生した言表の果実が、ここにはある。ウトオバァの声によって言い当てられた少女の〈籠《くま》り〉と〈ヤマガッコウ〉は、制度空間としての学校と国語の対極にあることは言うまでもないが、この〈籠《くま》り〉と〈ヤマガッコウ〉は、都市のなかのシマのようなウトオバァの「白い建物の散在する市の風景から、そこだけが浮いていた。いや、浮いていたというのはおかしい。オバァの屋敷は地理的には窪地になっているようだから、じっさいには沈んでいるのだ」として描かれた、都市の風景から浮いていると同時に、窪地にもなっているということなのだ。〈籠り〉は〈窪地〉においてよく生きられる。〈籠り〉も〈窪地〉も《クムイ》と言い表わすが、《クムイ》であることによって二重化する。加那にとっての〈籠り〉は、都市のなかのシマであるウトオバァの《クムイ》としての屋敷をフィールドにしていたが、もうひとつの、たった独りだけの〈籠り〉の場所をもっていた。

母一人子一人の生活で、母親が塾の講師の仕事に出ている間は、加那はいつも独りだった。独りでいることの「とりとめのなさ」から逃れるためにいつもの手で押入れにもぐり込む。加那にとって押入れは〈籠り〉の場所であり、また聖域でもあった。闇の甘やかさにつつまれたそこで加那は二つの〈見ること〉を体験する。ひとつは夢見であり、いまひとつは夢から覚めたあと、〈籠り〉の闇から母親の行動を見ることとである。

夢見の場面はこうなっている。すなわち、押入れの闇に溶けていったあと、「夢の映像だったか、あるいは加那の心の深みに沈む記憶の残像だったか、とりとめのない思いの澱が生みだす幻想の破片だか」はわからないが、夕暮れらしい海辺に浮かぶ舟の上でオンナのゆらめきと風の音に混じって切れ切れに運ばれてくる、「オンナの心に潜む嘆きのような」ウタを聴く。「……チぃ……ムぅ……クぅ……シぃ…タァ…ヌぅ……ユぉぉ……サぁぁヨぉぉ……スぅ…イぃヨぉぉぉ……ウ、ゲェ……ダぁ……ルぅぅ……」と意味を結ばないが、やがてコトバのまとまりを見せるようになり「……カナ、サ……カナ、サン……カナサン、どー」と。この切れ切れの声の断片は、崎山がかつて島唄に「引っ掛かって」しまった「うたいの間に吐かれる〝母音の息〟」ともとれるし「シマコトバの母音の摩擦音」ともとれるが、いまだ言語活動をもたない、だがそのことなしには言語活動が成り立たない場所としての〈インファンティアの口ごもり〉とも言える。あるいは崎山の「声のみの思考」への傾きを見てもよいだろう。いずれにせよここには崎山多美の「コトバの音」と「音のコトバ」の狭間へ注がれる耳の思考を読み取ってもいい。

「キジムナーワラバー」で九歳の少女加那と「ユーベー」で九十八歳のウトオバァと「トゥルバヤー」で三十八歳の母親の〈籠り〉が、閉ざされながら開かれているのは、都市のなかのシマであるウトオバァの《クムイ》としての屋敷においてであった。それを象徴の深みで書き込んだのは、ウトオバァが突然亡くなったあとの通夜の場であった。仏壇に向かって手を合わせ、トゥルバヤー母親がこれまで加那との関係でいっさい口にしたことはなかったシマコトバでウガンを唱え出したのである。「……うーとぅとぅ、あーとぉとぅ、我んウムイゆ云《う》んぬきやびら、神がなしぬ前《めー》、ウトがなしぬ前サイ、う聞《ち》ちみそーりよー、今《なま》ぬ今までぃ、我ん産《な》しん子《ぐわ》加那ーゆ、ありくりと守《まぶ》てぃくみそーち、いっぺーニフェーデービたん、タンディがータンディどー（後略）」と唱えはじめられる母親のウガンに加那は驚きつつも、オバァの御願《ウガン》コトバのリズムに比べどこかぎこちなく、調子はずれに思えるが次第にサマになってくるのに感じ入る。

加那の眼から見れば、飛躍とも突然の切断とも取られかねない物語の終わり近くでの、母親の沖縄コトバによるウガンは、ウトオバァと母親と加那を繋いで手渡されるオキナワンイナグのジェンダーの織り糸であり、そのウガンによってウトオバァと母親がどうやら近しい間柄にあるらしいことと、閉ざされながら開かれている〈籠り〉の内界が提示されてもいる。ここにきて、ウトオバァが「ユーベー」（愛人）とされたことの扉が開けられる。つまり母親は誰かの愛人だったウトオバァの娘であった、ということである。母親の沖縄コトバのウガンがその気づきのセンサーになる。だからこそ、とぉとぅ、とぉとぅ、と繰り返される声のぅねりは加那を眠りへと導くのだろぅ。「眠り」は深い慰藉の暗喩となっている。コトバのうねりから抜け出せなくなった母親のひたすらな呟きに、加那はうつらうつらとなり、前のめりに蹲った体は「一個の玉になって転がった」と描写される。

そして、目覚めたあと、加那の耳朶をかすめたのは、卓袱台に屈んだ母親の頼りない背中の向こうから聴こえてくる、加那にとっては馴染みのカリカリという因果な音だった。だが、この「カリカリ」はこれまで夜ごと書いては潰した「愛の記録」とはどこかが違う。

アルバムのようだった。仄明かりにもその古めかしさが分かる。黴の匂いさえしてきそうなアルバムだ。シンだオバァの形見の品とでもいうのか、ハハオヤ自身のものなのか。いよいよ目は冴えてくるのに状況はいつまでも混沌としたままだ。ウトオバァとハハオヤがどこでどう結びついたのか、加那には分からない。自らの手で潰してしまった「愛の記録」のかわりに、ハハオヤは何をまた綴りはじめたのだか。

この螺旋状に終わるエンディングでの、ハハオヤのボールペンが立てるカリカリという音は、今度は何を記録しようとするのだろうか。オキナワンイナグングァである加那は〈インファンティア〉の身体化であり〈籠り〉そのものの表象である。カリカリを聴くのは加那であり、また崎山多美自身でもある。「インファンティアに向かって、そしてインファンティアをつうじて」旅する作家・崎山多美の《クムイ》には、遠い夏の日のパティローマでの老婆との沈黙の交易が生きられていた。

III

劇とコラムのゾーン

入れ子ダイグロシアとまなざしの壁——知念正真『人類館』

1　異化と同化の相克から内破する劇へ

「カサブタではなく、膿をこそ剔出すべきなのだ」と言ったのは中里友豪であった。「復帰」という名で沖縄が日本に併合される一九七二年五月、「中央公論」（六月号）の総特集〈沖縄の思想と文化〉に寄せた論考「沖縄の演劇」の最後の部分に挿入された一節である。中里のこの論考は、明治の琉球処分によって日本の近代国家の版図に強制的に併合されたのち、強力な同化装置としての皇民化教育とそれに伴う沖縄語排斥の風潮の醸成が、沖縄の演劇もふくめ文化総体に及ぼした影響の大きさと、そうした同化の潮流に抗うように、けっして明るくはなかった異化の実践を演劇の世界から論じている。戦前戦後の沖縄の演劇史を具体的に振り返り、そこに異化と同化のはざまで起こる「呻き」を聞き取り、「悲喜劇」を見ていたのである。

いわば中里は、沖縄の演劇（運動）を〈異化と同化の相克〉という視点から捉え直しているわけだが、より重要なことはその相克に〈ことば〉の問題が占める比重の大きさに注目し、沖縄の言語が異化や抗いの核となるとしたことである。こんなふうに言っている。「異化の核になったのは、ことば、すなわち沖縄語であった、と書いた。事実そうであった。ことばは単に実生活での機能的役割を果たすにとどまらず、情念の重い歴史も背負っているのであり、そこからの表出としてはじめて生きてくるものである。その韻律のなかにこそ歌があり、劇がある」と。そして「ことば、その生活の深奥から滲み出る韻律までも日本化することはできなかった」と捉え、日本化することはできなかった沖縄語の韻律が生んだ最大の演劇として琉球歌劇を見ていた。琉球歌劇の多くは悲恋や人情劇であるが、セリフやつらね（琉歌のうたいの形式）を支えている琉歌の韻律がドラマのクライマックスのハイオクターブでせり上がってくるように歌い出される《サーヨー》や《アキョー》の世界に醍醐味があった。《サーヨー》や《アキョー》とは、思い入れの詠嘆を表わす感嘆詞で、人々の心情のうねりの極みで発火するように吐露されるが、そうした韻律の世界をもつ沖縄語芝居が同化思想によって蔑視にさらされ、そのため沖縄芝居役者は「シバイシー」（河原乞食に近い意味）とか「京太郎《チョンダラー》」や「ニンブチャー」などの穢れの職業イメージによって周辺化されていったことにも触れている。

戦後はどうだったかといえば、沖縄戦をくぐったのち、沖縄の韻律をもった歌や沖縄（語）芝居が人々の心をつかんでいったにもかかわらず、祖国＝同化志向の昂揚と加熱に逆比例する形で沖縄（語）芝居が衰退していった事情についても触れている。そして沖縄戦を挟み、沖縄の近現代の演劇が辿った異化と同化の反復を確認しつつ、「異化と同化の相克のなかで衰微していった沖縄の韻律に耳を傾けることに、意味はないか。あるとすれば、それはどういうものか」「沖縄が沖縄としてありつづける時間と空間とは何なのか。そこで孕まれるドラマとは」という問いを自らの内部で問いつめ、「第三の琉球処分」とも言われた一九七二年五月の「復帰」直前、ギリシャ悲劇を沖縄語に翻案した芝居や「沖縄的音」への挑戦などについて紹介している。そして中里自身も所属した演劇集団〝創造〟の、あまりにも状況的だとかあまりにも「新劇」的と言われてきたそれまでの取り組みをも批判的に振り返り、沖縄民権運動の敗北の果ての狂死に至る謝花昇の暗部を、状況的視点からのアプローチではなく、自らの暗部をさらけだし、歴史を洗う営為へと踏み込んでいく試みとしての「朝未来《あさまだき》」の可能性に注目している。

冒頭の一節はそうした「復帰」前夜の揺れ動く時代の渦の中で試みられたいくつかの内発的な実践を、新たな可能性に向かって拓こうとした文脈のなかに挿入されていたものである。「カサブタではなく、膿をこそ剔出すべきなのだ」と言うときの〝カサブタ〟とは、「本土サイドからの政党的セクト的戦術の具＝武器として刈り取られる状況的現象」のことで、剔出すべき〈膿〉とは「慶良間の集団自決のかたくなな沈黙を問い、久米島の集団虐殺のリスト作成に加担した島人の悶絶に己の存在をぶつけてむき合う」という言い方に込めた内なる天皇制を指していた。つまり歴史の闇への視線と自己切開への要請であり、そうした〈膿〉を剔出するところからの逆照射によって視えてくるところにドラマのはじまりを予感していた。末尾はこう結ばれている。

島。ついに東京方言をマスターすることができず、擬態に哭いて舞台を下りざるをえなかった役者は、環礁の褥で悲憤の《サーヨー》をうたうことができるか。／ぼくは、沖縄の戦後世代はまだほんとうのことを言っていない、と前に書いたことがある。というのは、「本土の声」に耳を傾けるのに熱心なあまり、自分の内部の核を見つけだす作業を怠っていたということなのだが、それは演劇にもある程度あてはまる。しかしもはやその時期はすぎた。／すでに「本土」の体制・権力・差別構造を見てしまったからには、より困難なアンビヴァレンツの狭間を縫って生きなければならないことになるわけだが、演劇はすすんでそのアンビヴァレンツを引き受け止揚することによって、はじめて独自なものを産み出すことができるだろう。

この文面から感じ取れるのは奇妙な〈ねじれ〉のようなものである。その〈ねじれ〉は「しかしもはやその時期は過ぎた」という一行を間に挟んだことに起因するものであるが、この一行は、一九七二年五月十五日の「日本復帰」直前の状況をくぐることで感受した歴史からの眼差しによって導き出されてくるように思える。「もはやその時期は過ぎた」という一行は『本土の声』に耳を傾けるのに熱心なあまり、自分の内部の核を見つけだす作業を怠っていた」ということばを受けての、それを打ち消しそうではない方向へと導くことばとして受け取れるが、取り返しのつかなさのニュアンスに聞こえなくもない。奇妙といえば奇妙である。この奇妙さは、だが、沖縄の近現代史（演劇史）が辿ったトートロジーに関係しているようにも思える。〈ねじれ〉を生む一行をはさむことによって、その後に来るであろう、より困難な作業を引き受けなければならなかった。日本への異化と同化の相克は、同一主体のなかで差延化されるということでもある。「アンビヴァレンツ」とはこの差延化された相克のことにほかならない。標準日本語を「東京方言」としたところに中里の異化の思想の矜持を見てもいいが、「環礁の褥で悲憤の《サーヨー》をうたうことができるか」と問うとき、悲憤の《サーヨー》は「復帰」後の時空に〈ねじれ〉ながら接合されていく。

沖縄の戦後世代は「ほんとうのこと」を言わなければならない。「自分の内部の核を見つけだす作業」をはじめなければならない。だが、それは「アンビヴァレンツの狭間を縫って生きなければならない」ということであり、独自なものの産出はその「アンビヴァレンツ」を引き受けることによってしか成し得ないならば、「アンビヴァレンツ」そのものを深くし、強度とする以外に道はない。知念《ちねん》正真《せいしん》の『人類館』は、まさに中里友豪が「沖縄の演劇」のラストで引き受けたアンビヴァレンツな場所を分有するところから生まれた、と見なしても過言ではない。それどころかむしろ、中里が書き込んだ終わりを始まりにしている。

『人類館』が生まれた場所

戯曲『人類館』は一九〇三年に大阪で開催された第五回内国勧業博覧会の学術人類館に、アイヌ民族、台湾の先住民族、朝鮮人などとともに琉球の遊女二人が〝展示〟された、実際にあった出来事を題材にして、反復する歴史とそれに翻弄されつづけた沖縄人の生き方を笑いによって撃ち、「復帰」後の沖縄の文化・思想シーンに衝撃をもって迎えられた。初演は七六年で、二年後の七八年に再演され、その後、東京でも公演がおこなわれた。そして「人類館事件」百年目の二〇〇三年に大阪の、主に沖縄出身の二世、三世の有志が主体となった「演劇『人類館』を上演する会」の熱意で初演から二七年ぶりに上演された。

『人類館』を構想した当時の知念正真は、肋骨を患っての入院の身で「実に暗澹たる状態」に陥っていたという。入院中、沖縄の近現代史に関する本を片っ端から読みあさり、「言い様のない衝撃」が走るのを経験する。「EDGE」4号（一九九七年）に寄せた一文で、当時を振り返って、こう言っている。

なんと沖縄の歴史の、暗く、やるせないことか。救いようもない惰民の、被虐の歴史の、際限のない連鎖。中でも「人類館事件」の荒唐無稽。人間が人間を見世物にしたという、信じがたい事実。ここまで来れば、もう怒りを通り越して、笑うしかない。／私はこの「人類館事件」をモチーフに、沖縄の近・現代を網羅した芝居を書こうと思い立った。何とも無謀な発想だが、私は怒り心頭に達していたのである。歴史に八つ当たりしたのである。

『人類館』が生まれた場所、だが、そこは原景という額縁に収まるような静的なイメージはない。「救いようもない惰民の、被虐の歴史の、際限のない連鎖」としての、沖縄人と沖縄の歴史への憤怒があった。もはや告発の姿勢などない。告発を突き破った怒りはその限界点ぎりぎりで笑いに反転していく、そのような心情の運動のようなものが赤裸々に吐き出されている。怒りは外にではなく、内に向けられるのだ。かくして「沖縄に対する差別の数々を撃ち、返す刀で自らの不甲斐なさをも切る」これまでの沖縄の演劇の達成を書き換えるドラマが誕生する。文字通り『人類館』は〈内破〉する演劇だった。

知念の怒りに分け入っていくと、そこには「復帰」前後の沖縄の現実に対する押さえ難い反時代的な衝動があることに突き当たる。「被虐の歴史の、際限のない連鎖」は「復帰」という名の、実質は併合の政治的スペクタクルによってよりリアリティを帯びる。知念はたとえば「復帰記念三大事業」として併合の内実を覆い隠すように、鳴り物入りでキャンペーンされた「沖縄国際海洋博覧会」「若夏国体」「記念植樹祭」の、とりわけ「国際海洋博覧会」に特別な関心を抱いたところがあった。なぜかと言えば、そこにはるかにスケールアップされた『人類館』を透視していたからだ。いずれもその「記念事業」は皇室が参加しての「併合」の儀式という内実をもっていたことで、いっそうその思いを強くしたはずである。沖縄観光の起爆剤といわれもした「海洋博」は、開発という名によって沖縄の社会空間を解体再編しただけではなく、沖縄そのものを〝展示〟し、観光的な視線の見世物にすることにほかならなかった。

「人類館事件」百年目に、大阪での上演を実現する会のメンバーを囲んでの座談会では『人類館』を「海洋博の前に書きたかったが間に合わなかった」ことが明らかにされていた。そのうえで、自分と同世代が理解できる「等身大の芝居」を目指したこと、「これは絶対ヤマトンチューにはわからないだろう。わかるなら、わかってみろ」という開き直りがあったこと、「復帰というものを僕なりに総括してみようという気持ち」があったこと、そして、芝居をうたないと「創造そのものが空中分解する危機感があった」事情も語っている（『人類館　封印された扉』、アットワークス、二〇〇五年）。ここであらためて「復帰」と「海洋博」への特別な関心と、劇自体のメッセージが沖縄の内部へ向けられていることに注目するとき、〈内破〉する演劇行為としての戯曲『人類館』の位相や『人類館』が演劇集団〝創造〟自体の転生、いや、演劇集団〝創造〟によって体現されてきた沖縄の戦後演劇史そのものの解体的再生にもかかわっていたという意味が浮かび上がってくることがわかる。

被虐の歴史は終わらない。反復し連鎖する。その反復と連鎖を進行形の「復帰」と「海洋博」に見たのだ。もはや「歴史に八つ当たり」するしかない。だが、演劇となるためには怒りを表現に転位させなければならない。転位は何によってなされなければならないのか、そして劇という身体的表出は沖縄の何を引き受けなければならないのか。こう問うとき、中里友豪が「沖縄の演劇」のなかで突き当たった〈ことば〉の問題に知念正真もまた直面する。演劇にとって、沖縄の言語をどのように表現の位相に汲み入れ、処理していくかはそれこそ死活にかかわっていた。知念は中里が《サーヨー》の世界に象徴化した異化の核としての沖縄語の韻律を、沖縄の複雑な言語状況に即してセリフのなかに取り入れていった。ここで言う複雑な言語状況とは「EDGE」4号に寄せた文章のなかで「もう一つ、言葉の問題も大きな難関であった。標準語でしゃべったのでは、沖縄の、しかも底辺で呻吟している人達のリアリティが出せない。かといって、ウチナー口は難解で使いこなす事ができない。それならばと、大和口と沖縄口の折衷型とも言うべき沖縄大和口を、そのまま台詞として使うことにした」と述べていたことと〈沖縄大和口《ウチナーヤマトグチ》〉の選び取りのことを指して言う。ことばの問題が「大きな難関」であったことと沖縄口が「難解」である（なってしまったという現実）ということに注目したい。というのも、ここに中里友豪の「異化の核としての沖縄語」や《サーヨー》の世界と重なりつつも分かれていく、「復帰」後四年、一九七六年前後の沖縄の言語状況があり、なによりも知念正真の劇の独自性が書き込まれていたからである。

「沖縄口と演劇」（「EDGE」7号、一九九八年）では、コトバをめぐる自己史を振り返り、知念がくぐってきた言語環境と言語認識、そしてそのことを通して沖縄のコトバの歴史と陥穽がより詳しく述べられている。「『沖縄で演劇をする者にとって、沖縄口を抜きにして、演劇を語ることは出来ない』と意識するようになったのは、沖縄に帰ってだいぶ経ってからであった」ことと、「演劇集団『創造』で、沖縄をモチーフにして、沖縄の今を抉るような芝居をやりたいと模索していた頃、ぶち当たった一番大きな壁は、言葉（台詞）の問題だった」という、知念の脚本家としての重要な言語についての自覚を間に挟み、自らの言語体験を振り返っている。

すなわち、一九四一年生まれの知念が子供の頃は誰もが沖縄口で考え、沖縄口でしゃべり、沖縄口で泣いたり笑ったりしたが、そのことで咎められたり、罰せられたり、コンプレックスをいだいたりなどしなかったこと、幼稚園から小学校に入ってはじめて「標準語」なるものと出会ったこと、学校の教師たちが使う標準語は沖縄口をそのまま翻訳したずいぶんいい加減なものであったこと、だがその教師がお手本であったため標準語はそういうものだと思ったこと、日本語にもアクセントがあることを知ったのは高校二年生のときで、アクセント辞典を頼りに正しい日本語を覚えようと取り組んだ結果、ラジオドラマやナレーションに本領を発揮し、日本語は完璧だと思っていたことなどについて述べている。ところが、上京して完璧だと思っていた日本語が日本人に通じないことを知らされ、大きなカルチャーショックを受けたこと、入団していた劇団「青年芸術劇場」の研究生として、日本語との格闘が続いたが「アクセントが違う」「訛っている」と指摘され、失語状態に陥ってしまったことなどが苦い思い出として振り返られている。さらに沖縄に帰って演劇集団〝創造〟にかかわり始めた六〇年代には幼少期の言語環境とだいぶ違い、修復し難いほどの変貌を遂げていたことにも触れている。「祖国復帰運動」の高揚と呼応するように沖縄口は片隅に追いやられただけではなく、若者の間では日常語ではなくなり、もはや沖縄口で考え沖縄口でしゃべることが不可能になっていたのだ。知念正真の創作はこのような沖縄の言語のクロニクルを抜きにしては語れない。

　気がつけば、私たちの世代は、観客も含めて、標準語からも沖縄口からさえも疎外されてしまっていたのである。何としても創作劇をやりたい。いや、やらなければならない。そのためには、私達は同時代共通の言葉を手に入れなければ、コミュニケーションが成立しない。大和口ではいかにもよそよそしい。第一リアリティに欠ける。沖縄ン人の心情を表現するためには、沖縄口でなければならない。だが、それは無理だ。使いこなせないし、致命的なほどボキャブラリーが欠如している。切羽詰まって、苦し紛れに私が選択した言語は、沖縄大和口であった。大和口からも沖縄口からも疎外されているとすれば、現在ただ今の、等身大の言葉で勝負するしかないと思ったのである。

（「沖縄口と演劇」「ＥＤＧＥ」７号、一九九八年）

これは「ＥＤＧＥ」４号に寄せた文のあらためての言い直しと見なすことができるが、より表現の言語的核心部分が言われていることがわかる。なんとしても創作劇をやりたい、そのためにはコミュニケーションが成立する言語の壁をクリアーしなければならず、しかも沖縄の言語状況を無視するわけにはいかない。選び取られたのが〈沖縄大和口〉だった、ということである。〈沖縄大和口〉とは、沖縄の言語と標準日本語を混ぜ合わせた混成語もしくは折衷語と見なされる。

笑いと毒の重層性

問題はしかし、〈沖縄大和口〉をどのような内実において認識するのかである。この認識のありようによって『人類館』を読む／観る眼が大きく異なってくるし、沖縄のコトバをめぐる状況や言語表現への理解が分かれてくる。私が見るところ、そのほとんどは脱政治化された言語現象としての認識にとどまっているのがほとんどである。つまり、二つまたはそれ以上の言語接触によって起こる混ぜ合いを自然性と見なし、それを肯定していく範囲を出るものではない。はたしてそうだろうか。二つまたはそれ以上の言語が接触するとき、そこには必ず力の働きがあり、せめぎ合いがあり、それによって言語の地勢は書き換えられ、一つの言語が別の異なる言語によって取って代えられるケースは珍しいことではない。むしろ言語はたえずそうしたせめぎ合いにさらされているのであり、近代に入って帝国化した国家が周辺地域を併合し、植民地にしていくときに取った言語政策はそのことを見せつけていたはずである。

中里友豪が「沖縄の演劇」を〈異化と同化の相克〉という視点から論及したのはそうした文脈からであり、また、知念正真が「沖縄口と演劇」でコトバをめぐる自分史に見たのも言語に働く力の線であり、ことばの地図が書き換えられていく痕跡の痛みを伴った確かめ直しであったはずである。そうでなければ「異化の核としての沖縄語」という言い方や『人類館』の笑いと毒は理解できないだろう。知念正真が選び取った〈沖縄大和口〉は、共通のコミュニケーションと等身大の会話の必要からなされたと同時に、大和口と沖縄口の接触による混入、葛藤と相克への表現論的注目にあった。いわば『人類館』の毒と笑い、笑いの毒は、〈沖縄大和口〉を選び取ったことの〈政治〉にあり、それ以外ではありえない。

知念が「折衷型」と言うとき、沖縄口が置かれている現実への認識を示したということであるが、もうひとつの契機が挿入されてもいた。言い換えれば、〈沖縄大和口〉を選び取らざるをえないことを含めた選択への批評があったということである。「同時代人の観客は、笑うことによって自らを相対化し、そして傷つけられた。沖縄大和口は、それだけ親しみがあり、尚かつ、毒を含んでいたのである」という箇所はそうした意味において理解されなければならないだろう。「笑うことによって自らを相対化し、そして傷つけられた」というとき、そこには〈沖縄大和口〉が「切羽詰まって、苦し紛れに私が選択した言語」だということへの自己批評があった。けっして「混交的な言葉」へ希釈されない。「傷つけられた」という言い方のうちに〈沖縄大和口〉を選び取った「折衷的」存在としての己れ自身と同時代の沖縄への内省があった。『人類館』の笑いと毒はつねにいつだって沖縄自身に向けられている。

だからこそあえて「沖縄口と演劇」の結びで「沖縄で演劇をする者にとって、沖縄口の言語感覚は、身体言語と共に抜きがたい要素のひとつといえる。たとえ沖縄口が希少言語となったとしても、その言語感覚だけは脈々と生き続けるだろう。なぜなら、それこそが、沖縄が沖縄であり続けるための、抜き差しならない存在証明なのだから」と言わねばならなかったのだ。ここには沖縄口が切り詰められていくことへの痛みと、それでもなお沖縄の言語をもったことの、存在の閾と境界性のようなものが刻み込まされている。『人類館』の「存在証明」に「抜き差しならない」という前置きをしたところに知念正真の戦場があった。『人類館』に登場する「調教師ふうな男」と「陳列された」男と女が使う沖縄口、大和口、沖縄大和口はけっして調和的に配分されたり、ただ単に混在の状態にあるわけではない。〈沖縄大和口〉とは二つの言語の接触と交渉から生じる発熱状態の形象のことなのだ。いかなる意味であれ、ハイブリッドとしての〈沖縄大和口〉を選び取ったことの安定はない。つねに、いつだって、異議提起にさらされている。「沖縄が沖縄であり続ける」のも、つねに、いつだって、「抜き差しならない」状態を生かされているということなのだ。戯曲『人類館』のセリフに見るのはまぎれもない言語闘争である。

2　「ふぅなあ」というオブセッション

戯曲『人類館』のダイナミズムは、三名の登場人物がそれぞれ複数の主体を生きる物語の多元性や自在な場面転換による鋭角的なドライブ感にあるが、それ以上に、日本語／ウチナーヤマト口／沖縄語の絡み合いが出現させる声の交差とせめぎ合いにあると言えよう。言語が劇の質に深くかかわっているという意味では『人類館』は稀に見る達成を遂げている。複数の言語が物語の編成・筋と不可分に結びつき、悲・喜劇の重層的な襞を織り上げ、観る者は笑い、泣き、そして傷ついた。この笑い、泣き、傷つくことが言語の入れ子状になったダイグロシア（二言語使用）からくる惑乱に関係している。この惑乱するダイグロシアこそ、泣き・笑いの資源となって物語を色づかせている。言語植民地主義によってことばに傷を負った地域の表現にとっては、どのことばで話し、書くのかということの選択はことのほか重い。『人類館』は後発の植民地帝国日本が植民地から調達した人種を学術の名において展示するパラノイア的な倒錯を入口にして、同化圧力に継続的に晒され、翻弄されてきた沖縄の反復する歴史と沖縄人の言動の内と外の力学に分け入ったものだが、それと同時に言語の政治を開示した試みとしても注目に値する。

どのことばを選ぶのか、そしてどのことばで書き、話すのか。

『人類館』に登場する「調教師ふうな男」と「陳列された男」・「陳列された女」の使用することばは違う。「調教師ふうな男」は日本語を、「陳列された男」・「陳列された女」は主にウチナーヤマトロを使う。このことばの違いは「調教師ふうな男」が上昇志向の植民地エリートで、「陳列された男」・「陳列された女」が下層民ということからもわかるように、階層的差の標識にもなっている。そして三者はそれぞれの役柄において、知念正真が「沖縄口と演劇」の末尾で述べた「それ（沖縄口の言語感覚）こそが、沖縄が沖縄であり続けるための、抜き差しならない存在証明なのだ」という、言語とアイデンティティの問題を行為遂行的に演じて見せてもいる。この「抜き差しならない存在証明」を逆説的にではあれ、文字通り演じたのが「調教師ふうな男」であった。逆説的と言ったのは、途中から表記が「調教師」に変わるにしても〈ふうな〉となっていることにかかわっている。〈ふうな〉にはなにかワケありの、まがいものの標しが付与され、仮装や擬態が含意させられている。つまり「調教師ふうな男」は「調教師」になりきれない「男」なのだ。そうであるがゆえに〈ほんとう〉の観念に不断に脅かされ続ける。

「調教師ふうな男」(以下「調教師」と略記)は学術人類館の案内人、皇民化教育の規律訓練の教師、琉球人であるがゆえに出世を阻まれたサラリーマン、沖縄住民に敵対する日本兵、沖縄の復興と祖国復帰を教唆する先生、叩き上げの刑事であったりするが、一貫しているのは組織人であることと中間層かエリートに属している。つまり「調教師」が演じる複数のエージェントは、植民地主義を内面化し、代行していくクラスに所属している。反対に「陳列された男」と「陳列された女」が犯罪人や娼婦、鉄血勤皇隊やひめゆり部隊や郷土防衛隊員、高校生、ハウスメイド、米兵相手のホステスであったり、主に社会の辺縁に生きるサバルタンであることとは対照をなしている。

植民地エリートである「調教師」は、宗主国の言語を身につけ、眼差しを内面化することによって出世の階段を昇り詰めようとする。沖縄人であることの属性を隠し、日本人になろうと絶えざる努力を強いられ、そのことが逆にオブセッションとなって男の言動を拘束する。このオブセッションがサバルタンへの過剰なまでの調教と規律訓練へと駆り立てていく反動となってもいる。見方を換えて言えば、日本人になろうとしてなりきることができないジレンマが「調教師」の暴力の根源にあるということである。だが沖縄人であることを隠し、日本人になりきることはできない。だから〈ふうな〉という擬態を演じる以外ないのだ。〈ふうな〉を打ち消し〈ほんとう〉を欲望すればするほどジレンマは昂じ、昂じることによって自己の生地がむき出しにされてくる二重の疎外を生きることになる。

植民地主義はこのジレンマと欲望を巧みに組織することによって文化的インフラを整える。「調教師」の言語フェティシュともいえる過剰な監視と矯正への欲望は、こうしたジレンマの暴風を抜きにしては理解を誤ることになるだろう。沖縄口の言語感覚こそが、「沖縄が沖縄であり続けるための、抜き差しならない存在証明」であることを逆説的に生きたと言ったのはそういった意味である。

まず、劇の冒頭のシーン。「調教師」が学術人類館に朝鮮人、黒人、アイヌ、インディアンなどとともに、陳列された琉球人の男の「顔が四角で、鼻が異常に大きく、幅が広い」人種的表徴を識別し、鞭を鋭く鳴らしながら、眼と顎の細部の特徴を示すところに、すでにして「調教師」の擬態の秘密が、巧みな会話のなかに配信されている。

調教師　眼をごらん下さい。およそこの顔にはふつりあいな、くっきりと大きな腺病質な眼、まるで神経症病みのようにおどろおどろした顔、これも一つの特長でございます。こいつのような顔が四角く、あごのエラが張っているのを、琉球の言葉で……（詰る。男に眼で促す。）

陳列された男　（ボソッと）ハブカクジャー……！

調教師　ハブカクジャーと申します。ハブというのは琉球に棲む毒ヘビの事ですね。毒ヘビのアゴという意味でございます。

「調教師」が「あごのエラが張っているのを、琉球の言葉で……（詰る。男に眼で促す。）」というところに注目したい。ここには琉球人の人種的特徴を、思わず琉球のことばにしてしまうところを堪える、という行為が仄めかされている。言いよどむことを記号的に示唆する「……」と「詰る」という機微に含意させられているのは、「調教師」が琉球のことばを知らないからではなく、知っているがゆえにことばにしてはいけない禁止の機制が働いているからである。つまり「詰る」の意味するのは、自己抑止の意志が介在することによって起こる身体反応であると見たほうがよい。そしてその身体反応は「眼で促す」という行為へと連接させられていく。ここではどうやら、目は口ほどにものを言う、という箴言に訴えているようにも思える。だが肝心なところで「調教師」の自己抑止は破られ、沖縄語のゲリラ的な転訛で乱される。言語は民族や集団性の差異の標識だからこそ、皇民化と同化のための調教のターゲットにされるのだ。

そのことが象徴的に演じられているのは、皇民化教育の規律訓練シーンである。国家に殉じる精神を育成し、天皇に絶対服従する「日本的秩序意識」を鍛え上げるために沖縄の言語を使うことを全面禁止し、日本語を覚えることを強制していく。そのためにことばは「文化の乗物」であるという文化人類学の言語観まで持ち出し、乗物に乗りおくれてはいけない、と叱咤する。見落とせないのは、「ここだけの話だが」と前置きし、「琉球の方言」が大嫌いであることを打ち明けるところである。「調教師」の出自にかかわるもっとも繊細な部分が「琉球の方言」への嫌悪というかたちで告白される。

こういうことである。「ミミズがのたうちまわっているような、捉えどころのない抑揚。粘っこくまとわりついてくるような発音、いんぎんで、ごうまんで、難解で。顔と言葉が、それぞれ別な事いっているのではないかと思えて仕方がない」と指弾される、皮膚感覚的で過剰なまでの言語イメージは、かえって「調教師」の秘密に気づかせてくれる。この「琉球の方言」にたいする嫌悪と否認の身振りは「同じ日本国内に、我々の理解の及ばない言語があるということ自体、俺には我慢がならない。

日本人はすべからく、日本語で話すべきだ。日本語で考え、日本語で語り合い、日本語で笑い、日本語で泣くべきなのだ」というように、リゴリスティックな監視と矯正へと向かう。極めつけはあの六文字へと収斂していくところである。「音の組み合わせといい、語呂の良さといい、雄々しさ、おさまりの良さ、安定感、典型的な日本語」で、まっ先に覚えなければならないものとして「天皇陛下万歳！」を大音声で三唱し、唱和することを命じる。

（男に）さあ言ってみろ！

男　（かぼそい声で）天皇陛下バンジャーイ。

調教師　バンジャーイざあない。バンジャーイだ。もとい！　バンザーイだ。

男　バンジャーイ……。

調教師　バンザーイ！

男　バン、バン……ジャーイ。

調教師　ザーイ！　満腔より尊敬の情を込めて！

このシーンの最後は「情けない奴だ。貴様それでも日本人か。ちゃんと言えるようになるまで、こいつをかけとけ！（方言札を男の首にぶら下げる）」というセリフで終わるが、《方言札を男の首にぶら下げる》というト書きは、沖縄の言語に対する文化的暴力が持続的かつ組織的に行使されたことが示されている。植民地帝国の論理は「ほかならぬ言葉の名において人からその言葉を奪うこと。あらゆる合法的な殺人はそこから始まる」というロラン・バルトの箴言を先取りして実践していたことを思い知らされる。

ここで目を落としたいのは「バンジャーイざあない」を注意深く挿入したことである。「じゃない」とか「ではない」とすべきところを「ざあない」と転訛するところに、「調教師」の〈ふうな〉の地金が一瞬顔を見せる。さらに「バンジャーイだ。もとい！　バンザーイだ」と続くところは、沖縄ふう訛を糺そうとすればするほどかえって地の領分が顕われ出ることを伝えている。この沖縄ふう転訛は日本語のリズムを鋭く乱すゆえに「調教師」を苛立たせる。知念正真はその前の「文化の乗物」としてのことばを日本語に矯正するところでも、「調教師」の口から転訛した音素が不意に漏れ出るところも挿入している。すなわち、「早い話が、日本語の使い方を一日も早く覚えてもらわなければならん。古いことわざにいわく『習うより馴れろ』つまり馴れなけりゃあならんのら」というところの「馴れなけりゃあならんのら（改訂版では強調点は省かれるが、「馴れなけりゃあならんのラ」と訛るところがカタカナになっている）というように。舌が叛乱するように〈ラ〉音を放擲する。それから「従って、たった今から方言の使用を禁止する。全面禁止だ。これに違反した者は、これを首からぶら下げてもらう」と続き、その間に《「リュウキュウ、チョーセンお断り」の札をはずすと、裏に「私は方言つかいました」（改訂版では「方言札」に）というこれまた稚拙な文字》というト書きが添えられている。

「新大和小」、あるいは仮装と修羅

この言語の規律訓練とト書きで、知念正真が言わんとしたのは何だったのか。すくなくとも二つのことが言える。ひとつは、植民地帝国としての日本は、包摂と排除を装置化したことである。その装

置化のうちに「リュウキュウ」も「チョーセン」も繋ぎとめられているということである。いまひとつは、「リュウキュウ」や「チョーセン」にとって装置としての包摂と排除は、アイデンティティの分裂の身体化であると同時に、識別、調教、規律訓練の対象として可視化されることであった。「リュウキュウ、チョーセンお断り」と「方言札」の二つの札が表と裏の関係であるのは、まさに取り込まれつつ排除されることを意味していた。

植民地状況とは、こうした取り込まれつつ排除される両義的場所を不断に生きることにほかならない。この両義的場所をオブセッションとして生きたのがほかでもない〈ふうな〉という属性から逃れられない「調教師」であったのだ。識別、調教、規律訓練の過程で、不意のアクシデントのように突出する琉球人としての言語的兆候は、日本人になりきろうとしてなりきることができないジレンマを遂行的に刻み込んでいく。

「調教師」の〈ふうな〉という仮装が全面的に剝がれ、むき出しになるのは集団自決の道行きのシーンであるが、そこに至るまでに沖縄戦末期のガマの中で演じられた日本兵による残虐行為が暴かれる。日本兵となった「調教師」は曹長、隊長、戦隊長の役を乗り継ぎ、「女」はひめゆり部隊員、日本兵に殺された郷土防衛隊員の妻、日本兵に殺された子の母親に、「男」は鉄血勤皇隊員や郷土防衛隊員と変幻する。日本兵とその日本兵に玩ばれそうになる女と割ってはいる男のやりとりが、変奏されながらも反復される。

まず日本軍の曹長となった「調教師」は、ひめゆり部隊の少女となった「女」から炊き出しのための「火種」を求められ、「火種」はないが「子種」ならあると猫撫で声で言い寄り、「女」を犯そうとする。そこに、鉄血勤皇隊員となった「男」が現われ、邪魔をする。このあとさらに日本兵の狼藉と残虐行為が次々に暴かれていく。なかでも郷土防衛隊員となった「男」がスパイの嫌疑をかけられ惨殺される場面は、日本兵の沖縄住民観と戦争という極限状態で、沖縄と沖縄人に加えられた植民地主義的な暴力がどのように発動されるのかを描きあげている。ここでもまた、スパイを識別するのが言語現象であったことは注意しておくべきである。ことばの差は生死をわけた。

日本兵ににらみつけられた男は金縛りにあったように硬くなり、「貴様、本当に防衛隊の者か？」と誰何される。極度に緊張しドモリながら「じ、自分は、郷、郷ろ防衛隊の……」としどろもどろの返事しかできないことから、追い打ちをかけられるように「貴様、本当に日本人か？」と問い詰められ「天皇陛下万歳！」を言わさせられる。だが男は「バンザーイ！」と言えない。ドモリながら「バンジャーイ」としか発音できないことで、スパイだと見なされ殺される。さらに日本兵は壕の中で泣く赤子を、「われわれの所在を敵に通報したスパイ」だと決めつけ切り殺す。呆然と放心したように座り込む母親となった「女」に、今度は「赤ん坊なんて、すぐさまできるさ。俺が仕込んでやる」といっては襲いかかる。と、またしても郷土防衛隊員となった「男」が現われ、島の住民を集結させたので、次はどうするかの命令を請う。ことごとく邪魔され怒り心頭に発した日本兵は、消えてなくなるよう言い放つ。去りかけた男は、なにか思い当たるものを感じたのか、日本兵をジロジロと見つめ続ける。そして「意味のわからない間／ややあって」のト書きのあと、突如場面は意外な転換をみせ、濃密な島コトバの言語空間が出現する。

男　……カマー？
調教師　（虚をつかれて）カマ？……鎌なんかない。

男　カマーやあらに?

調教師　……?

女も加わって、調教師を喰い入るように見つめる。

女　やさ、カマーやさ。汝や、我、わからんな?

男　我どぅやしが。カミーよ、新家下門小ぬ、カミー。

女　ウシーどやんど、竹葺家ぬ、ウシー。

調教師　……（感極まって）ウシー婆！　カミー兄！

ヒシッとだき合う三人。

男・女　カマー小！

どこからか、風に乗って、トロイメライが聞こえてくる。

女　アキョー！　カマー小よーい、カマー小！　汝やなぁ新大和小けぇなてぃ見知らんなとうるむんな。我達やなあ、戦さに打ち喰わぁって、親兄弟ん、失なて。後世行じ、逢いんないがやあんである思たる。この世、永らいて汝、逢いる日んあてえさやぁ、カマー小。（泣く）

調教師　泣ちんそうらんけぇ、ウシー婆、かんねぇる、よも戦さに、うち喰あって、顔かたちまで打ち変て、哀りの段々、しんそうちぇーさやあ、婆。

「カマー小」となった「調教師」は、このあと妻のウサ小が島の北部に避難する途中、艦砲射撃で亡くなったことを知らされ泣き崩れる。「ウシー婆」と「カミー兄」から、親兄弟を失い生きていく甲斐がなくなったので、「唐旅」（死への旅）を告げられると、妻の死を知らされ同じ心境になったカマーも同行を乞う。三人は手榴弾で集団自決を試みるが、不発に終わる、というところまで展開していく。このオール沖縄語での「唐旅」シーンは、他の場面との違いを鮮やかにする。肝心なことは、「調教師」が「カマー」であることが明らかにされるところである。「ウシー婆」によって「カマー」は「新大和小《ミーヤマトゥグァ》」と見抜かれ、日本人のように見違えるようになったと言われる。「新大和小」とは母語共同体から抜け出て、同化の階梯を昇ったことが意味されている。改訂版では「新大和小」となった「カマー」にウシー婆が言ったことばに、相槌をうつように男が「あんやんどー、なまねー、学校ぬ先生ぬ如どぅある」（そうだ、いまでは学校の先生のようだ）と言うセリフが挟まれていたる。

この場面での沖縄のことばの声の密度は、中里友豪が「沖縄の演劇」で言及していた《サーヨー》や《アキヨー》の世界の造型とみなしても的をはずした言い方にはならないだろう。「島。ついに東京方言をマスターすることができず、擬態に哭いて舞台を下りざるをえなかった役者は、環礁の褥で悲憤の《サーヨー》をうたうことができるか」という中里の問いかけへの演劇的実践であり、「悲憤の《サーヨー》」のうたを生み出すことによって、出自を隠し同化の階段を昇りつめようとした「調教師」の〈ふぅなあ〉がデフォルメされた「新大和小」の陥穽を抉り出し得たのだ。この「母語共同体」ともいえる言語空間においてはじめて「調教師」と「男」と「女」は出会い直すことができた。ここでの会話によって知らされるのはヴァナキュラーな紐帯であり、そこでの差はただ年齢の差にすぎない。だからこそ年若い「調教師」は〈ふぅなあ〉の仮装を脱ぎ捨て「カマー小」になり、「男」は「カミー兄」に、「女」は「ウシー婆」になるのだ。

ヴァナキュラーな紐帯は、自然性に裏づけられた共生として生きられる。共生は自然のように見えるがゆえに、きっかけさえあれば共死に反転する。「カマー小」が「ウシー婆」と「カミー兄」の

「唐旅」に同行を乞うところに含意させられているのも、ほかならぬ共生の共死への反転である。つまりここでは共に生きることが共に死ぬこと、というよりも、共に死ぬことにおいて生きる、「集団自決」の目も眩むパラドックスが言われているのだ。島共同体から出て同化の文脈に乗り換えることが仮装や擬態の修羅を生きることであるならば、島共同体の成員に戻ったとしても、共に死ぬことによって生きる、もうひとつの修羅が待ち受けていることを知らされる。沖縄語で運ばれる「集団自決」の道ゆきは、劇全体のなかでもひときわ濃密な時空となっていて、この場面があるのとないのとでは劇の性格がずいぶん違ってくることは想像に難くない。

『人類館』の言語地図は「ダイグロシア」である。植民地エリートとしての「調教師」とサバルタンとしての「陳列された男／女」の階層的差異は言語の「ダイグロシア」状況によって説明することができる。ここでの「ダイグロシア」とは「調教師」が同化訓練によって覚えた日本語と、陳列された「男」と「女」が使うウチナーヤマトロの差異として顕われるが、差異は機能の高さと威信として置き換えることもできる。つまり「調教師」が使う日本語は便利であるだけではなく高位で、サバルタンである「陳列された男／女」が使うウチナーヤマトロは不便で低位に位置づけられ、その差は威信の高さ低さの徴にもなっている。むろんこうした機能や威信は、権力の働きを抜きにしては語れないことはいうまでもない。

『人類館』の「ダイグロシア」は、ルイ＝ジャン・カルヴェが言うところの、植民地・脱植民地状況における「入れ子ダイグロシア」（『言語戦争と言語政策』三元社、二〇一〇年）と見なすことができるだろう。カルヴェはタンザニアの例をとり、そこでは植民地主義から受け継いだ英語と、国語であるスワヒリ語の間にダイグロシアが存在し、さらに母語としてのスワヒリ語とそれ以外のアフリカ諸語との間にもダイグロシアが存在するとして、そのような「入れ子ダイグロシア」状況は、マリ（フランス語／バンバラ語／他のアフリカ諸語）やセネガル（フランス語／ウォロフ語／他のアフリカ諸語）等でも見られるとしている。

こうした「入れ子ダイグロシア」の視点から『人類館』の言語的地勢を見れば、植民地主義の同化遺産としての日本語があり、それとのダイグロシアとして混成語のウチナーヤマトロがあり、さらにウチナーヤマトロと琉球諸語の間にダイグロシアの関係をつくっている、と言える。『人類館』の惑乱するダイナミズムは、「入れ子ダイグロシア」が織りなす言語の絡み合いと衝突、そして「入れ子ダイグロシア」を通して取り込まれつつ排除される沖縄の近現代の円環する構造を抉り出したところにある。

沖縄口の言語感覚こそ、「沖縄が沖縄であり続ける、抜き差しならない存在証明である」ことを逆説的に生きた「調教師男」の〈ふぅなあ〉は、男が自爆したあと、「同じ沖縄人のくせしてからに、大和ふぅなあして、沖縄を差別するからだよ」という、サバルタン沖縄が放ったウチナーヤマトロによって撃たれなければならなかった。

3　乗り換える果ての荒野

知念正真の戯曲『人類館』のラストは、この劇のライトモチーフを凝縮する、きわめて象徴的な終わりかたになっている。「調教師」が沖縄の劣敗の歴史のアレゴリーにもなっていた〈芋〉によって復讐〈投げ捨てた〈芋〉が爆発し、自爆する。〈芋〉は手榴弾に変わっていた〉されたあと、これまで痛めつけられ、調教の対象でしかなかった「男」によって「同じ沖縄人のくせしてからに、大和ふぅなあして、沖縄を差別するからだよ」と諌められる場面は「調教師」の擬態を撃つものであったが、しかし、そう諌めた当の「男」が「調教師」になり代わり、劇の冒頭のシーンが再現されるのである。終りが始まりに、始まりが終りに円を描くように重なる。「調教師」が乗り換え、乗り継いできたエージェントは、最後の最後で劇的な反転を見せる、ということになる。

この円環する構造は、沖縄の近現代が辿った負性と劣敗の提喩にもなっていて、展示され調教される側が展示し調教する側に、差別される側が差別する側に入れ代わり、抑圧と差別の移譲が円環を構造づける。そしてこのラストが観る者の胸を突くのは、植民地主義はけっして終わらないということである。観る者は「笑うことによって自らを相対化し、そして傷つけられた」ということばを嚙み締めることになるだろう。知念正真が病床でむさぼり読んだ沖縄本に「言い様のない衝撃」を受け、「救いようもない惰眠の、被虐の歴史の、際限のない連鎖」を見出したことを思い起こしてみてもよい。連鎖を連鎖たらしめ、劣敗を劣敗たらしめる根は沖縄自身の内部にあるということだ。その内部に病根を見る眼によってこそ「際限のない連鎖」を身体化した「調教師」と調教される「男」と「女」は造型されたのだ。

飛躍した言い方になるかもしれないが、知念正真の『人類館』においてはじめて沖縄自身が〈阿Q〉を発見することができた、といえよう。私は「調教師」に、そして「男」と「女」に、暗くやるせない沖縄の「際限のない連鎖」の歴史を重ね、沖縄的〈阿Q〉を見る。植民地化された人々が自ら変わっていくためにはそれぞれの内に〈阿Q〉をいかに見出すことができるかどうかにかかっているとすれば、『人類館』はその発見行為のとびっきりの果実だと言えよう。『人類館』の言語的達成なしには沖縄の歴史風土から〈阿Q〉は生まれようがないということなのだ。ここでの〈阿Q〉とは、歴史が変わるために発見された根源的な〈像〉のことである。

私は長い間、『人類館』をはじめて観たときの感情の波立ち、というか、身体の芯を揺する、どこかくぐもった笑いの質をうまく説明することができないでいた。「調教師」の言動に、そして「男」と「女」のセリフの「入れ子ダイグロシア」に、笑った。だがその笑いには、せつなくやるせない感情が流れ込み、縫い合わされていた。そうなるのはたぶん「調教師」や「男」や「女」は〈私〉のなかに棲む〈阿Q〉そのものであったという苦い認識からくるものであった。笑っただけではない、笑うことが傷つくことでもあったということの内在は、そのような私のなかにも棲む〈亜熱帯的阿Q〉と確実にシンクロしていたからだろう。

フェイクと円環

あらためてここで『人類館』の位置を確かめ直すために、同時代の諸表出に注目してみることはけっして無駄にはならないだろう。同じ劇団〝創造〟の団員でもあった中里友豪によって書かれた「沖縄の演劇」との内的関係はすでに見てきた通りであるが、一九七〇年前後、沖縄人自身が国家の併合の論理に同一化していく心的現象を内側から抉り出していった、いわゆる〈反復帰〉の思想からの波動を無視するわけにはいかない。〈反復帰〉の思想は、言語と主体の刷新を促すもので、『人類館』のモチーフと響き合っていた。川満信一の「ミクロ言語帯からの発想」(初出は「現代の眼」一九七一年一月号)は、転換期の沖縄の深層にある言語の問題に注目した論考であるが、このなかで、長い間封印されていた広津和郎の小説「さまよえる琉球人」を沖縄の人たち自身の手によって復刻（『新沖縄文学』十七号）したことの主体的な意義について触れている。同じ年には沖縄のコトバの表出の可能性を柔らかく押し開いた東峰夫の「オキナワの少年」も発表されている。

そして「さまよえる琉球人」とともに筆禍事件として知られた、久志富佐子が一九三二年（昭和七年）の『婦人公論』六月号に発表し、在京の沖縄県学生会や県人会からの抗議によって出版社が「つづき」を差し止めた「滅びゆく琉球女の手記」が、『青い海』二十六号（一九七三年）に復刻されたことも注目に値する。同誌には小説本文と翌七月号の『婦人公論』に掲載された久志富佐子（このときは芙沙子になっている）の「釈明文」も掲載していた。「滅びゆく琉球女の手記」は、沖縄で小学校の教師の経験をもち、上京した主人公の「妾《わたし》」が友達から聞かされる故郷の疲弊や、主人公の叔父の生き方を通して「内地」で卑屈に生きる「琉球人」の湿ったコンプレックスを批判的に描いたものである。小学校しか出てない叔父は、三十年前に九州のある街で除隊になったまま、音信不通になっていたという事情の持ち主だが、いまでは支店をもつほど手広く事業を展開し妻子にも恵まれている。ところが「琉球人の琉の字も匂はせず、二十年来、東京の真中に暮らして」いるということになっている。五年前に故郷に帰ったときも、主人公の母に「僕の籍はね、×県へ移してありますから、実は、誰も此方の者だってことを知らないのです。立派なところと取引をしてゐるし、店には大学出なんかも沢山つかってゐるので琉球人だなんて知られると万事、都合が悪いのでね。家内にも実は、別府へ行くと云って出て来たやうなわけですから、そのおつもりで……」ということばを言い残していた。出自を隠して生きる卑屈な琉球人として描かれている。

この作品への沖縄県学生会の抗議と謝罪要求に対する久志富佐子の「『滅びゆく琉球女の手記』に

ついての釈明文」は、抗議と謝罪要求が孕む倒錯した論理をまっとうに切り返しただけではなく、作品に込めた久志のモチーフを闡明するものであった。「釈明文」によれば、学生代表の言い分は、故郷のことを洗いざらい書きたてられては迷惑であり、「叔父」の描写が誤解を招くので謝罪しろということだった。目を凝らしておきたいのは「学生代表のお話ではあの文に使用した民族と云う語に、ひどく神経を尖らしてゐる様子」という個所である。「地球の隅っこに押しやられた民族の嘆きをきいて頂きたい」という副題をもつこの作品には、たしかに「妾達はいち早く目覚めねばならない民族であり乍ら、骨に泌しみついたプチブル根性が災ひして、右顧左眄しつゝ体裁を繕ひ〳〵その日暮らしを続けてゐる」とか「梅雨期のやうにじめついたおしひしがれた民族の歎声許《ばか》りだった」とか「何百年来の被圧迫民族」など、「琉球人」とともに〈民族〉という言葉が散見できる。

学生代表はその琉球〈民族〉という語に敏感に反応したということであるが、背後には、強い同化圧力とそれを内面化した自己植民地主義があった。差別や偏見のまなざしを変えるのではなく、そのまなざしに同一化し、出自をカムフラージュしつつ擬態を装うことに、久志富佐子の視線はまっすぐ向けられていた。だからこそ久志は「アイヌ人種だの、朝鮮人だの、大和民族だのと、態々《わざわざ》段階を築いて、その何番目かの上位に陣どつて、優越を感じようとする御意見」の錯誤を見抜き、差別待遇だという意見に対しても「その語はそっくりその儘、アイヌや朝鮮の方々に人種差別をするやうなものではないかと思はれます」と的確に指摘している。「釈明文」の最後は、幾分の皮肉や批評的余裕をもって「地位ある方々許が叫びわめき、下々の者や無学者は、何によらず御尤もと承つてゐる沖縄の常として、妾のやうな無教養な女が、一人前の口を利いたりして、さぞかし心外でございませうけれど上に立つ方達のご都合次第で、我々迄うまく丸め込まれて引張り廻されたんでは浮かばれません」

と結んでいる。本籍を変え「琉球人の琉の字も匂はせず」隠れて生きる「叔父」の姿と「釈明文」によって明るみに出された〈在日〉沖縄人のフェイクな生き方に、沖縄の近代のせつないまでのアポリアを読むことができる。

久志富佐子の隠れて生きる琉球人の負性を明るみに出した作品とそれを封印した沖縄、さらにその封印を解いた七〇年代沖縄の、日本復帰運動に体現された同化主義を根底から批判した思想の系譜に、知念正真の『人類館』を置いてみるとき、そこに沖縄自身の想像力によって誕生した〈我が阿Q〉を見てもよいだろう。沖縄戦を挟み沖縄の近現代の時空を自在に往還しつつ、終わらない植民地主義の円環する構造に踏み込んでいた『人類館』の作品的達成は、沖縄の主体の自己刷新という文脈から言えば、久志富佐子の「滅びゆく琉球女の手記」と「釈明文」の流れに位置づけてもよい。「滅びゆく琉球女の手記」の「叔父」は、『人類館』の「調教師」と繋がり、さらに『人類館』では久志富佐子が身を低くして寄り添った「下々の者や無学者」の、つまり、陳列され調教される「男」と「女」のなかにある「事大主義」をも対象化している。そのことはたとえば、「調教師」が居ないところで、だまされて連れてこられたことの理不尽さを糾弾し「正義は必ず勝つ！　証拠つかまえてからに、裁判に訴えてやる！」とか「あの青蠅二才小、いちがな叩っ殺してやる!!」と抵抗の身振りを示したり、刑務所では自分を知らない者はいないと見栄を切るが、「調教師」の前ではなす術もなく調教される「男」を「女」が「家意地ぁがも」とコケにするところや、他方、「男」の計画を「雷が鳴っても言わないよ」と強弁する「女」も調教師の詰問にあっさり口を割り、「男」から「ユンタクー」となじられる場面でのやりとりから知ることができる。「男」と「女」の言動に〈沖縄的阿Q〉を見たとしても筋違いにはならないはずだ。

『人類館』は〈一幕一場〉という限定された空間に、沖縄の近現代の出来事をめぐる生きざまを自在にかつ鋭角的に行き来させたが、その往還のちょうど結節点に位置しているのが沖縄戦から戦後に接続される場面である。「カマー小」と「ウシー婆」と「カミー兄」の唐旅（集団自決）が不発に終わったあと、場面はドラスティックに転換する。この転換は「日本兵」が「先生」となることで決定的ともいえる意味を刻印される。なぜかといえば、「先生」において代行されるものこそ皇民化や同化思想の戦後的再建であったのだ。ここでの「日本兵」から「先生」へ、「ウシー婆」と「カミー兄」から「宮城君、大城君」、あるいは「又吉君、当真君」への乗り換えは、死から生へ、軍国主義から民主主義へ、廃虚から復興への価値転換が含意されている。しかし、根っこが変わらないままの移行であることにおいて「際限のない連鎖」はけっして断ち切られることはなかった。「先生」となった「調教師」が高校生となった「男」と「女」にむかって、焼土と化した郷土が立ち直り「新生沖縄県」のための再建を呼びかける場面はこうなっている。

男と女　先生！

調教師　新生沖縄県の将来は、一に君たち若い者の双肩にかかっている！／成る程、死ぬのはやさしい、だが、生きて、郷土の再建に命をかけることは、どんなに難かしく、有意義なことか。わかるね、又吉君！　当真君！／例え、異民族支配の憂き目を見る事はあっても、日本国民として、（「沖縄を返せ」の大合唱が轟く）人類普遍の原理に基づき、民主的で文化的な国家及び社会を建設して、世界の平和と、人類の福祉に貢献しなければならないのだ！　ほら、祖国はすぐ目と鼻の先にある。／あの二七度線の向こうは母なる祖国、かがり火燃える与論島だ。さあ、行くんだ！

草むす屍を乗り越え、水漬く屍をかきわけて、現御神の国、ニッポンへ！

この場面は、冒頭の人類館のアテンション・シーンのデフォルメされた再生のようにも思えるが、戦前の皇民化や同化教育の責任が不在のまま混乱した状態で戦後に延命される、沖縄の戦後史の原像が「日本兵」の「先生」への乗り換えにおいて提示されていると見なすことができる。原像は、それゆえに、「あの二七度線の向こうは母なる祖国、かがり火燃える与論島だ。さあ、行くんだ！　草むす屍を乗り越え、水漬く屍をかきわけて、現御神の国、ニッポンへ！」というセリフからもわかるように、「日本的秩序意識」を植えつけるために「天皇陛下バンザーイ」の訓練シーンのデフォーメーションと見なしてもよい。つまり、戦前の規範が「民主的で文化的な国家及び社会の建設」の名において反復されているといえよう。反復するのは「日本兵」を乗り換えた「先生」であり「祖国復帰運動」であった。セリフの間に括弧で挿入された《「沖縄を返せ」の大合唱が轟く》は、そのことの音による批評である。この場面は国際海洋博覧会の沖縄館で、「調教師」が屋良知事の挨拶と皇太子の声に口を合わせるアテレコシーンが言わんとすることと重なっているはずである。沖縄教職員会や祖国復帰協議会の会長を務め、日本復帰運動のシンボル的存在でもあり、米軍統治下での初の公選主席から併合後県知事になった屋良朝苗と皇太子がアテレコにおいて合体することの象徴的意味とは、まさしく「日本兵」を乗り換え「先生」によって中継された戦前と戦後の連続性であり、終わらない同化主義である。

だからだろう、「男」と「女」が顔を紅潮させ、腕など組んで、飛び出して行ったあと、「調教師」の口から「……行ってしまった。誰も彼も、行ってしまった。だが、これで良いのだ。／（空を見据えて）歴史が、真実くり返されるものならば、未来よ！　何もかも焼き尽くして、滅びてしまうが良い！」と吐かせたのだ。この「歴史が、真実くり返されるものならば、未来よ！　何もかも焼き尽くして、滅びてしまうが良い！」というセリフは、「調教師」が乗り換え、乗り継いできた際限のない連鎖への内破の衝動が表出されている。だが、物語は円環し、終りが始まりに、いや、終りも始まりもない荒野のようなトートロジーへと接合される。この乗り換えた果ての荒野は、植民地化された人々が晒され、自らの内にも似姿となって棲むまなざしを破ることなしには超えることはできないことが確信されている。

まなざしをめぐる政治

「日本的秩序意識」を育成するための規律訓練や同化しつつ排除することの物象化としての「方言札」と「リュウキュウ、チョーセンお断り」はまた、植民地状況を生きる人々の意識に影を落とした〈まなざし〉の標識でもあった。「調教師」のオブセションはほかならぬこの〈まなざし〉に起因していたと言い換えることが可能である。「リュウキュウ」や「チョーセン」の「日本的秩序意識」への包摂と排除の結界には〈まなざし〉の政治が吹き荒んでいた。「調教師」も「男」と「女」もその結界で吹きさらされている。

〈在日〉の生き難さを吃音とともに〈まなざし〉をめぐるせめぎあいに踏み込んでいったのは、在日朝鮮・韓国人作家金鶴泳《キムハギョン》の「まなざしの壁」（初出は「文藝」一九六九年十一月号）であった。この作品の主人公李寿永は、「滅びゆく琉球女の手記」のなかの「叔父」の卑屈さや『人類館』の「調教師」の擬態とけっして無縁ではないように思える。それぞれの作品は近代のアポリア――植民地状況の生き難さを「ふぅなあ」もしくはフェイクにおいて解消しようとした。そういった意味で相互に参照し合っている、と言えよう。

興味深いことは、この作品のなかで吃音の苦しみを書いた小説として紹介される「冬の日に」に対し、誰も触れることはなかった〈まなざし〉について、ただ一人触れていたのが沖縄出身のKであったということである。同人雑誌に発表された寿永の作品を取り上げ、そのなかに〈まなざし〉のことが閑却されているのを、熱っぽく非難していたことから「Kもまたそのまなざしに悩まされてきた人間の一人にちがいない」と寿永に語らせている。Kの批判の骨子は「冬の日に」の主人公である金俊基に「一般に朝鮮人が根強く持っているはずの、日本への憎しみとコンプレックスがまったく欠けていること、また、日本人が朝鮮人に軽蔑感や差別意識など、偏見のまなざしを持っているかも知れないという疑いや気遣いがまったく抜けていること、それが日本の現実としては不自然である」ということにあった。そしてその〈まなざし〉について「おそらく、作者は知っているのだ。知っていながら、ごまかしているのだ。目的や願望のために、現実をごまかし、または覆いかくしている」と苦言を呈していた。

この沖縄出身のKの批判に対し、主人公ははじめ心外に思い、そのような〈まなざし〉を捨象し黙殺するところから出発するしかないと考えていた。ところが、ほんとうにそうであったのかを自問するうちに〈まなざし〉の偏在に気づいていく。「まなざしの壁」は、「冬の日に」が吃音を書くことによって吃音を忘れたように、厭わしい〈まなざし〉を見返してやれば、日なたに干された菌のように消滅し、それから解放されるかもしれないという思いから書かれた作品、ということになっている。

実際この作品では、東京での大学生活で突然李の前に現われ、やがて親しく付き合うようになった中高校時代の同級生芳野文子がある日を境に離れていったこと、うまくいっていたはずの家庭教師先から断りの手紙が送りつけられたこと、そして就職先がいつまでも決まらないことなどが、寿永が朝鮮人であることに理由があり、あの〈まなざしの壁〉が関係していたことを感じ取っている。とはいえ、この小説の懐は、日本人と日本社会からの〈まなざし〉だけではなく、彼のなかにある〈もうひとつのまなざし〉を対象化していることである。〈もうひとつのまなざし〉とは、朝鮮人である李寿永がほかならぬ朝鮮人を見ることとの内に存在している。たとえばそれは夏休みに五年ぶりにF鉱泉を訪れたときの、予約の電話に出た男とのやりとりとF荘で出迎えた男に感じ取った直感とも妄想ともつかない感受性に示唆されている。つまり予約の電話で名前を聞かれ、「李です」と言えなく吃ったこと、「東京の」という接頭語を三度ほどくりかえしやっと「李と申します」と答えることができたが、電話の向こうの男の「リーさん、ですね」という確かめ直しに厭な響きを感じたこと、受付のフロントでも「どちらさまでしょうか」と聞かれ、またしても返事に詰まり、同じようなやりとりが反復されたことなどによって知らされる、主人公の寿永において生きられている不安とおびえである。そして〈まなざし〉の迷路に迷い込むように、あるいは妄想が昂じるように、主人公の寿永は男を最初に見たときから、その身体的特徴や物腰から朝鮮人ではないかと疑い、『自分という朝鮮人』と、『彼という朝鮮人』と、二種類の朝鮮人がいるかのようであった」と告白していた。さらにフロントの男だけではなく、案内係の男の卑屈な物腰や廊下ですれ違ったエプロン姿のおばさんの顔つきからも「朝鮮人」を連想していく。「自分という朝鮮人」と「彼という朝鮮人」、二人の朝鮮人は彼の内部に住む〈まなざし〉が生産したダブルバインドな自己性だと言えよう。『人類館』の、とりわけ「調教師」のなかに住むのもまた「自分という琉球人」と「彼という琉球人」なのだ。

重要なのは、李寿永が「偏見の執念深さ」について言及しているところである。こう言っている。すなわち「日本人はあの偏見のまなざしをもって、同じ日本人である『部落民』を見つめ、『部落民』もまたそのまなざしをもって、朝鮮人を見つめ、さらに朝鮮人もまた、そのまなざしをもって他の朝鮮人を見つめる――」という、〈まなざし〉が交差配分するような心的地理である。この偏差とも移譲ともとれる〈まなざし〉のあり方は、主人公が高校までは「谷山」で、大学から「李」と名のったことの出自のコンプレックスにも少なからず関係しているように思える。この「李」と「谷山」は、主人公の日常の時間につき纏い、まなざすこととまなざされることの境界に間断なく流れ込んでいる「二種類の朝鮮人」にほかならない。

金鶴泳のこの小説にとくに注目したのは、金嬉老事件に触れたところである。金嬉老事件とは、一九六八年二月、在日朝鮮人二世の金嬉老が手形トラブルから二人の暴力団員をライフルで殺害したあと、静岡県の寸又峡温泉の宿に立てこもり、朝鮮人を侮辱した刑事に謝罪要求し、さらに日本社会の在日朝鮮人に対する民族差別を訴え、当時の日本社会を激しく波立たせた事件である。金鶴泳はこの金嬉老事件に衝撃を受け、日誌やエッセイでもたびたび触れていた。「まなざしの壁」では、F荘からの帰りのバスの中で事件が回想される。あの事件によってあの〈まなざし〉をひしひしと感じさせられたこと、「あの時ほど、あのまなざしが日本全国に湧き上がり、一つの場所、一人の人間の上に注がれたことはかつてなかった」と回想される。

そして問い、答えを探す。「金嬉老はいったい、何を射ち落とそうとしたのだろう?――あのまなざしにほかならなかった。とすれば金嬉老は、日本人ばかりではなく、それを内に蔵している、自分のような朝鮮人にもライフル銃をつきつけていたわけだ」と。自分のなかに存在する朝鮮人と日本人、まなざしを受ける側の人間と差し向ける側の人間、その両者を併せ持つがゆえに、まなざしの正体を見きわめることができる――ここに〈在日〉の根拠が書き込まれている。とすれば、金嬉老の銃口は〈在日〉の根拠さえ撃ち落とそうとしたことになる。

金鶴泳が銃口を向けたこの場所こそ、包摂と排除の両義性にさらされ続けた〈在日〉の生の地金であった。ならば、「冬の日に」に〈まなざし〉の欠如を指摘し、金鶴泳に「まなざしの壁」を書かせた沖縄出身のKとは誰か？ こう問うとき、私たちははじめて「リュウキュウ、チョーセンお断り」のコンタクトゾーンに入り込み、〈まなざし〉の壁が琉球と朝鮮の歴史の狭間において隔てられながらも接合している結界をその目に刻むことになる。リュウキュウのなかにチョーセンを、チョーセンのなかにリュウキュウを見ることはできるだろうか。もしできるとすれば、それはただあの〈まなざしの壁〉においてでしかないだろう。「冬の日に」にただ一人反応したのが沖縄出身のKで、Kの指摘への応答として「まなざしの壁」が生まれたように。そして「滅びゆく琉球女の手記」のなかで「琉球人の琉の字も匂わせず」現実をネグレクトする「叔父」のコンプレックスや『人類館』の終りが始まりに、始まりが終りに円環するメカニズムに終わらない植民地主義を認識させられるだろう。この円環とは、始まりも終りもない、「調教師」が乗り換え、乗り継ぐことを繰り返す、反復の荒野でもあったということである。金嬉老が射ち落とそうとした、あの〈まなざし〉――『人類館』が笑いと毒によって内破しようとしたのもまた、あの〈まなざし〉であり、「際限のない連鎖」と円環の荒野であった。

されどオキナワン・トゥンタチキー——儀間進と見果てぬ夢

二〇一一年十二月二十五日、ロングランの新聞連載が終わった。儀間進の「語てぃ遊ばなシマクトゥバ」である。月二回、二十二年と九ヶ月だったという。気の遠くなるような持続力である。この連載はタイトルを三回変えながらも、沖縄口をめぐる一貫したテーマと問題意識で書き継がれていった。新聞連載の前には季刊「新沖縄文学」に一九七九年の四十一号から「おきなわぐちあれこれ」として七年半連載され、八七年に『うちなぁぐちフィーリング』として一冊にまとめられた。それを受け継ぐかたちで八九年四月から「続うちなぁぐちフィーリング」として「沖縄タイムス」文化面に九六年五月までの七年余、さらに同年七月からは「語てぃ遊ばなシマクトゥバ」とタイトルを新たにして最終回の二〇一一年末まで続けられた。その間、『続うちなぁぐちフィーリング』(一九九六年)、『語てぃ遊ばなシマクトゥバ——続々うちなぁぐちフィーリング　パート4』(二〇〇五年)となって、節目節目で沖縄タイムス社から本にまとめられてもいる。雑誌連載を含めると実に二十七年余に及ぶ。

この「超」を付してもけっして言い過ぎにはならない長期にわたって、儀間進をして書き継がせたのは何であったのか? 「最終回《とぅじみ》のご挨拶《ぐぇーさつ》」にはこんな言葉を添えている。すなわち「『うちなぁぐちフィーリング』を始めた一九七〇年前後、私は、ウチナーグチは百年を待たずに消えるかもしれないと思っていた。消滅しないまでも、共通語に食いちぎられてウチナーグチの体系をなくした新沖縄方言に成り下がっているのではと、悲観的だった。／それで、新聞連載を機会に今できることとして、ウチナーグチを残しておこうと考えた」と。ここから儀間の沖縄口消滅への危機感を読み取ることは難しいことではない。「共通語にくいちぎられて」という言い方をしていることからもわかるように、その危機感は容易ならぬ強さをもっていることを思い知らされる。そこから「残す」という、ある意味でスタティックにさえ思える姿勢は理解されなければならないだろう。「くいちぎられる」という語のなかに込められた怖れこそ「超」ロングランの連載を書き継がせた力になっていることは想像に難くない。むろん読み手の存在と沖縄の固有な言語環境を無視するわけにはいかないだろう。

連載終了二日前の二十三日には、沖縄タイムス文化面で儀間へのインタビューが掲載されている。儀間がなぜ連載を終えようと思ったのかが明快に語られているが、同時にそれは沖縄の言語状況の変化の質の見究めにもなっている。つまり連載を始めた頃はウチナーグチを取り上げることを批判されたが、いまではウチナーグチを残そうとするさまざまな試みがなされるようになり「ぼくの出番は終わったのではないか」と思ったこと、「ウチナーグチが一つの言語である」とはっきり言えるようになったこと、そして八十歳になり余力のあるうちに「自分で幕を引けないとかっこ悪い」と思ったことなどを挙げている。沖縄のことばに対する意識の変化を知ることができるが、儀間の応えの肝心なところはやはり「ウチナーグチが一つの言語である」という認識に至ったというところにあるように思える。この認識こそ、連載を終える決意をした理由になっていると見ても間違いではない。

さらにインタビューは興味深いところに触れている。日本に対する思いを聞かれ、「理想的には独立した方がいいと思うが、現実的には自治州など、沖縄の独自性を認めてほしい」と返答したことである。このコメントは儀間の言語観と無関係ではない。「ウチナーグチは一つの言語である」とはっきり言えるようになったということと、希望を込めた言い方ながら「独立した方がいい」ということとは繋がっているということである。沖縄の言語が辿った経験を徹底して突き詰めていくと、避けようもなく〈国家とことば〉の問題に突きあたる。言語学はこの問いの場所に目をふさぐか、見てみぬふりをしてきた。そのため沖縄のことばに加えられた文化的根こぎに対して有効な手立てを講じることができず、沖縄の言語を帰らざる道へと押しやってきた。儀間進はかねてからことばの問題は、文化の根幹にかかわるきわめて繊細な領域に属するということを鋭敏に感じ取っていた。とりわけ一九七〇年前後に書かれた論考においてそれへの関心の強さをうかがわせるものがある。フランツ・ファノンの『黒い皮膚・白い仮面』のなかの「黒人と言語」に注目しながら「一つの国語を話すということは、一つの世界、一つの文化を引き受けること」であるという語のもつ意味についてたびたび考えを述べていた。ここは〈国家とことば〉が問われる場所であるが、植民地主義的に言語を移植させられた民族が言語に流れ込む力の線に気づいたとき、あらためて発見され直されるだろう。儀間がインタビューに応えて語った要は、ファノンのことばに据え直してみるとよりはっきりするはずだ。話すことはこの世界に存在することである。それゆえに言語は文化と世界を結節する。言語には文化の成り立ちのネットワークが貯蔵されているということであり、〈言語―文化―世界〉という視野は、儀間の言語観において明確な像が結ばれていた。

ところで、儀間はこの連載を終えるにあたって、ひとつの難題をさりげなく、周到とも思える注意深さで差し出している。インタビューの締めでウチナーグチのこれからについて問われ、こんなふうに応えている。すなわち、哲学的、科学的で抽象的な語彙がウチナーグチにはなく、議論するにしても日本語になってしまうことを指摘しているのである。だが、そうなるのは「ウチナーグチが劣っているのではなく、そういう語彙を作る前に日本に組み込まれたからだ」という認識を示し、続けて「さらに高みを目指して、ウチナーグチで政治を語ることができたらと思う。まあ、かなわぬ夢かもしれないけどね」と結んでいた。「かなわぬ夢」かもしれないそれは、ウチナーグチが「二つの言語」と見なされるようになったあとの、もうひとつ先へ進み出ていくためにもくぐらなければならないということが言われている。

二十二年、孤独なランナーでもあった儀間自身が引いた幕のあと、わたしたちの眼の奥で残影のように揺らめく「夢」は新たなる〈はじまり〉への誘いであり、沖縄が〈言語―文化―世界〉の地平へ踏み出すことができるのかどうかを問いかける。そこに「共通語にくいちぎられて」しまうかもしれないという深い怖れの声の木霊を聴き取ってもよい。

疎開と帰還、国家と島の裂け目

共通語でいましがたのことを「さっき」と言うことに対し、沖縄口では「キッサ」と言うことを大発見のように友人に告げた少年期のことを振り返りながら、「子供の頃から、共通語と沖縄口との対比に興味を持っていた」と、『うちなぁぐちフィーリング』に収録された「水桶と肥たご」を扱ったコラムのはじめで述べていたことからもわかるように、儀間進は言語現象にことのほか敏感だった。二つの言語の違いへの儀間の関心は、沖縄のことばを卑しいもの、汚いものとして貶め、標準日本語を強制していった沖縄の言語教育が背景にあったことはたしかである。やはり同書に収められている「私の言語史」で、「学校での標準語励行、方言使用禁止、違反者への注意、叱責、そういう毎日の日課の中で、いつしか敏感になっていた。このことばは方言か、そうでないか。方言なら叱られる。そのお陰で標準語の言い回しは、ちっともうまくならないくせに違いだけは嗅ぎ当てることができた」というところや「無理して標準語で語ろうとすると、言いたいことは胸いっぱいに溢れていても、ことばは喉につかえてしまうのだった。標準語ではとても間に合わなかったからだ。どもるか、方言直訳か、どちらかしかなかった」というコロニアルな言語現象を伝えている。儀間が幼少期を振り返って語った体験的標準語励行ということだが、何度読んでも尋常ならざる光景である。

監視と矯正の制度空間で、子供たちはどのように「喉」や「舌」を萎縮させられるかということの臨床例を見せられるようだ。吃音は制度的に作り出されたということだ。そのために共通語も沖縄口もいずれも中途半端にしか話せない植民地症候群を生む。「一家揃って標準語」というスローガンや「方言札」が子供たちの心を射すくめ、口をもたつかせ、コンプレックスを生んだ。とはいえ、こうした監視と矯正のネットは、逆説的な言い方になるが、共通語と沖縄口の「違い」を見分ける嗅覚や言語感覚を敏感にした。

儀間がコンプレックスを脱ぎ捨てるきっかけをつくったのは、戦時中の疎開先での体験であった。沖縄戦が激しくなった小学校四年生のとき、熊本県の水俣に疎開する。そこで生徒と先生がはばかることなく土地の言葉で話し合っているのを目の当たりにして、沖縄で植えつけられた沖縄口コンプレックスから解放される。戦争が終わったあと、熊本から宮崎の都城に移ったときも、違う言葉に動ずることはなかった。こうした複数の言語を体験したことで、疎開先から帰って高校に進学しても、教師に対して以外は共通語を使わなかっただけではなく、フィリピンや南洋や満州、大阪や神奈川や東京などから帰った友人たちが共通語を使っても沖縄口を通した、という。

だが、儀間の言語観を屈折させるもうひとつの出来事があった。高校で美術部や文芸部を作って活動しているうちに、美術や文学の議論になると沖縄口ではできず、共通語になったこと、それでも議論が白熱し感情をぶつけあう段階になると沖縄口に戻る、という経験をさせられる。このことは、儀間を二つの悩ましい認識に導いた。ひとつは、標準日本語は「理のことば」で沖縄口は「情のことば」だということである。この分裂は、『蜻蛉日記』を沖縄口に翻訳したときや沖縄口で散文を書くときなどにも儀間の意識を悩ませた。いまひとつは、二重言語はむしろ豊かさだということである。二重言語は共通語を相対化し、異なる言語への蔑視もなくなる。だからこそ儀間は、二重言語生活が語彙力を貧しくし学力を低下させるという沖縄の教師たちの間で信じられていたもっともらしい通念を批判していった。

儀間にとって疎開体験は沖縄口コンプレックスから解放される結節になったが、もうひとつ見落とせない体験をする。それは「半島の同胞」と呼ばれた朝鮮人との出会いであった。「私の内なる祖国」の懸賞論文の選外佳作として「新沖縄文学」第十四号（一九六九年）に掲載された「沖縄と本土の断絶」は「祖国が意識され、求められる時代は不幸な時代である」という問題意識を基調にしつつ、自分史を辿りながら「内なる祖国」意識の変遷や沖縄の可能性について論じたもので、儀間の沖縄と日本との関係に対する認識を知るうえで、「内なる日本との対決」（『沖縄の先生たち』所収、合同出版、一九七〇年）とともに欠かせないテクストになっている。この二つの論考で、戦時中に疎開した熊本の山間の温泉街で「半島の同胞」との差別や対立を通した印象深い出会いは、それまでの単一で純粋だと教え込まれた日本人意識がひび割れるのを覚え、世界観を変えるほどの出来事として紹介されている。

はじめて出会った「半島の同胞」は、聴き取れないことばと骨太な体軀の持ち主であったが、蔑まれ、卑屈に小さくなって暮らしていた。学校帰りに彼らの住む長屋を覗いたり、いつのまにか土地の子の尻馬に乗って「チョウセン、チョウセン、パーカスルナ。テンノウヘイカ、ヒトチュ」とはやし立てるようになっていた。沖縄から疎開した子供たちと「半島の同胞」との間に、土地っ子が絡んだ喧嘩はねじれた様相を呈した。あるとき大柄な朝鮮の少年が疎開してきたため勢力関係は変わり、逆に余所者の沖縄っ子は憂さ晴らしの対象になった。道路を挟んで朝鮮っ子と沖縄っ子が竹や棒切れを武器ににらみ合う。そのとき双方の力関係を計り、保身に回った土地の子とはちがい、仲介に入った朝鮮の小母さんのことばと態度にインパクトを受けたことを印象深く書きとめている。「朝鮮・日本・沖縄変りません。どこの人でも皆な同じ日本人。皆さん喧嘩したら、どうします。／日本は今大事な戦争をしています。仲良くしましょう。同じ日本人です」。儀間が高等科の二年生のときだった。「たどたどしく話す小母さんのことばは不思議な説得力があった。恥ずかしかった」と振り返っている（「内なる日本との対決」）。

その日からわたくしは朝鮮人を別の角度から眺めるようになったが、同時にそれはわたくしの内なる沖縄と日本の認識でもあった。内側からみつめると沖縄と朝鮮は二卵性双生児のように同質と異質が混じり合っていた。もちろん子供のことだから、ただ蔑まれるときの彼らの気持ちを、沖縄人と呼ばれるときの自分の気持ちに引きつけて理解しただけであった。けれども沖縄の上に朝鮮を重ねてみた日本は、わたくしの前にすっかり変った姿を現した。のちにアイヌのことを知るようになってから、日本はアイヌ、朝鮮、沖縄、台湾などにつつまれた国で、中心のいわゆる内地がいちばん我物顔に威張っている国だと考えるようになった。

儀間にとって戦時中の疎開体験は二重の意味で原体験になった。繰り返すことになるが言語コンプレックスからの解放であり、またいみじくも「二卵性双生児」に喩えたように、帝国と植民地関係のなかで日本と沖縄／朝鮮を認識する視座を獲得したことである。重要なのは、この視座を七〇年前後の沖縄の戦後史の転換期に「日本復帰運動」を内部から批判する過程で発見し直したということである。

さらに儀間の心を動かしたのは、敗戦とその後に沖縄出身者がとった行動である。沖縄が「玉砕」したと聞かされた沖縄出身者たちが、虚脱感のなかにうち沈んでいたにもかかわらず、佐世保や鹿児島に集まり「不可視の故郷」をめざして還ろうとしたことと、一九四六年五月二十六日、沖縄人連盟九州本部が「郷里沖縄に民政府樹立される」の快報に、沖縄民政府宛に送った全文沖縄口による「沖縄同胞に贈るメッセージ」を知ったことであった。この沖縄口メッセージは、実際にはあとになって知ることになるが、儀間の疎開と敗戦体験で抱かされた意識の深層と共振するインパクトをもっていた。では、なぜ「沖縄口」だったのか。そこには言語が辿った経験に凝集された沖縄と近代の問題があった。「島への脱出」（「琉球弧」第四号、一九七一年十二月）のなかで言っている。

近代語にはなってはいないけれども言語文化として独自のものを持っている。しかし、そうはいっても、口語としてならともかく文章語としての沖縄口をこなすにはかなり骨が折れる。文章語となるとはるかに共通語のほうが便利なのに、わざわざ沖縄口で書いたところに、当時の沖縄ン人の心意気があらわれている。戦争のために故郷を喪失したという取り返しようのない思いは、帝国主義国家の思い出につながる共通語では表現できない。感情の共有は、自分たちの生活とともに育ってきた言葉でないと駄目である。

メッセージの文章を沖縄口で書かせたのは「戦争のために故郷を喪失したという取り返しようのない思い」だったことがはっきりと認識されている。続けて「標準語励行に対する反発」にとどまらず、「沖縄ン人としての意識を明確にさせる働きを持っている。そのことはまさに沖縄への帰還にみられる日本脱出と同じ内実をもっていた」と捉え返し、さらに「沖縄《ウチナー》や大和の無理《ヤマトゥヌムイ》な戦引起《イクサヒキウク》ちゃる為《タミ》に浅間《アサマ》しい形になやびたん」という冒頭の一行に「あの当時の県外にいた沖縄ン人の言葉にならない思いがにじみ出ている」ことや「浅間しい形になやびたん」に「悲しみ・恨みのこもった感慨」への共感があるとしている。儀間はこの沖縄口メッセージに、悲しみから次第に喜びが躍動していくのを感じ取り、返すまなざしで金石範や高史明の文に分け入り、在日であることの生き難さや、失われた朝鮮の回復を日本語を通してしかできない在日朝鮮人の不遇感に思いを寄せている。

この沖縄口メッセージや沖縄への帰還について儀間は、ガリ版刷りの個人誌「琉球弧」で「島への脱出」だけではなく「沖縄への帰還と祖国復帰」（第一号、一九七〇年九月）や「沖縄・方言・共通語」（第二号、七〇年十一月）など、繰り返し立ち戻って論じている。満州や南洋などからの引揚者や全国に散らばっていた十四万人もの沖縄出身者を佐世保や鹿児島に集結させたのは、故郷を喪失したがゆえにかえって激しく故郷を希求する思いが「たとえがれきと化していようとも、やはり帰っていく所は沖縄でしかなかった。日本という全体から断ち切られた『独立』につながる求心的な心の動きであった」と受けとめていた。儀間はさらにこの不可視の沖縄への帰還の意味を「自分の祖国を求める行動」であり、沖縄の「独立への萌芽」を含んだ「島に向けての日本脱出」である、と読み進める。ここでいう「祖国」とは、のちの復帰運動のなかで転倒されて幻想された「祖国」ではなく、また天皇を中心とした観念としての国家、つまり「ナショナリズム」でもない、父母や兄弟や恋人たちの住む故郷としての「パトリオティズム」として認識されている。

この「パトリオティズム」への注目は、「国家と島との裂け目」（「琉球弧」第四号）でも沖縄戦中、久米島で起こった日本軍隊長によって虐殺された仲村渠《なかんだかり》明勇の行動にも見出していた。沖縄本島で壊滅を体験したことから、故郷の久米島が同じような惨禍に陥ることを避けるため米軍が上陸する前に案内したことで、久米島駐屯の日本軍隊長によって妻子ともに虐殺された仲村渠明勇の死に、万感の思いを込めてつづっていた吉浜智改の日記から国家と島、ナショナルとパトリの裂け目を凝視している。

《サーヨー》を抱きしめて

「沖縄・方言・共通語」のなかで、儀間進は言語をとりまく状況を内側から見ると沖縄が「植民地的」であると捉えていたが、「沖縄の思想と文化」を特集した一九七二年の「中央公論」六月特大号に発表した「言語・文化・世界」では、ファノンの「黒人と言語」を仲介させ、沖縄の「植民地性」と言語と主体の問題について論述している。ここで儀間は琉球大学方言研究クラブが七二年に実施した「高校生にみる〈方言〉意識調査」で、聞くことはできても話せなくなった高校生が多くなった現状やその十年前の六二年に中部地区高校教師同好会が実施した「方言調査」で豊富な沖縄語の語彙をしっていた高校生がいること、そして七一年の沖縄国会の冒頭、爆竹を鳴らし沖縄返還反対を訴え逮捕・起訴された沖縄青年同盟に属する三名の初公判で沖縄語で陳述したことから、動転した裁判長が

「日本語を使用すること」を命じ、三名が通訳を要求した新聞報道などを取り上げ、「これらは全部、一つの根に根ざしているように思われる。地底のほうから静かに揺れてくる、そんな感じである」として、それらの意味するものを沖縄に行使された言語政策、言語学や方言学や歴史学などの成果を参照しながら読み解いている。

この論考でとりわけ印象深いのは、沖縄のことばが日本語の一方言なのか、それとも独立した言語なのかに〈解〉を得ようとするモチーフが不安に翳るところである。その〈解〉は言語学や方言学によって得られるわけではない。儀間がとった方法は、沖縄の言語を方言と独立した言語の中間に位置づけ、言語体系の違いを生き方の問題に置き直したことである。たとえばそれは「一方言か、独立語かということは学者にまかせるとして、両方言の言語体系の違いは温帯地方に住む人々と亜熱帯地方に住む人々との、それぞれの状況のなかで生きていく、その生き方の違いだろうと思う」という言い方や「琉球方言を人間形成期の言語として育ってきた人たちは、自分の使用している言葉が共通語（標準語）に言い替え不可能な語彙や、言いまわしがあることを体験的に知っている。そのとき、言葉の内部では世界のとらえかたの違いや事柄に関わっていく生き方の違いに突きあたっているのである」という認識を示していたところからも想像できよう。

こうした沖縄の言語の中間的な位相を「沖縄口と翻訳」（『言語』一九八三年四月号）では、「姉妹語としての琉球語でもなく、一方言としての沖縄方言でもなく、概念がきわめて、あいまいもことしているが、日本語を相対化する独自性を持っている。学問的ではないけれども、一つの主張としては存在しえるのではないか、そう考えて、ずっと沖縄口で通している」という文において理解されている。ここで言えることは、言語学／方言学による〈解〉をいったん宙吊りにしたということである。そうしたのは、沖縄のことばの可能性は、既存の言語学／方言学のロジックの内部では捉えることはできないことを感じ取っていたからである。「沖縄口」は選び取られた、ということなのだ。この選び取りに、七〇年前後、個人誌「琉球弧」に書き継いでいった時代の、儀間進の言語認識が端的に示されている。

沖縄方言または琉球方言でもなく、独立した琉球語でもなく、学問的にはあいまいもことした「沖縄口」、だが、その〝あいまいさ〟に独自な生命を吹き込んでいく。〝あいまいさ〟は、内と外を併せもった境界性として読み換えることも可能である。閉ざしと開きの両面をもった関係や生成のありかた、そのような矛盾を生きるのだ。この〝あいまいさ〟は「沖縄口の持っている語感、味わい、共通語と沖縄口とのずれ、言葉と言葉の間にあるゆれ」（『うちなぁぐちフィーリング』「あとがき」）とか、意味に固着されない「言葉の持つ味わいだとか、ひびきというニュアンス」や「ことばの周辺にねばりついているゼラチン状のひびき」（「沖縄口を書くことの問題」）として言い直される。こうした〈ずれ〉や〈ゆれ〉や〈ひびき〉に、沖縄口をめぐって書き継がれた文の多声的で多孔質な魅力はあるように思える。〈ずれ〉や〈ゆれ〉や〈ひびき〉に促され、千の記憶や物語が現われ出る。ウチナーグチに貯蔵されていた人々の記憶や身体リズムが呼び覚まされ、時を往還するウチナーグチエッセイの数々が生み出されるのだ。

儀間進のエッセンスをみるうえで、はずせないのは「沖縄口を愛する貴方へ」や「沖縄口『蜻蛉日記』」や「小道でも道は道」などで試みた沖縄口による散文の創造である。「蜻蛉日記の訳を試みて」のサブタイトルをもつ「沖縄口と翻訳」は、なぜ蜻蛉日記を沖縄口に翻訳したのか、翻訳にあたって何に悩み、訳することで沖縄口のどのような問題点に気づかされたのかを、原文と訳文を比較しながら論じているが、導かれた結論のポイントは、沖縄口は「情」の側面が強く「地の文が未発達」であるということであった。この認識は高校時代に文芸部や美術部での討論で感じ取った二重意識に起源をもっている。「散文の未発達」から「地の文の創造」へ――儀間は自らの試みを「一人の馬鹿がドンキホーテみたいなことを手がけてみたにすぎない」とか、沖縄口の散文化を試みることを「廃藩置県当時の頑固党」の所業などに譬えていた。

こうした儀間進の言語実践を批評し秀逸なのは米須興文の「ピロメラのうた」(『ピロメラのうた』所収、沖縄タイムス社、一九九一年)である。米須は、言語の喪失が文化的アイデンティティを危うくする歴史的な経験をしている民族としてアイルランドと沖縄を挙げ、「沖縄口のもつ創造的潜在力に着目している一人の沖縄文人」として儀間進の仕事について触れている。『蜻蛉日記』の沖縄口訳の出来ばえを評価しながらも、「沖縄口が沖縄人の慣用語として、また文学表現の言語として復活することは考えてないようです」と受けとめ、アイルランドのダグラス・ハイドのゲール語復活運動と比較している。その姿勢はハイドのようなラディカルなものではなく、またその運動を国民的なスケールに広げようとしたハイドの情熱や献身も見られないと思うとして、次のように述べている。

沖縄文化は、所詮、広い日本文化の一部となり、沖縄のアイデンティティも、いずれ日本のアイデンティティの中に埋没していくという諦観に、儀間さんの意識は支配されているように思われます。ただ、儀間さんのこの諦観は、日本語を相対化し、沖縄口の尊厳を保つ地平に立つもので、沖縄人一般の意識から一歩ぬきんでた視野に到っていることは疑いがありません。

「しかし」と語を継いで、「儀間さんが描く沖縄口の未来像が実像となる」には、情報化の波やその波を起こす巨大文化のなかに呑み込まれ、弱小異文化がもつ独自性や差異が文化的アイデンティティを確立するとは考えられないと指摘し、「ここまでくると、私も遂にことばを失ってしまいます。（中略）ピロメラが得た美しい声でナイチンゲールのうたを歌う日が、沖縄文化にくるでしょうか」と、問いとも反語ともとれることばを投げかけていた。「ピロメラ」とはギリシャ神話に出てくる悲劇の女性で、姉の夫の王に手籠めにされたうえ、秘密が漏れるのを恐れた王によって舌を切られ唖になるが、神々によってナイチンゲールに変身させられ、美しい声を与えられて人間の醜悪な欲望の世界に妙なる調べを送るようになる、という。この「ピロメラのうた」のエピソードの譬えで、儀間の仕事とその仕事を通して沖縄の言語と文化の行く末を案じるのは言い得て妙である。

だが、微妙な言い回しだとしても、儀間進の姿勢を「諦観」として捉えてよいのだろうかという疑念は残る。たしかに儀間のエッセイには「諦観」ととれる言葉が散見できる。たとえば米須も引用していた『沖縄口試訳・蜻蛉日記・上ノ一』（私家版、一九八一年）の序文の「沖縄口は消えていく運命にある。これはどうしようもないことだと思っている」とか、「沖縄口が独自の発展をする可能性はもうない。主観的な希望は別にして。何時になるかは知らないけれど、沖縄口は近い将来、生活の場から消えていくであろう」（「沖縄口の表現」、『うちなぁぐちフィーリング』所収）などからは「諦観」を越えてペシミズムの濃い影さえ感じ取ることができる。

他方、「復帰後、急激な本土化の波におされて、変化というよりもうちなぁぐちが消えていくのを人々は感じ始めている。それが深いところで不安をかきたてる」というときの「不安」や、「気がついてみると、もう後がない。面白いもので、そうなると今度はうちなぁぐちの消滅を憂える声があがってくる。時計の振り子が逆にもどるように、うちなぁぐち志向がふえてくる」(「よじれて継承される方言」、「沖縄タイムス」一九九二年)というところの「時計の振り子が逆にもどる」や、言語の流れが加速度的に共通語(標準語)へ向かっていく時代にあって「完成されなかった沖縄口の散文を求める行為は時代の愚行である。そのことを知りながら、私の内部にすむ一匹の虫が沖縄口、ウチナーグチと騒いでいる」(「沖縄口を書くことの問題」、沖縄言語センター、一九八五年)のなかの、「愚行」や「一匹の虫」に視線を落とすとき、沖縄のことばにたいする儀間の一筋縄にはいかない振れ幅と揺れの大きさを知らされるだろう。ここでの「愚行」ということばには、反時代的ともとれる持続する意志が込められている。

そして「明らかに亡びて行こうとするものをせきとめようとする無駄な努力かも知れないと思いながらも、一つの試みとして沖縄口の文章を書き続けていきたいと思っている。単なる地方のことば(方言)としてではなく、沖縄口として独立した言語を夢みて」と「なぜ沖縄口《ウチナーグチ》で書くか」(「琉球弧」第六号、一九七四年)の最後に置いたことばと、同じ号の「沖縄を語る言葉について——朝鮮人と日本語に触れながら」のなかで「沖縄口で書く、ということを心に決めるとき、すでに日本語を内側からではなく外側から見はじめていると言えよう。在日朝鮮人が朝鮮語を対置することによって日本語を相対化しているように。そのとき心の内部では沖縄口は一地方の方言としてではなくて、独立した地位を占めている」と述べた場所に遡るとき、「諦観」とは異なる視界が広がっているのがわかる。

七四年段階ですでに沖縄のことばは、方言ではなく独立した言語と認定されていることになるが、すでに見てきたようにその前後では異なる見解を示している。すなわち、七二年に書かれた「言語・文化・世界」では方言か独立した言語なのかの判断を留保していたし、八三年の「沖縄口と翻訳」でも方言でも独立言語でもない、あいまいな「沖縄口」を選び取ったように、儀間の沖縄のことばに対する見方は、時代によって、また同じ頃に書かれたものでも微妙に変化していることがわかる。このことは儀間自身にかかわる問題ではあるが、それ以上に沖縄の言語に対する認識論的枠組みが決定されていないということと、言語学／方言学の内部のロジックに回収できない問題が孕まれていると言い換えることもできる。

たしかにダグラス・ハイドの運動を伴ったゲール語の「復活」に比べ、儀間の場合は変化し消えつつある沖縄口を「残す」ということに力点が置かれている。そういった意味で米須が指摘するように「諦観」と見なしても間違いにはならない。だが、その「残す」ということの内に縫い合わせた強い危機感は、ときに「諦観」に裂け目を入れ、内側から食い破って溢れ出るものを予感させる。あの沖縄口、ウチナーグチと騒ぐ「一匹の虫」は「諦観」の殻を溶かし、変身する力を宿していないと誰が言えよう。儀間の内部の「一匹の虫」に注目するとき、あらためて「なぜ沖縄口で書くか」の末尾に「沖縄口としての独立した言語を夢みて」と書き込んだ不穏な衝動に気づかされるだろう。孤独なマラソンランナーのように書き継いできたうちなぁぐちコラムに、「夢」はときおり顔を見せ「一匹の虫」が変身の羽音を立てる。その羽音は、敗戦後、「不可視の島」へ帰還する多くの引揚者の心を騒がせた思いや、「沖縄口メッセージ」から吹き寄せてくる風を孕んでいたはずである。

ここまできて「自分の言葉で語りたい」（『語てぃ遊ばなシマクトゥバ』、二〇〇〇年）のなかで述べていた「変化」について語らなければならないだろう。次第に沖縄口が消えようとする現実と、それに抗う力の胎動とせめぎ合い、儀間は危機の時代によじれながらも受け継いでいこうとする「世代」のポリフォニーの登場を見届ける。「世代」の発見は、変化する時間が転生の文脈で見出されたということを意味し、ひとつの次元に進み出ることを可能にした。そして「この一大変化は何だろうか」と問いかけたところから二つの場所に抜ける。

> 一つは、敗戦から祖国復帰前までの二十七年間に日本国家を相対化できたこと。そこからつかんだ沖縄文化の独自性への目覚め、コンプレックスからの開放と誇りであろう。／もう一つ、ウチナーグチで語ることは、『独立論』と直接のつながりはないものの、同じ基盤にたっていると考える。失ったものを取り返して、自分の言葉で語りたいのである。

「失ったものを取り返して、自分の言葉で語りたいのである」――この声は「ウチナーグチが一つの言語である」へと至る認識のたしかめ直しになっている。明らかにここには、変化が転生において語られている。「諦観」のなかにもうひとつの声を聴かなければならないということである。「諦観」と見えたもののうちには「よじれて継承される」にしても、いや「よじれて継承される」がゆえに幅や屈折を孕みながらも、独立した言語への夢がメタモルフォーゼの力として生きられていたということだ。ならば、すでに私たちは「ピロメラのうた」を聴いているということなのかもしれない。米須興文が儀間進の姿勢に「諦観」を見たそのもののうちに、夢の秘められた力を見るべきなのだ。孤独な長距離走を走り終えることを決断した理由のひとつとして挙げた「ウチナーグチは一つの言語である」というゆるぎない認識は、ガリ版で綴った個人誌「琉球弧」のなかの言語観を再発見しつつ、来たるべき言語闘争を予告する。「最終回《とぅじみ》のご挨拶《ぐぇーさつ》」は、たしかに儀間がピロメラの妙なる調べを聴き取っていたことを告げている。いや、そうではない。儀間の耳に響いていたのは、中里友豪が「沖縄の演劇」のなかで眼差しを注いだ、東京方言をマスターすることができず、舞台を降ろされた沖縄芝居役者が環礁の褥でうたった悲憤の《サーヨー》であったはずである。

ほかでもないその場所こそ、儀間自身が書き入れた「トゥンタチキー」だった。「トゥンタチキー」とは「すぐ立てるような姿勢で両膝をかがめ、尻をつけずに座る座り方」のことで、儀間はそれを「動きを内に秘めた座り」と定義し直している。考えてみれば、あの超ロングランのコラムを連載した潜勢力と持続力は、沖縄口が独立した言語となる夢への「動きを内に秘めた座り」、つまりオキナワン・トゥンタチキーだったのだ。終わりの幕を引いた褥で、「たかがウチナーグチ、されどウチナーグチ」と呟きながら《サーヨー》を抱きしめているもう一人の儀間進がいるのを、私は見た。

IV

植民地のメランコリー
——沖縄戦後世代の原風景

桃太郎と鬼子

そのような認識を政治的に表現したものが日本復帰運動であり、この運動の結果、一九七二年五月一五日、沖縄は日本に復帰して再び四七番目の県になった。つまり、沖縄の住民は自らの所属すべき国家が日本であることを選択したのである。（「沖縄イニシアティブ」二〇〇〇年）

「沖縄の環境は、政治的にも社会的にも日本国民を育成していくのにふさわしくない様相を濃くし、子供たちの意識をマヒさせている」ということだが、先生方が過去の正しい認識なくして、一方的に生徒の日本人意識なるものを植えつけようとなさること自体、子供たちの意識をマヒさせるものではないだろうか？（「日本は祖国ではない」石川市　一七歳　女子高校生「琉球新報」一九六六年一月二十四日）

1

かすかに残った夏の気配をけ散らすように風向きが変わり、つむじ風がガジュマルの枝を騒がせていた寒い日だった。強い火に焼かれて、そこにさらされた骨のひとかけらを拾う。あっけないほどの軽さだった。五〇を過ぎた男の自殺は、「汚れっちまった悲しみ」だぜ、まったく。なぜ？　と自殺の理由をあれこれと詮索しても答えなどない。一人の男が内部に囲った鬱からか、生活的に追い詰められて身動きできないぎりぎりのところでのジャンプなのか、それともこの世界に対する一振りの冗談だったのか。

自殺とは、私による私に対する殺人だという言い方が成立するとするならば、そのわけは他人にはうかがい知れない外部のようなものだ。葬る私と葬られる私。人間の究極的な自由の形は、自殺と子を産まないことにある、といったのはたしか埴谷雄高だったと思うが、五〇男の自殺は洒落にも究極的な自由などとはいいようがない。どこかしわくちゃのハンカチのような乾いたユーモアと無惨さがつきまとう。ただ、かじかんだ指でひとかけらの骨をつまんだときの、ああ、壊れてしまったのだな、という感慨だけが妙なリアリティを帯びてまとわりついてくるようだった。

それから一年後、「県内男性の自殺率が全国第二位／五〇代の働き盛りに顕著」という見出しを新聞の社会面で目にすることになった。何かからかわれているような気持ちにさせられた。単なる偶然？　そうかもしれない。自殺率は統計である。その統計に一人の死の理由などあろうはずはない。だが、とあえて言うものがある。ひとかけらの骨をつまんだときの、あのどこからともなくやってきた崩壊感が新聞記事を読んだときにも感じさせられたのである。身近にいた五〇を越した男の自殺と沖縄の五〇代として特定された団塊の高い自殺率との直接的な関連性はないかもしれないが、肉体を自らの手で壊したことに、わずかでも思いを寄せようとするとき絡みついてくるものはいったい何か。骨にも残ることの理由があるということなのか。

黙して語らない千の骨たちのふるえを聞き取る耳が必要である、ということなのかもしれない。身近の〈一〉とその他の〈多〉の関連性を打ち消しても、それでもなお残るある何か、その何かとは、男が書き残したことばに関係していることはどうやら確からしい。それは今から二十五年前の一九七五年に書かれたもので、沖縄の戦後世代の出自のやんごとなき母斑について論じたものである。

男の名は友利雅人。「戦後世代と天皇制」がそれである。私はタイムカプセルのなかに封印された手紙を開封するように再読してみる。そこには五〇代の死を説明する直接的なことばはあろうはずもない。しかしながら、沖縄の戦後世代のトラウマをめぐる必死の応答があった。友利がここに書き込んだのは、「沖縄を骨がらみにとらえ、地獄にひきずりこんでいった先験的な思想」とそれに弄ばれたアドレセンスの態様であった。そのために、敗戦後に生まれた沖縄の戦後世代の体験の内部に光をあて、〈沖縄の子ら〉を〈沖縄の子ら〉たらしめた〈沖縄の先生たち〉の戦後責任を鋭く問い返していくことは避けられなかった。ここでの〈沖縄の子ら〉とは、日本を帰るべき「祖国」と見なし、そこに同一化すべきことを至高の当為とする「先験的な思想」によって過剰なまでに日本人意識＝国民意識を注入された身体だと、ひとまずはいうことができる。〈植民地的な身体性〉、そう言い換えても間違いではない。

私が一人の五〇男の自殺と沖縄の五〇代の高い自殺率に感じ取ったのは、この〈植民地的な身体性〉をセンサーのようにもたされてしまったことの不幸に関係しているということである。それがリミットを巡った、と強く感じさせられたのである。

では、〈植民地的な身体性〉とはそもそもどのような生誕の事情をもち、その後の時間を生かされ、そしてある臨界点を越えた（？）かが明らかにされなければならないだろう。そこにこそ二〇〇一年の沖縄の現在において、一人の男が書き残した一文を再読するほんとうの意味があるのかもしれない。

2

沖縄の戦後世代というときの〈世代〉とは、どのような時間認識に裏づけられているのか。友利は「わたしたちは、体験的な軸だけでなく、歴史的な軸だけでもなく、そのふたつが〈交差〉する地点で世代というものを考えるべきだろう」とする。ここでの〈交差する地点〉とは、学校をサテライトにして個と時代が出会う五〇年代から六〇年代にかけての沖縄の時空ということができる。このサテライトとしての学校空間こそ、沖縄の子らを沖縄の子たらしめた、つまり、沖縄の戦後世代の意識と身体に深く関与した先験的思想の踊り場だったのである。

そして、そこはまた沖縄の先生たちを沖縄の先生たらしめた〈情熱〉が再生産される場でもあった。その〈情熱〉とは、他でもない「想像の共同体としての日本（人）」への帰一への欲望であり、いつの間にかそれは先験的な理念としてドグマ化され、「日本人＝国民教育」と標準語（のちに「共通語」と言い直された）励行とのカップリングで実践された。きつくいえば、アドレセンスと沖縄の言語に対するテロリズムでもあったのだ。ひとつの〈情熱〉が先生たちによって生きられるとき、それは司祭型の権力という形をとって立ち現われてくる。そうであるだけに、少年／少女たちの自然的な身体の社会的な身体への調律はより威力を発揮した、といえるのである。教室のなかは、狂おしいまでの〈想像の日本（人）〉が生まれるための舞台だったのだ。

では、沖縄の子らはどのような声と視線にさらされたのか。

【はじめのあいさつ】　お返事「はい」をいわせる。
【指名点呼】　まず万国旗の中から「私たちの国の旗はどれですか」とさがさせる。
【校長のはなし】　日の丸の旗、これが日本の旗ですね。／私たちはどこの国の人でしょう。／「日本の国の人」／そうです、今日から日本の国のよい子のおべんきょうをするのですよ。／旗は外にもちがったのが沢山ありますね。外国の友だちとも仲よくできるよい日本人になりましょうね。／正面大国旗に目を向けさせ意識をたしかめるために「白地に赤く日の丸そめてああ美しい日本の旗は」／みんなでうたって見ましょう。
【自己紹介】　私（ぼく）は大宜味小学校一年生○○○○です。一人一人のあいさつに賞賛の拍手を送る。
【二年生お迎えのあいさつ】　主に学校はとても楽しいところであることを含めたあいさつ。
【受持紹介】　○○先生です。（本校では名呼びが多いので）例えば石川先生（春子先生とはいわない）
【記念品授与】　日の丸の手旗（布製）紅白まんじゅう。記念品の手旗は復帰大会平和行進などの行事にはながく使用させ国民意識を高め平和を愛する国民に育てたい。

これは、沖縄本島北部の小学校での入学式の実践報告（『沖縄教育　第十二次教研集会集録〈国民教育〉』沖縄教職員会編　一九六六年）の一例である。括弧に入れたのは「式次第」で、その下の箇条書きは「内容及び留意点」で、いわば問答集の類だが、それだけに学校という司祭型権力の意図が読み取れる。このレポートでは「入学式」は「日本国民としての教育を受ける第一歩を記念し祝う」と位置づけられている。ちなみに「運動会」は「体をきたえ、心をみがき正しい日本人となる体育の祭典」として取り組まれ、「卒業式」は「日本国民としての義務教育を終了する意義深い日」とされる。つまり「入学式」や「運動会」や「卒業式」などの学校行事の節目となる取組みが、「正しい日本人」や「日本国民」へと組織していく重要なイニシエーションとして位置づけられているということである。

この実践レポートに接して、軽い目まいを覚えるのは、私一人だけだろうか。戦前にフラッシュバックしたような錯覚に陥るが、しかし、これはまぎれもない戦後の、しかも一九六〇年代に「普通」にみられた小学校の入学式風景である。ここにはあの「先験的な思想」を体現した教師たちの〈情熱〉の裸形がある。はじめに「日の丸の手旗」と「紅白まんじゅう」とは何とも切ない話ではあるが、その先に、ひとつの問いが沖縄の子らを追い込み、あるいは囲い込んでいった。「国民育成の進局をはばむ諸問題」というテーマで中部の四つの小学校と三つの中学校で行なわれた「国民意識の実態調査」のなかのアンケートのひとつとして、「あなたはどこの国の人ですか」という問いかけと、その答えには「日本人／アメリカ人／中国人／英国人／沖縄人／台湾人／わからない」などが用意されている。こうした実態調査は濃淡の差はあったにせよ、沖縄のほとんどの小中学校で実施されていたことが教研集会の報告からうかがえる。どこかおとぎの国に迷い込んだような不思議な思いにさせられるが、これも一九六六年の沖縄の学校の現実であった。この子供たちを囲い込んでいった問いをていねいに辿ると次の二つのことにぶつかる。

そのひとつは当時の沖縄の少年や少女たちの多くは「日本（人）」と答えたにしても、「国籍」に対してハッキリした答えをもっていなかったということである（一九六六年においてもなお！である）。日本人としての確たる意識がなかったのだ。そしてその不安定こそ、問題化され、過剰な眼差しが注がれたのだ。だから、問うことのなかには、少年／少女たちの日本人意識の不在ないしは不定感を日本人に向かって導き、調律し、改造する意図があらかじめ用意されていた、というべきであろう。問うことは導くことの伏線なのだ。

二つ目は、「あなたはどこの国の人ですか」という問いを生む沖縄という場の問題である。問うことが不確定性を根拠にしているとするならば、国家意識の欠如、あるいは不安定さは沖縄の未成の可能性を開く胚芽にもなり得た。だが、実際は帰属意識の欠如と見なされ、その欠けた穴を埋め、揺らぎに喝を入れるために「愛のムチ」が打たれた。沖縄の子らにとって歴史的な軸と体験的な軸の交差する地点とは、沖縄の先生たちの「正しい日本人の育成」という名の〈情熱〉が跳梁する場でもあったのである。忘れてはならないのはその〈情熱〉は、戦後はじめて生まれたものではなく、戦争責任を不問にした戦前の同化＝皇民化教育に出生の秘密をもっていた。「戦後世代と天皇制」で友利が目を据えたのもこの戦前と戦後の密教的な関係だったのだ。やっかいなことに「アメリカ支配からの脱却→祖国復帰」という矢印が、大義としてイデオロギー化されたため、〈密教〉が〈顕教〉化され、戦後責任はさらに深く隠された。擬制は二重である。

よく考えてみれば驚くべきことである。一九五〇年代から六〇年代にかけて小中学校を通過した沖縄の戦後世代は「問い」のシャワーを日々容赦なく浴びせられてきた。「あなたはどこの国の人ですか」「沖縄はどこの国ですか」「あなたの家には日の丸がありますか」「祖国復帰を家族で話しあったことはありますか」「あなたの家ではみんなが共通語でお話ししていますか」「あなたは……」などなど。「問い」は少年や少女の不定型の言語を可視性のもとに引き出し、検閲し、そして〈教え―導く〉。問い自体もそうだが、そうした問いかけを子供たちに向かってなされた沖縄という時空のフシギさ！

3

ところで、「あなたはどこの国の人ですか」と問われた彼／彼女たちにとって、それはどのような内在的体験だったのか。友利雅人は次のように自らの少年期を回想している。

小学生であった頃、わたしたちの「国籍」を問うアンケートが度々なされた。それは言語や人種そして政府についての問いをもふくむものであったとおもう。沖縄、アメリカ、日本、わからない、など（あるいは中国などもふくまれていたかもしれない）がその答としてあって、いずれかを選択するのだが、そのときにまず最初にあらわれてくるのは、よくわからない、という意識であった。わたしたちにとって質問じたいの意味が、ひじょうに不明瞭で漠然としていたことはたしかである。それはわたしたちの意識がかぎられた生活圏を離れなかったことにもよるだろう。日本あるいは日本人は教科書から受けとるイメージであった。現実体験としての日本が存在していなかったのである。

（「戦後世代と天皇制」、「新沖縄文学」二八号　一九七五年）

五〇年から六〇年代に学校を通過した世代ならば、身に覚えのあることである。少年友利の感想はほとんどの彼／彼女の感想でもあった、といっても間違いではない。たとえ数字の上では日本あるいは日本人と答えたのが多数を占めていたとしても、ほんとうのところは「よくわからない」というのが実感だったことも。日本あるいは日本人は教科書から受け取るイメージであったこと、そして、現実体験としての日本が存在していなかったことに、友利は沖縄の先生たちの「先験的な理念」と沖縄の子らの「現実意識」とのズレと背理を読む。つまり、少年や少女たちの体験の内部は、国家を欲望する先生たちの〈情熱〉からは見えない、ということである。もっと言えば、先験化されたドグマは繊細な感受性に決して届きえない、ということでもある。そのことはエピグラフに置いた高校生の疑問からも頷けるだろう。あるいは友利も引用していた「ヤマトの人」という作文の中の少年の戸惑いやつぶやきからも聞き取ることができるだろう。

ぼくたちは、学校で「どこの国の人」と、いうことについて、お話合いを、しました。先生が、「わたしたちは、どこの国のひとでしょう」と、きいたので、みんなは「日本人です」と、いいました。また先生が「どうして、それが、わかりますか」と、きいたので、ひろみさんが、「わたしたちは、目は、黒いし、はだの色も、アメリカの人とにていません。また、えいごもつかっていません」と、いったので、みんなわらいました。

ぼくは、家へかえってから、ぼくの足のマッサージをしながら、おじいさんに、「おじいさんは、どこの国の人ですか」と、いいました。おじいさんは、「みんな、ヤマトんちゅうだよ」と、いいました。ぼくは、ふしぎに思って「ヤマトんちゅうって、何よ」と、ききかえしました。おじいさんは、「日本はね、ヤマトというんだよ」と、いいました。ぼくは、はじめて、ききました。おじいさんが、こどものころは、日本は、ヤマトといったんだなあと思いました。（日本教職員組合・沖縄教職員会共編『沖縄の子ら』一九六六年）

沖縄の子らが置かれていた場がどういうものであったかを、少年の目と感受性を通して語られている。「歴史的な軸と体験的な軸の交差する地点」はこんなふうに生きられたのだ。あの〈植民地的な身体性〉が書き込まれる始まりの風景。いくぶんユーモラスだが、物悲しくも沖縄的な、あまりにも沖縄的な心身のランドスケープではないか。図らずもここで先生の「わたしたちは、どこの国のひとでしょう」という問いは、少年の無意識を明るみに出すことになるが、みんなは「日本人です」と答える手前で、少年は口ごもる。その口ごもりは境界を逡巡する。少年の立っている位置は不安定であり、また〈二声〉的である。「家へかえってから、ぼくの足のマッサージをしながら」とはその心もとなさの身体化された表出である、といってもいいだろう。

　問題はその先だった。だからというべきか、その故にというべきか、沖縄の先生たちは境界の口ごもりを打ち消し「正しい日本人」と「国民意識」へとベクトルを向け、「愛」のローラーをかける。見方を変えてあえていえば、沖縄の子らにとって「日本人」といい、「祖国」といい、それらは初めから先験的にあったのではなく、ミシェル・フーコーのいう一望監視システムの一つとしての学校空間でつくられたという、あたりまえだが、めまいのする事実に突きあたる。

　だが、ほんとうは彼／彼女の現実意識で触発される波立ちや揺れのなかにこそ未成の言語を発明すべきだったのだ。境界の少年の一人だった友利が「戦後世代の現実体験の基層は、さまざまな個性によって、深くそしてくり返し追求されるべきだとかんがえる。その基層は戦後世代の思想にとって未発の可能性をもつ鉱脈として存在している」とまなざしを返し、続けて「沖縄を骨がらみにとらえ、地獄にひきずりこんでいった先験的な思想をこえる」思想を創発しようとしたことは避けられない選択だったのだ。

教師たちがこのようなまったく先験的な理念、「心情」によって日本国家に没入していったとすれば、教育を受ける側のわたしたちの意識は、日本人であるかどうかわからない、しかし……という「二重性」としてあった。この〈しかし〉と問いかける萌芽的な何ものかを、すさまじいまでの同化志向で封じこめてきたことのなかに沖縄の国民教育の暗黒がぬりこめられている。

わが沖縄の教師たちは自分で自分を卑しめ否定する感性を植えつけてきたのだ。そこにはかならず無意識の自己欺瞞がなければならない。かれらは幻の日本国民たる桃太郎を生みだそうとしたのだが、現実に生まれてきたのは沖縄の歴史性を負わされた鬼子であったというふうにわたしたちの意識は形成されてきた。／日本人意識の不在——それは教師たちがまったく愚かにも誤認したような、何らかの欠如、わたしたちの迷妄として存在していたのではなく、沖縄の歴史性につながるものであった。

沖縄の子らの日本（人）意識の不在、あるいは揺らぎを、未成の可能性として国家を越える思想に開くのではなく、それを封じ込めた教師たちの先験的理念を撃つ友利の激しい息づかいが伝わってくるようだ。もう少し深読みすれば友利はここで、沖縄の先生たちの〈情熱〉にひそむ観念のテロリズムを嗅ぎ取っている、といえよう。彼が復帰直後の一九七五年にその一文を書くにあたり、「私とは何か、どこから来てどこへ行くのか」という出自と来歴を反芻しながら、自らの〈少年〉を訪ね、出自の二重性の解法を探そうとしたことがうかがえる。しょせん桃太郎などにはなれっこなかったのだ。

沖縄の歴史性につながり「想像の共同体としての日本（人）」からはじかれた鬼子。あの「日の丸の手旗」と「紅白まんじゅう」のサテライトから出発したとしても、それには回収されない内的境界をもったことを許るわけにはいかなかったのだ。

〈鬼子〉とはたいそうな構えにもみえるが、しかしその避けられない構えにこそ友利の批評の真骨頂がある。教師たちが封じ込めた「〈しかし〉と問いかける萌芽的な何ものか」に目を返さなければならない。そしてその「何ものか」に言葉を与えることは、沖縄の先生たちの先験的な理念を洗い、それが沖縄の子らの意識と身体にかけた「愛のローラー」と戦後責任を問うこととつながらなければならなかったのだ。そのことへのディスコースなしには少なくともポスト復帰の道筋は描けなかったということでもある。

だから「わたしたちの脳髄に日本人意識、国家志向イデオロギーをたたきこむことによって復帰運動の先頭に立っていた教師たちは、いまどこに立っているのか。かれらは、『教え子』である戦後世代に対して、国民化教育＝日の丸教育のバランス・シートを提出すべきだとおもう。戦前―戦中の教師たちが、その皇民化教育によって戦争責任を追及されるべきであるならば、戦後派の教師たちが日本人・日本国民意識を注入した国民化教育によって戦後責任を問われるのは、わたしたちにとってひとつの歴史的前提であることをはっきりさせること」であった。

だが、実際はその歴史的前提と格闘するのではなくするりと通り抜けられ、復帰後の明るい風景のなかに紛れ込んでしまった、というのがほんとのところであろう。加えて、友利雅人がきびしく問うた〈戦後責任〉は「真の復帰ではなかった」というレトリックで巧妙に避けられ、居直られ、曖昧にされたのである。

あの先験的な理念は達成されたというのだろうか。あるべき姿に戻った？　そうではないはずだ。五〇年代から六〇年代にかけて情熱を傾け「日本人＝国民」化教育と沖縄語の禁止＝共通語励行という名のことばに加えられたテロリズムによって複雑骨折させられた沖縄の子らの、「その後」に思いを寄せたという沖縄の先生たちの内省と自己切開は寡聞にして聞かない。友利がいうように「国民化教育＝日の丸教育のバランス・シートを提出すべき」だったのだ。だが、そうはならなかった。復帰後の水ぶくれした心的現象は戦後責任のスポイルと逃走のレトリックに起因するものである、といっても決して的を外したいい方ではないだろう。

司祭型権力の情熱によって多くの桃太郎は生まれた。だが、桃太郎になれなかった鬼子たちがいる。

4

復帰後二十八年、すべてが変わったようで、なにひとつ変わってはいないようにも思える。九五年以降の沖縄の経験といくぶん明るい風景のなかで反復されたのは、あまりにも沖縄的なトラジ・コメディだった。そのトラジ・コメディの間隙をぬってたとえばこんな言説が露出してきたとしても、ある意味で驚くにはあたらないのかもしれない。

沖縄が帯びる文化的な独自性は歴史を通じて形成されたものであり、ルーツは日本文化に求めることができる、という精神的な一体感が存在した。したがって、日本は沖縄にとって「祖国」であり、「祖国」に復帰することによって自らの曖昧な地位を解決することができる、と考えた。／そのような認識を政治的に表現したものが日本復帰運動であり、この運動の結果、一九七二年五月一五日、沖縄は日本に復帰して再び四七番目の県になった。つまり、沖縄の住民は自らの所属すべき国家が日本であることを選択したのである。

（「沖縄イニシアティブ」）

いったい何が言われているというのだ。先験的な理念を表層においてトレースし、追認したものであり、また、戦後責任をポスト復帰の明るい風景のなかにネグレクトした場から発話されている。これはまた、先験的な理念が犯した沖縄の戦後世代の意識と身体に加えられたテロリズムを巧妙に隠している。そういった意味で、司祭型権力が生んだ申し子であり、あの〈想像の共同体〉に同化した桃太郎の語りなのだ。ここには「あなたはどこの国の人ですか」と問われたときの居心地の悪さや、沖縄の言語を話すことを禁じられたときの口ごもりはきれいさっぱりと脱色されている。立派に成長した桃太郎としての沖縄の五〇代のもうひとつの声、とみなしてもいいだろう。本人たちに自覚しているかどうかは知らないが、〝日琉同祖論〟の亡霊を呼び起こし、「復帰」という名の国家併合と系列化をオーソライズする驚くべき荒廃への加担の論理がある。沖縄社会の奇妙な太り具合は、価値形態の国家的規模の変成をぬきにしては語れないだろう。

乾いた笑いが時代の奥の方から聞こえてくるようだ。沖縄の五〇代の際だった自殺率の高さは、こうした価値の構造的な荒廃と友利が言った「〈しかし〉と問いかける萌芽的な何ものか」の拡散と決して無関係ではないだろう。そこに〈植民地的な身体性〉をセンサーにもった世代の消しがたい刻印とその不幸を見る。

一九七五年に書き残した友利雅人の「沖縄の戦後世代と天皇性」の最後の部分には、中屋幸吉の遺稿集から拾った「そうだ、ボクはあまりにもオキナワ的すぎるようだ。……私がオキナワでなくなったとき、私は何になるか。日本人か、国籍不明（正体不明）か。私の生みの親であり、もう一つの私であるオキナワ。私からオキナワがなくなる時があるか。……」という無限旋律のような〈問い〉を引用し、その無限旋律のような〈問い〉から自由であった戦後世代は一人もいない、と書き加えている。

　そして、ある予感とともにこう結んでいる。

> わたしたちは国家から自由ではありえない。〈半ば犠牲者、半ばは共犯〉として――ここでわたしたちは戦後世代という一般的枠組みから自分をはずさなければならない。日本人であるという認知をもって日本国家へ没入していく「世代」が生みだされつつある。

　ここでいわれているのは、桃太郎になれなかった鬼子たちが引き受けるべきある困難な位相である。「戦後世代という一般的枠組み」から自分をはずすこととは、蔓延する桃太郎の物語を切断し、漂流することと、ねじれを引き受けることを意味する。それはまた、あの無限旋律のような〈問い〉のリミットを測りきることでもあるはずだ。

　沖縄という場のポストコロニアルとはまさしく、その漂流とねじれを生きることのうちにある。「日本人であるという認知をもって日本国家へ没入していく『世代』が生みだされつつある」（いや、それはすでに現実だ）としても、なお国家から自由ではなく、〈半ば犠牲者、半ばは共犯〉の関係が避けられないならば、友利や私などの世代に課せられたことは、無限旋律のような〈問い〉を生ききることである。それが鬼子のせめてもの倫理というものであろう。あの少年のつぶやきと口ごもりは、復帰後の変容する時空においてもなお決済はされていないのだから。〈植民地的身体性〉とは、ポストコロニアルな時空に織り込まれた、テッサ・モーリス＝スズキもいう〈連累〉なのだ。
鬼子には鬼子のミチがある、と思う。ひとかけらの骨を寒風にかじかんだ指でつまんだときに、どこからともやってきた「ああ、壊れてしまった」という崩壊感覚のほんとうの意味はまだよくはわからない、ということでもある。友利雅人、享年五二歳。友利の自死からの促しによって二十五年前に書き残した一文を、二〇〇一年に再読することの理由は、あの時代とこの時代の避けられない〈連累〉に思いを寄せることにあった。それはまた、「汚れっちまった悲しみ」への私なりの返信であり、投瓶行為である。

（「EDGE」12号、二〇〇一年）

翻訳的身体と境界の憂鬱

1　コロニアルな言語地図

一枚の写真がある。黒糖工場の倉庫を思わせる、コンクリートブロック造りの人気《ひとけ》のない建物の壁に「共通語で／よい部落」の看板が打ちつけられている。「伊平屋小児童会」の文字も書き添えられている。左横から半身だけ見せた瓦葺平屋の低いコンクリート垣に、無造作に置かれたペプシコーラの空き瓶以外とりたてて目立つものもないからっぽの風景のなかで、その標語は一振りのアクセントのようだ。平敷兼七写真集『山羊の肺』（影書房、二〇〇七年）に収められている、沖縄本島北部の離島伊平屋島で一九七二年に撮影された一枚である。七二年といえば沖縄の施政権がアメリカから日本に移った、いわゆる「日本復帰」の年にあたるが、平敷は政治の季節の表舞台から遠くはなれて、ただひたすら島々の風景のなかに降り立ち、人と生活にカメラを向けた。

よく極東のキーストーンとしてのアメリカ軍基地の理不尽なまでの大きさから「沖縄のなかに基地があるのではなく、基地の中に沖縄がある」という言い方がされる。東松照明の沖縄三部作の最初の写真集のタイトルにも選ばれていた。平敷兼七が、そうした語りに何かが欠けていることを感じ取っていたことは「基地の中に沖縄はあるとよく言われるが、私は沖縄の中に基地があると思いたい。人が住んでいる約四十七の島でなりたっている沖縄を『復帰』前後の時期から撮影したのがこれらの写真である。この写真集を通して、沖縄の歴史とは、沖縄とは、沖縄人とは何かを感じてもらえればと思っている」と写真集のなかに挿入されたエッセイで書いていたことからも推測がつく。そこに沖縄を撮ったあまたのドキュメンタリーフォトとの違いをいいたかった、平敷兼七の衒いをみないわけではないが、このあえての物言いに平敷の沖縄認識とレンズの方法がよく伝えられているとみていい。

高揚する復帰運動に背を向けて島々を巡り、そこで捕捉した影の揺らめきは、政治の表層をなぞるだけの言葉や視線では及びもつかない、巡礼する目の行為においてのみ可能な稀有な瞬間の集積だといっていい。沖縄は四十七の島々からなる、ということをつぶやくように、だが、ゆるぎない視線で写し撮っている。その一枚一枚の印画紙に定着されている陰翳は、たしかに平敷のいうように「沖縄の歴史とは、沖縄とは、沖縄人とは何か」を問いかけてくる。伊平屋島の一枚も、見る者をそんな問いの前へ立たせるはずだ。

「共通語で／よい部落」――無人の風景に打たれた一振りのアクセントは、明治の琉球処分以来、途絶えることのない「標準語励行」運動という名の沖縄の言語への禁圧が、継続していることを物語っているようにも思える。琉球弧の島々に密度をもって繁茂していた地域言語の標準語・国語への移し変えは、日本人・国民化と分かちがたく結びついていた。沖縄の近・現代史の際立った特徴も、言語と主体をめぐって遂行された植民地主義的な移植作業のうちに見たとしても決して不当ではない。こうした琉球諸語の日本語への、沖縄人の日本人への移し変えは戦前にのみ限られたことではなく、戦後は「日本復帰運動」の文脈を教師たちが内面化することによって代行していった。いわば、日本語・国語化と日本人・国民化という〈同化の政治〉は、学校を主なステージにして教師によってプロモーションされ、空間的に拡大されていったということができる。

一人の写真家が切り取った一瞬の時は、島々の日常に配信されている政治的表徴の細部を捕捉していた。「共通語で／よい部落」の標語からは、島々に転綴された言葉の群れをひとつの言語に均していく「標準語励行運動」が、学校だけではなく地域をも巻き込んで推進されていったということを教えてくれる。さらにいえば、この一枚の写真は、戦後沖縄で義務教育を通過した世代の身体のなかに備給されているコロニアルな記憶を思い起こさせずにはおれない。

身体に備給されたコロニアルな記憶——例えば、それはこんなふうに私のなかで甦ってくる。

一九五〇年代の後半、沖縄島の東の涯の洋上に浮かぶ孤島の小学校での、「標準語励行週間」中のホームルームの時間であった。黒板には今週の週訓として「標準語励行」の文字が板書され、生徒それぞれの机の上には習字用紙が置かれている。担任の教師が生徒に向かって、「標準語励行」のためには何を心がけるべきか、週訓にふさわしいアイディアを書くように命じる。生徒たちは想像力を働かせ言葉をひねり出そうとするが、なかなか思うようにはいかないことが周囲の気配でわかる。どうにかひねり出した標語もどきを用紙の上に書き移す。私も書いた。「共通語は一生の宝」。精一杯の知恵を絞って呼び込んだ一行ではあったが、何だか落ち着きが悪かった心模様がいまでも折りに触れて甦ってきては私を質すことをやめない。

生徒たちが書いた「標語」は、「標準語励行週間」が過ぎても教室の壁に張り出されたままになっていたが、そこには「みんなそろって共通語」とか「親子の会話は共通語」とか「共通語は日本人の義務」、そして「方言は進学に不利」とか「方言を話す人はそんをする」など、いま思えば何とも無残なワンフレーズの類が書き連ねられていた。だが、よく考えてみればその無残なワンフレーズ自体、教師たちの口振りの忠実な引き写しであった、と振り返って思う。

平敷兼七写真集『山羊の肺』に収められた一枚で甦った遠い日の記憶は、あまりにも苦すぎるにしても、その記憶のなかの光景は、沖縄の教師たちによって五〇年代から取り組まれた「標準語励行」教育が、六〇年代に入って「日本人＝国民教育」と結びついた、言語と主体をめぐる植民地主義的な同化計画であったことを改めて考えさせる。

沖縄教職員会の教研集会では、標準語（のちに「共通語」とされる）教育のための話す、聞く、読み、書きなどの細部にわたって、学校内、学外、家庭、地域での言語使用状況の実態調査や指導の結果などが報告されている。標準語教育は、国語教科の課題にのみ限定されるものではなく、学力向上や躾・礼儀作法の問題とも結びつけられ、教科外活動としての読書指導、道徳や社会など他の教科、そしてホームルームでの課題として取り組まれていった。また家庭や地域社会との連携が必要とされたことから、各地区の児童会、PTA、婦人会、部落会などが動員されていく。注目しておきたいのは、言語と学力を因果律で接着したことである。

一九五五年に開催された沖縄教職員会の第一回全沖縄教育研究大会の研究テーマが「学力向上の対策」になっていることは、そういった意味でも象徴的であった。その大会を特集した『沖縄教育』第二号では、当時、教文部長でのちに沖縄県祖国復帰協議会の会長にもなった喜屋武《きゃん》真栄《しんえい》が、会長の屋《や》良《ら》朝苗《ちょうびょう》とともに巻頭言を飾り、教研大会を振り返って「沖縄の教育史上、特筆されるべき、画期的にして歴史的な事業であり、沖縄教育史の一頁を飾るものである」と成果を誇っていた。収録された各地区の「学力向上の対策」の内容をみれば「主題設定」とその「理由」、「言語使用（標準語と方言／学校と家庭）の実態調査」、「標準語使用のための対策」、「結論」などで構成され、標準語へと至る道が疑いを差し挟む余地のない当為とされていく実態を見せつける。学力と標準語がイコールで結びつけられたうえ、琉球弧で生きられた母語を切り落とし、標準語を移植していく工程の細密画を目の当たりにさせられたようで、驚きなしには読むことができない。
ちなみに、その集録からいくつか拾ってみよう。「主題設定の理由」をみると、たとえば糸満地区の報告にはこんな言語観が披瀝されている。

我々沖縄人は元来発表力が著しく劣っているとよく聞かされる。これは事実であり戦前戦後を通じて共通した我々の悩みである。(中略) 言語力、発表力の低さは、一体何に原因するのであろうか。それはいろいろと考えられるが、その大きな近因としては方言の問題、語らいの乏しさあるいは遠因としては家庭や社会の影響などが考えられる。

「言語力」と「発表力」の低さの第一義的原因が〈方言〉の問題とされ、その対策として学校での言語指導だけではなく、家庭や社会との連携と相互協力を保つことの必要性が強調される。そして「組織的な永続的な言語指導計画が綿密に立てられなければならない」と結論づけている。知念地区の場合はもっと露骨である。「標準語を知らないとか、語彙が貧弱であるとかいうことが沖縄の生徒の学習活動に大きな抵抗となり学力を阻むものであるということは万人の認めるところである。標準語励行即学習であり、標準語を身につけることが学力を向上させる最大の要因である」としているところなど、言語教育が何を目指したのかを鮮明に浮かび上がらせている。
沖縄中部の胡差地区の報告では、言語問題を文字に着目して論じ、簡略ながら明治期まで遡っているのが興味を引く。

（前略）先ず第一に突き当たる吾々の難関は文字を有しない沖縄方言である。

充分に事足りるだけの語彙を有しながら、それをそのまま文化生活の道具として使用出来ず改めて翻訳的方法に依って再出発しなければならない。沖縄人の負担は既に小学校入学当初六―七ヶ年のギャップが付いている。此のギャップこそ文化の負債であり、学力低下の一面でもある。

沖縄の教育者は明治初年の学制以来これと闘って来た。又将来もこれと取り組んで行かなければならないであろう。ここに吾々が児童生徒の学力と関連させ言語指導が学力の向上に最も重大なる意義をもつものと思考され科学的に究明解決の糸口を見いだし学力の向上に資したい所信である。

沖縄の言語が、教師によって内面化された植民地主義的まなざしで〈問題化〉される原像が書き込まれている。言語の位格が文字をもっているかそうでないかで評価され、そのことはまた文化の指標にもされているのだ。文字をもたないとされた沖縄の言語圏と文字言語としての共通語圏の間にはそもそもの出発点からギャップが存在しているとみなされる。この「ギャップ」には「標準語励行即学習」という規範によって計量された学力の差が含意させられていた。

言語地図は書き換えなければならない、と言っているのである。ここでは「沖縄人の負担は既に小学校入学当初六―七ケ年のギャップ」があるとされ、そのギャップを埋めるために「翻訳的方法」に依らなければならないとしたことに注目しておきたい。というのも、ここでいわれている〈翻訳的方法〉とは言語間の差異の交渉と意味の移動ということよりは、「文化的道具として使用できない」沖縄の言語を捨てることが前提とされている。いわば、琉球諸島語は帰らざる言語であり、棄語に譬えたとしても間違いではない。〈翻訳的方法〉は「文化の負債」を決済するものであり、標準語化の度合いが学力向上と文化的生活の指標となるのは当然とされる。入学時点に「六—七ヶ年のギャップ」という認識に、教師たちの憂慮がいかに大きかったが感じ取れるが、その憂慮は逆に、当時の言語地図が標準語よりも地域言語の帯域が広くかつ濃いということを明らかにしてもいる。〈翻訳的方法〉が意味するのは、あくまでも沖縄の地域言語から標準語への移し変えということである。翻訳的主体は決して母語へ帰ることはない。あらかじめ相互の往還は禁じられているのだ。翻訳の矢印はつねにいつだって「文化生活」を保証する標準語・国語化と日本人・国民化への一方通行路しか用意されていないということである。

那覇地区の報告ではその〈翻訳的方法〉の矢印の一方通行性がより徹底されていた。

言語は文化媒体の最も重要な道具であることは何人も否定出来ない、若し幼児期から標準語生活をしているならば小学一年の担任も方言使用の教授は不必要になり児童の理解も早いことでしょう。(中略)言語生活が学力に及ぼす影響が大きいことは誰しも肯定しながらも数字的には証明されずに随って標準語奨励の緊要性を十分に認知しないために週番等で採り上げた「標準語を使いましょう」の問題も徹底的に実行されない現状である。今ここに言語と学力の関係を数字的に把握して認識を深くし学力向上の一方策を見出したいと思う。

問題意識の矢印は、言語は学力を左右するということの数学的証明に向けられる。そして「他の教科は下校後において学校での教育が乱されないが、言語の問題は乱されることが多くしかも学校生活が一日の中六時間に対し、下校後の一般社会生活が十八時間もあるからである。常に使用される道具が十八時間も乱用されるのだから、学校で六時間修理してもそれは中々完全な道具に作りあげにくい」ことからして、一般父兄の協力と教師の根気強い努力を説いている。「標準語」を使用する時間帯と「方言」を使用する時間帯が計量され、標準語が乱される学校外での対策の必要性から、さながら言語の陣地戦を思わせる、標準語の包囲網の空間的拡大と母語空間の縮減がオーソライズされるというわけである。

結論がまたすさまじい。こんなことを言っている。「言語が学力に影響することは大きいのであるが、戦後は下劣な言葉や又、暗号的言葉まで現れ、沖縄では人口動態の頻繁と共に、宮古、八重山、大島、英、フィリピン等、又はそれ等のチャンポン等と繁雑を極めて三重或いは四重、五重の苦労をしなければならない」。その上「純正なる国語に指導統一することは学力向上の一方策であり、ひいては明るい郷土を築き上げる源ではないでしょうか」と揚言する。そもそも「下劣な言葉」や「暗号的な言葉」とはいったい何を指しているのだろうか。宮古、八重山の先島諸島と奄美大島の言葉が「下劣」であるとか、英語やフィリピン語、もしくはその混成を「暗号的」だとはストレートには言っていないまでも、沖縄戦とその後のアメリカの占領によって流れ込んだ、人と言葉の雑種性と多言語現象に対する原理主義的な国語ナショナリズムが言われていることは間違いない。問題なのは「純正なる国語」という言語ナショナリズムである。それは戦前の皇民化・同化教育を駆動させた言語イデオロギーとほとんど変わらない。

「下劣」とか「暗号的」に、「純正」を対置する言語警察的な監視の実践報告が「教研集会」という公の場で発表されることの意味をこそ問題にしなければならなかったのだ。こうした国語ナショナリズムは、前原地区の取り組みの「基本態度」からもわかるように、学力を向上させるための言語指導が「正しい、美しい標準語（共通語）の指導と生活化」として方向づけられていった。「正しい、美しい標準語」は「純正なる国語」と対応していて、「生活化」とは、学校外の時間帯での言葉の「乱れ」が意識されていたことはいうまでもない。

この第一回教育研究集会での「学力向上」と結びついた「標準語励行」の徹底は、その後の教研集会の原型となり、回を重ねるごとに細部に行き渡り、「純正なる国語」への指導統一と「正しい、美しい標準語の生活化」はより強化されていった。島々の生活言語は「不純」で「粗野な言語」として摘発され、読み、書き、話す、聞くの全領域でそれこそ満身創痍の状態におかれる。国語化・標準語化の実践は、教師たちの情熱や使命感に支えられているだけに、皮肉にもコロニアルな言語警察的様相を呈し、琉球諸島の言叢の風景を踏み均していった。「方言札」という罰札はその問題点が教師の間でも指摘されていたとはいえ、広く採り入れられ、標準語の「生活化」は、学校から家庭、家庭から地域まで巻き込んでいった。

『沖縄教育』に紹介された実践報告から見えてくるのは「国家が学校を作ってそこで教えるようになった文法は禁止の体系である。文法は法典であり、規則であり、そこに指定された以外の可能性をぬりつぶしていく言語警察制度を自らのなかに作りあげる作業である」と田中克彦が『ことばと国家』（岩波新書、一九八一年）で指摘した、まさに標準語という禁止の体系の構築と琉球諸島語の周縁化であった、といっても決して言い過ぎではない。

あの伊平屋島の無人の風景にアクセントを打った「共通語で／よい部落」の標語からは、標準語の

「生活化」と学校外での言葉の「乱れ」対策を読むことができるはずだ。復帰の年の七二年に撮影されたということを考え合わせると、「標準語励行運動」という名の言語警察行為がかくも長きにわたり実践されていたということを思い知らされる。この言語ナショナリズムは、日琉の同祖同根を言い、日本へ民族的に帰一する日本復帰運動の内在であった。

2　翻訳的主体と内部の声

ところで、では、言語の日本語への、主体の日本人への移植とも埋め立て工事ともとれる教育的実践は、子供たちの心身にどのような影響を与えたのだろうか。第四回教育研究大会での研究報告を収録した『沖縄教育』第六号（一九五八年）は興味深い事例を紹介していた。コザ地区津波小学校の「共通語の指導」での〈口まねによる指導〉によれば、「教師の口形や発音を一語一語何回も真似させることにより、口形や発音を正しくさせ、不正発音、不正語を矯正し、確実な語いを指導する」ことが述べられ、その結果として「確かに口形や発音が美しくなると共に不正発音、誤った言葉が正しくなってきた」ことや「抑揚アクセントがよくなる」などの効果を挙げていた。〈口〉や〈喉〉の器官を動員して、教師のそれを真似る反復訓練が「不正語」や「不正発音」を矯正して「美しい発音」に到達するというのだ。

「口頭作文の指導」のところでは「児童の発問、応答、話は断片的で主語述語も言えない一語はなしである。はなす前に先ず頭の中で文を練り主語述語を必ず具えて話す指導は言葉指導の基礎である」ことが主張されていた。「断片的」とか「一語はなし」は、〈翻訳的方法〉がまだ初期的な段階にとどまっているということであるが、明らかに標準語化による規則や法典としての文法の習得が目指されている。まさに「禁止の体系」のインフラ整備のために〈口〉や〈喉〉の器官もまた教師の口形を反復しなければならないということだ。

こうした母語空間から標準語空間に移行することによって、子供の翻訳的主体がどのように変化していくのかを、「無口な児童を如何にして発言させたか」として観察、指導した嘉手納小学校一年生の担任の日記は克明に記録していた。それはまた、いかに「標準語指導」が仔細にわたり子供たちの身体を拘束していったかのドキュメントにもなっている。担任の日記のはじめには、その児童が父母、祖父、姉兄三名、弟二名の九名家族であることと、少年の名は新垣新一で「四月から九月までは発言しなかった」ことがプロファイルされていた。四月から九月までということは、小学校に入学して夏休みを含め一学期間ということであり、その間の「無口」が意味するのは、少年にとっては母語から標準語への移行が、ほとんど言葉を失うほどの変化であったことを物語っていた。観察は少年が発話し始めた九月からはじまっているが、その発話はいみじくもコザ地区の「口頭作文の指導」のところで指摘していた「断片的」で「一語はなし」の類である。しかし、それさえも期待された「標準語」ではなく、少年が家庭や地域で親しんでいた「方言」であったのだ。

初めて言葉を発した九月十三日の観察記録は象徴的である。教科書代二十八円を持ってくるよう指示された新一少年は、翌日教師の机の上に百円札を置き、一言も言わず席に戻る。担任がお釣りを返すのを忘れたまま職員室に戻ったところ、あとからついてきた少年は職員室のまわりをうろうろする。そのときの様子をこんなふうに書き止めている。

新一の顔を見るとすぐ釣銭を思い出しましたが知らない振りをして新一さんどうしたの、と聞きますと側によって来て「シンシイ、ケーイグワ」と小声で言った。これが入学以来初めての発言である。その時私は胸がいっぱいで何とも言えない気持ちで瞼が熱くなりました。お釣りを返し新一さん大変良い子だね、先生忘れていたの、ご免なさいねと頭をなでてやるとにっこり笑って帰りました。

「シンシイ、ケーイグワ」(先生、お釣りちょうだい)——少年の口を衝いて出た最初の言葉。だが、この「ケーイグワ」は、図らずもそれを発した少年の切迫した動機と、その言葉を聞いて「胸がいっぱい」になった教師との間の越えがたい溝を開示することになった。少年が初めて「無口」を破った沖縄語の片言には、お釣りをもらわなければ帰れない困窮した家庭の事情が読み取れるが、教師の「言語指導」のコンテキストからはそれが見えない。教師の感動はほとんど独善的ですらある。ただこの観察記録からは教師がいかに言語環境の変化に適応させ、発話を促すような雰囲気をつくることに腐心しているのかが手にとるようにわかる。だが、あえていえば、この記録は母語から標準語に移し変えるための、教師の側からの一方的な見方だということである。日記は「無口」だった少年の口を衝いて出た「一語はなし」の類を日を追って紹介していた。「イェーイェーシンシイ　マールクワセー」「運動会やイチヤガ」「ワンネーオトゥト　キリン　ンチャン」「オカーガ　シンシイ　アチャン　ベントーヤミ」「アチャーヤ運動会ヤミ」「お手玉　ワシタン　シンシイ」「クングトシナー」といった片言の沖縄語での返答が拾われ、十二月六日からは「センセイ　アレーチョーメン　ヤンタン」「センセイ　アチャーヤ　ヤスミヤラヤー」など、〈シンシイ〉が〈センセイ〉に変わったことが観察されている。

そして十二月十日には、日曜日には何を、誰と、何をして遊んだのかという教師の問いかけに対し、少年の「ニイニイ、タイベンキョウ、シカラ、アシダン」「ルシグワート」「カクレンボシカラ」「タマグワーアティーン」という沖縄語での返事を紹介しながら「近頃私の言う事は共通語でも聞き取る事は出来ますが、何時になったら、此の子供が『カタコトまじり』にも共通語を使用する事が出来る様になるか私の悩みである」と告白している。

問題はしかし、こうした「無口」な少年をいかに発言させたのかの、それこそめまいなしには読めない記録が、言葉を矯正され移し変えられる少年の側からみればどのような経験としてあったのかということである。むろん新一少年自身の記録はないが、母語から標準語への強制的移行による心身の揺れを、これも教研報告で取り上げられた国頭村佐手中学校の生徒の作文は明らかにしている。「佐手校の生徒はほかへ出るとあまり元気がないといわれていますが、私は言葉がまずいせいではないだろうかと思います。私などは、部落の人どうしならなんでもペチャクチャするのだが、先生のそばではこの生徒おしではないかと思われるくらいぜんぜん話ができない」という女生徒、もう一人の女生徒は「現在私達の使っている言葉は、純共通語ではない。むしろ共通語に少しにたようなものです。私は去年トレーニングセンターに行きましたが、どの学校の言葉を聞いても正しい言葉を使っているので、つい気おくれがして、話を余りしないで、黙っていました」という体験を書き残していた。また「先生方といっしょになって、いろいろ練習して来ましたが、長い間使いなれている言葉が身についていて、なかなか正しい言葉が話せません。なんだかくすぐったい感じもするし、又気をつけていても、つい直訳語が先になって、とび出します」と男生徒は打ち明けていた。

小学校に入学したばかりの新一少年とは違うとはいえ、六年の歳月を経た中学生にしてもなお、母語から標準語への言葉渡りは、教師たちの思惑通りにはいっていないことを知らされる。この三名の中学生の感想からいえることは、小学―中学の義務教育を通しての継続する「標準語励行運動」であり、そのことが内面化されていくときの心の傾きである。ここでの生徒たちは〈翻訳的身体〉として、長い間親しんだ母語と共通語の〈境界〉を生かされることになるはずである。「純共通語」が強迫的観念となって〈翻訳的身体〉を拘束し、生徒たちは舌と口をつねに監視されていることから吃音状態を強いられる。話してはいけない母語を噛み殺し、話すべき標準語を口にしようとするが、そのふたつの異なる言葉の〈境界〉で口ごもる。「部落の人どうしならなんでもペチャクチャするのだが、先生のそばではこの生徒おしではないかと思われるくらいぜんぜん話ができない」のは、監視する視線の内面化を抜きにしては語れないだろうし、「この生徒おしではないか」と見られることのうちには、地域言語と標準語の間になかなか越えがたい溝があり、翻訳的方法が容易ではないということを物語っている。

これらの手記からは、入学後九月までひと言も発言しなかった「無口な児童を如何にして発言させたか」の教師の観察からは見えてこなかった、「無口」の内界が、標準語への強制移住の時間差はあるものの「おし」「気おくれ」「黙る」「くすぐったい」という身体反応を通して言われている。義務教育期間の後半になってもなおそのような吃音状態にあるとすれば、小学校入学時の少年にとっての接触障害の大きさが想像できるというものだ。生徒たちのネガティヴな心身の機微は、明らかに母語から引き剝がされることによって起こる動揺や不安であるといえよう。なぜなら、この言語環境の変化は、それまで身につけた言語が「不純」で「不正」なものとされ、監視し矯正される場に晒されることを意味したからである。複数の地域言語の一つの言語への単なる移動と標準化ということにとどまらない。移動は優劣、美醜、上下として位階化された言語地図への「正しく導く」教育的権威を行使しての書き換えであるということを忘れるわけにはいかない。不等価で非対称的な関係として編制させられているということである。まさに学校は、沖縄の義務教育的身体にとって言語警察的な制度でもあった、といっても決して言い過ぎにはならない。ひとつの言語は、もうひとつの言語に対して自らが拠って立つ根拠を解除し、移行／同化していくことを強制される。そこではそれぞれ差異をみせながら地域に併存していた琉球諸島の言語群の個性は排除の対象として物象化される。「おし」ではないかと思われることへの女生徒の怖れは、まぎれもない、こうした物象化にどう対処したらよいのかわからないことからくる自己防御の機制といえるが、他方、そうした事態への消極的にではあるにせよ、抗う身体とみなすこともできるはずである。

母語の帯域から標準語・日本語へ移し変えられるときの「無口」といい「おし」といい「気おくれ」という反応は、翻訳的身体の疎外のシグナルである、といえよう。沖縄の教師たちが情熱を傾けて実践した、言語地図の同化主義的書き換えの一大プロジェクトは、琉球弧のヴァナキュラーな言語のおびただしい死産のドキュメントでもあったということを痛みなくしては読むことはできない。

戦後沖縄における言語教育は、一九六二年の教研大会から「国民教育」分科が設置されることによって、国民統合の装置として強力に機能していった。「国民教育」においては、学校における〈標準語化〉と家庭、地域まで巻き込んだ〈生活化〉の経験が、そのまま転用され活かされていったということが、教研報告などから垣間見ることができる。しかも日本人・国民化は併合原理としての「日琉同祖論」を拠りどころにしつつ、日本復帰運動の内部でオーソライズされていった。この帰結はたとえば、「沖縄県民は日本人であり、その使っている方言は日本の一地方語である」(『沖縄教育』第十一次教研・国民分科での八重山地区の実践報告、一九六五年)としたことにも見られるように、言語と民族の同根同祖論のほとんど判断力を停止したトートロジーであったことがわかる。沖縄においては国語化・標準語化は日本語化であり、国民化は日本人化でなければならなかった。

ここに言語と主体の問題が、植民地主義の文脈でいっそう鮮明になってくる。「国民教育」分科会が設置された最初の年の「第九次教育研究集会国民分科会の提案と討議集」を集録している『沖縄の教育』(一九六三年)では「日本国民の育成の問題」をめぐる討論が、小中学校校長、琉球大学教員による問題提起と、現場教師や父母、そして全逓や官公労などの労組代表の参加のもとに行なわれていた。「日本国民の育成ということとそれに対する一提案」で、提案者の中学校長は、「日本国民の育成」は教育委員会法や教育基本法でうたわれている平和的、文化的な国家及び社会の形成者としての自主的精神に満ちたものでなければならないとしつつも、沖縄の場合は「平和条約第三条によって全く類例のない様な統治下にありまして、それだけ日本国民として祖国同胞と同様に育っていくという事に沢山の壁」があり、そのために「沖縄としても沖縄県民としても日本国民としての自信と誇りを持つ様にすることがまず第一だと考えている」と発言している。討論の場ではさらに、「日本人意識の高揚」のための身近な取り組みについて提案している。すなわち、「日本」といわず「本土」というべきで、沖縄は「本土」の一部の沖縄県であり、手紙の上書きでも「沖縄県」と書くべきだし、本土からの手紙もそう書かすことで「沖縄が本土の一部であることを植えつけていく」運動をすべきだと提唱している。また同じところで「沖縄は本土の一部でありながらアメリカに沖縄人が好まざるにもかかわらず、一方的に植民地にされているんだと、統治されているんだという事を充分教えなくちゃいけないし、又それを取り返す為に大人達は祖国復帰運動を展開しているんだという実態も充分教える必要がある」と述べている。この中学校長が強調する「日本人意識の高揚」は、参加者たちにほぼ共感をもって支持されていることがそれぞれの発言によってわかる。

「国民意識」の育成と高揚が「祖国復帰運動」との相補性で理解されているということである。こうした「日本国民としての自信と誇り」をもたせる取り組みは、それまでの「標準語励行」運動を引き継いだことで、いっそうコロニアルな様相を呈していくことが、その後の「国民分科」会の実践報告に見ることができる。この学校現場での「国民／日本人」意識を「植えつける」ための実践例は、「国語／共通語励行」の実践例とともに、「祖国復帰運動」の展開過程で、沖縄の教師たちの司祭型権力の行使と、そのことによって沖縄の子供たちが、どのように言語と主体を「改造」させられていったかのいちいちを裏づけている。たとえ「国民教育」が「教育基本法」を依りどころにしていたとしても、「祖国復帰運動」の文脈で脚色されているため「国民」はエモーショナルなパイプが通されたうえ「日琉同祖論」に存在理由を求めていった。つまり、もともと沖縄人は日本人で日本国民であるが、日本から分断されアメリカの植民地にされているという特殊事情や変則的な地位にあり、そのことが児童や一般住民の日本人（国民）意識の欠如ないしは薄弱さの原因になっているので、「正しい日本国民」を育成していくためには、「祖国復帰」が必要であることが繰り返し力説されていくのである。アメリカの植民地から脱し、「日本」を呼び込む欲望がより深く植民地主義を内在化する、というアポリアを思い知らされる。

「国民教育」の実態調査は、国旗（日の丸）・国歌（君が代）や国籍・人種、そして祖国復帰を問うアンケートによって把握されていた。国旗・国歌についてみると、当時、沖縄教職員会が取り組んでいた日の丸掲揚運動と関連させた、「国旗を家庭で持っているのか」「祝祭日に掲揚しているのか」、そして「愛着を持っているのか」についての設問がメインであるが、もう少し選択の幅を広げ〈君が代〉は「日本の国歌」か「すもうや競技会の歌」なのかを問う地区もある。国籍、人種を問う項目はといえば、「日本（人）」「沖縄（琉球）（人）」「アメリカ（人）」がほとんどだが、八重山などのように「中国」「台湾」が加わり、「朝鮮」「ソ連」などを選択肢にしているところもみられる。〈祖国復帰〉については、「どう思うか」「即時か段階的か」「家庭で話題にしたことはあるか」を設問にしている。

第十二次教研集会（一九六六年）を収録した『沖縄教育』のなかに、「国民意識を高めるための実践例」として、「入学式」を主題にした辺土名地区の取り組みなどは、日本人・国民教育がいかに組織的になされたかをまざまざと見せつけてくれる。義務教育初日である「入学式」が六か年間の学校生活を方向づけるきわめて大切な機会であると位置づけられ、「特に沖縄の現在の姿が異民族の支配下にあることにかんがみ生活範囲の狭い子どもたちに正しい国民意識をうえつけるという意図的な計画と指導が確立されなければならない」ことが強調されていた。ここでいわれている「正しい国民意識をうえつけるという意図的な計画と指導」の確立こそ、日本復帰運動を中心的に担った沖縄の先生たちが沖縄の子供たちの心身を同化主義的に改作していくライトモチーフになっていた。だからこそ「入学の初日にわたしたちは日本国民であることをはっきり理解させるとともに日本国民としてのよろこびとほこりをもって生活していく態度を育てる」と目標が掲げられ、周到に演出されたのである。

たとえば式次第のなかから「指名点呼」のところをみてみよう。「まず万国旗の中から『私たちの国の旗はどれですか』とさがさせる」ことが指示される。次の「校長のはなし」の問答では「日の丸の旗、これが日本の旗ですね」と呼びかけ、「私たちはどこの国の人でしょう」と問い、入学児童に「日本の国の人」といわせる。それから「そうです、今日から日本の国のよい子のおべんきょうをするのですよ」と諭していくシナリオになっている。ここでは「日本の国のよい子」に特別な意味を付帯していることに気づかされる。「よい子」は「日本の」でなければならないのだ。そして「正面大国旗に目を向けさせ」、「意識をたしかめるために『白地に赤く日の丸そめてああ美しい日本の旗は』とみんなでうたって見ましょう」と誘導する順序がリゴリスティックなまでにマニュアル化されている。義務教育初日の入学式そのものがまぎれもない「日本人（国民）教育」の重要なイニシエーションとして物語化されている光景を見せつけられ、改めて国語と国民は学校で作られるということを納得させられる。

きわめつけは「記念品授与」である。「日の丸の手旗（布製）」と「紅白まんじゅう」が手渡され、「記念品の手旗は復帰大会平和行進などの行事にはながく使用させ、国民意識を高め平和を愛する国民に育てたい」と締めくくっていた。復帰運動を伝える残された記録映像には、復帰行進団を日の丸の小旗を打ち振って歓迎している沿道の子供たちの姿が映し出されているが、打ち振られている日の丸は、入学式での「記念品」として配布されていたのである。

3　同化主義の予期せぬ果実

家庭や地域から義務教育空間へ移行していく初日から「日の丸」と「日本の国の人」の洗礼を受けていくわけであるが、ことさらに「日本国民意識」を強調しなければならないのは、裏を返せば沖縄の子供たちにとっては日本人（国民）であることが必ずしもあたりまえではない、ということが教師たちの経験において認識されているということである。そのことが不安や憂慮するところとなり、過剰すぎるほどの教化へと駆り立てている。

八重山地区の「日本国民としての意識を高めるにはどうしたらよいか」のなかの「国民意識」に関する調査は、そんな教師たちの集合化された不安がどこにあるかを伝えていて興味深い。「あなたはどこの国民ですか」の集計結果についての論評はそのまま不安や恐れの告白でもある。

「日本人」と答えた子は六七・六％で「沖縄はどこの国ですか」の質問同様、小学校においても、中学校においても実に悲しい解答をしている。かつて植民地台湾ではそこの住民は彼等が日本国民である前に台湾人であると大人も子供も考えていたようだが、それと、全く同じとはいえなくても、小学校でも中学校でも、まだまだ日本国民とはっきり答えられない児童生徒が三〇％近くいるということはゆゆしいことである。

続けて、その三〇％が「琉球国民」とか「アメリカ国民」であったことを「全くおそろしいことである」とまでいっている。「全く同じとはいえなくても」と留保しつつも、植民地台湾を想起しているところに注目したい。このことは、戦前、八重山や宮古から多くの人たちが出稼ぎのため植民地台湾に渡ったこと、出稼ぎ民にとっての台湾の、とくに植民地都市台北は、日本語や日本的生活スタイルを習得する場にもなったこと、つまり、ここでは二重の植民地主義が絡み合っているということである。どういうことかといえば、明治の琉球処分以来の同化・皇民化教育の「成功例」としての沖縄とそれを担った沖縄の教師たちが、植民地台湾での皇民化教育の「尖兵」になったという経験が集計結果の論評に影を落としているということである。

八重山地区での「非国民」的な回答に抱く教師たちの〈不安の共同性〉に、沖縄島北部国頭村辺土名地区の入学式での「日の丸」と「日本の国の人」の過度な演出との共通性をみてもいいだろう。あの「正しい国民意識をうえつけるという意図的な計画と指導」の背後には、決して少なくはない子供たちの「国民意識」から逸脱する身体があったということである。教師たちの不安感は、アメリカによる分離支配に原因を求めてもいいが、それよりもむしろ、異数としての沖縄の歴史意識の潜勢力にまで遡って考える方が説得性をもつように思える。ここから言語と主体の改作が教師たちにとっては未完のプロジェクトとして意識されている問題が浮かび上がってくるはずだ。八重山のレポートで植民地台湾の例から類推していたことは、教師たちの〈不安の共同性〉の質がどのようなものであるのかを明らかにしている。辺土名地区の入学式では「日の丸の小旗」と「紅白まんじゅう」の象徴儀礼によって囲い込み、八重山地区での帰属調査では期待を裏切った「悲しい解答」があると分析したことが物語るのもそこにあると見ていい。

とはいえ、教師たちの不安やおそれが、「正しい国民意識をうえつける」ことへの過剰なまでの実践に駆り立てていたとしても、その指導と教化を受けた児童生徒たちにおいては、どのように身体化されたかという問題は依然として残されたままである。多くは教師たちが作成した国民化の地図に取り込まれたとしても、なお疑問や揺れ、そして少数ではあったとしてもあからさまな反発が記録されていたことを見落とすわけにはいかない。

「桃太郎と鬼子」でも触れたことではあるが、『沖縄の子ら』に収められた宜野座小学校三年の松田剛君が書いた作文「ヤマトの人」は、日本人・国民教育のプログラムが少年の身体をどのように通過していったのかを伝えている。

先生から「どこの国のひとでしょう」と問われ、「みんな」は「日本人」と答えたが、「ぼく」の答えは隠されたままであること、その隠されている「ぼく」の心の状態は、「日本人」であることの身体的な特徴や言葉を例にしての「ひろみさん」の答えに「みんなわらいました」という描写のうちにある距離感に読み取ることできること、家に帰って、今度はおじいさんに先生の問いかけをそっくりそのまま口にしていうが、その忠実な質問の模倣は「ぼく」が日本人であることを確信していることからの問いかけということを決して意味するものではなく、わからなさの肉親へのたしかめ直しとしてみるべきで、おじいさんの「みんなヤマトんちゅうだよ」という答えだって少年のわからなさを解消したわけではないことなどを作文から見てきた。そもそも「みんなヤマトんちゅうだよ」という祖父の答えにしたところで、自家撞着の現われであるとしかいいようがないが、祖父が子供の頃は「日本はヤマト」といったんだ、という少年の感想は、問いと答えを近づけるというよりも、むしろ解離させるものであった。つまり学校での「みんな」や家での「おじいさん」の答えはあるにしても、少年自身の答えが明示されているわけではない。隠されているか不在である。少年のそんな明示されない心の状態は「足をマッサージ」するという行為によって、隠喩のように伝えられるしかなかった。

言葉を換えていえば、「ヤマトの人」を書いた少年は〈国民教育の予期せぬ果実〉ということができるし、八重山地区の教師が「ゆゆしいこと」とか「全くおそろしいこと」だと嘆きおそれた、三〇%の内部の声としてみてもよい。少年の心の居場所は、その作文によって意識されたわけではない、意識されていないがゆえに学校空間で行なわれた「正しい国民意識をうえつけるという意図的な計画と指導」の内側を明るみに出した。もっといえば、この小学三年生の少年の作文に出てくる祖父の

「日本はね、ヤマトといぅんだよ」という言葉は、祖父たち世代が子供のころ受けた皇民化・同化教育によってもなお、沖縄とヤマトの間に存在する差異や距離が踏み均されてはいないということを物語っている。「みんなヤマトんちゅうだよ」とか「日本はね、ヤマトというんだよ」と返答した、その「ヤマト」には、本人にも意識されない齟齬が表出されているということであり、祖父—孫の世代を縦貫した同化教育によってもなお埋めることができない深淵を逆説的に明らかにしている。

この作文は、母語空間から標準語空間に移行したときの新一少年の「無口」さや、佐手中学校の生徒が標準語と接触したときの「おし」「気おくれ」「黙る」「くすぐったい」といった心身の繊細な変調を思い出させる。琉球諸島語に加えられた禁止と標準語への移し変え、そして植民地台湾の住民が日本国民である前に台湾人であったように、日本国民である前に沖縄人であることを黙示しつつ、「日本人」への未だ成らざる同化は、言語と主体をめぐる植民地主義的編制を問題化せざるを得ないはずだ。

戦後沖縄の学校空間で実施された、琉球弧の島々の言語と主体に対する国語・日本語化／国民・日本化への「埋め立て工事」は、予期せぬ果実を生んだということである。多くは同化の道へ拉致されるとしても、拉致を逃れた声と合目的性を拒む〈翻訳的身体〉を産出したことは、八重山地区の教師たちの恐れからも知ることができたが、その同化の拉致から逃れた〈翻訳的身体〉と声がどのようなものであったかは、たとえば、一九六五年七月二十九日の「私たちは日本人か?」と翌六六年一月二十四日の「日本は祖国ではない」（いずれも「琉球新報」）の新聞投書をきっかけにして、高校生の間で起こった「日本人／祖国論争」が教えてくれる。

日本国総理大臣として佐藤栄作が、戦後初めて来沖した一九六五年の沖縄の時代状況のなかで書かれた「私たちは日本人か?」で美里村(現沖縄市)に住む高校生は、復帰協(沖縄県祖国復帰協議会の略称)などが毎年形式的なお祭り騒ぎをするのはなんのためか、首相がくるからといって大騒ぎするのは沖縄が日本の一部ではないからであり、「なぜわれわれは日本復帰をせねばならないのか? 本土に復帰してなんの得があるのか?」と問いただす。そして「学校では、日本人、家庭では沖縄人、いったいわれわれはなんなのか? われわれは日本人だろうか?」と疑問を投げかけている。この「学校では、日本人、家庭では沖縄人」は、「正しい国民意識をうえつける」ための指導結果が、高校生にとってはアイデンティティの分裂を生んだということを鮮やかに表出しているばかりではなく、「指導」が必ずしも成功しているわけではないことを明らかにしてもいる。同時にそれは、日本国民である前に台湾人であった、ということとのアナロジーでいっていた沖縄という植民地的翻訳主体の吃音性に通ずる。「いったいわれわれはなんなのか?」――だが、この高校生からの根源的な問いかけを封殺するように、当為となった「日本人」と「祖国」が咎める。

「私たちは日本人か?」に反論した首里高校生は、こんなことを言っている。すなわち、復帰は損得の問題ではなく、親元に帰るためであり、首相の来沖で大騒ぎするのは、沖縄には一度も来てないことと政治上の問題が重なったからで、沖縄が本土の一部ではないからというのは軽率だとして「もし、あなたが外国へ行って、外国人から『どこの国の人ですか』と尋ねられたとします。あなたはこういうと思います。『私は日本人です』と」。また豊見城村(当時)の高校生は「復帰運動をやることはとうぜん九十万県民がやらねばならない義務であり、あたえられた権利であると思うのです。(中略)復帰運動を何回も何回もくりかえすうちに、やがて祖国の親元へ帰るのではないでしょうか」と語り、沖縄住民が日本人でないとすれば、どこの人と思うかと問い、「私は『沖縄の九十万の人間はりっぱな日本人』だと思います」と述べ、一日も早く本土へ復帰することが大切だと説いている。いかに「祖国」や「日本」への帰一が観念のシミュラークルのように高校生の幻想空間を横断していたかがわかるというものだ。

翌六六年、石川市の十七歳の高校生が投稿した「日本は祖国ではない」をめぐる論争はどうだったのか。きっかけを作った高校生は、「琉球新報」に連載された「われら日本人」の記事に対し、誤解を与えると異議を唱え、独立国家だった琉球が薩摩の侵略、明治の琉球処分によって日本の一県に格下げされたこと、「にもかかわらず日本国民としての誇りとか自覚などというものに、ことさらこだわり日本復帰を唱えるということはどう解釈したらいいのだろうか？　そんなに私たち、沖縄人は程度の低い弱小民族なのだろうか？　実にあきれた情けない話だと思う。／反戦平和、基地撤去、生活向上などと、防衛力も経済力もないくせに虫のいいことばかり唱え復帰さえすれば、すべてが解決すると日本崇拝病の方々は狂信しているのかもしれないが、しかし、日本は沖縄にとって単なる支配国に過ぎず、祖国でもなんでもないのだから、永久に日本復帰、否、日本への併合は不可能だろうし、私は日本へ復帰するという考えに断じて反対である」と主張している。この意見は「反日親米的」なバイアスがかかっているにしても、無視できない歴史認識を提示している。目を落としたいのは「先生方が過去の正しい認識をなくして、一方的に生徒に日本人意識なるものを植えつけようとなさること自体、子供たちの意識をマヒさせるものではないだろうか」と「国民教育」に対する手厳しい批判がなされていることである。この高校生はいわば「共通語独特の語感により国民的情操を養おう」とか「正しい流暢な国語を忘れた時こそ、われわれが亡国の民となる秋である」とか「日本国民としての自信と誇り」を掲げた言語教育と国民教育からみれば、見事な失敗例といえよう。教師たちにとっては予期しなかった「亡国の民」を生んでしまった、ということになる。あるいは日本国民とはっきり答えられない三〇%が「おそろしいこと」といわれた、その三〇%の肉声からする異議提起を聞かされたということになろうか。

一方、沖縄も日本と同じ民族だとする「日琉同祖論」の立場から反論する高校生は、同一民族を異民族視するのは、沖縄と本土が遠く離れているからだといい、琉球王国論や米軍支配による無権利状態や矛盾を指摘しながら「私は次代を背負って立つ若人が、このような現状に少しの疑問も抱かず、むしろ、同じ民族でありながら復帰に反対し、日本人としての誇りを自ら捨て去り、根なし草のような人間になってしまうのを一番恐れる」と危惧していた。ここでも「恐れ」がいわれていることは興味深い。この高校生の「恐れ」は、教師のそれを反復していることは疑いようがない。「琉球国民」と答えた回答に抱いた教師たちの「おそろしい」という感情と高校生の「恐れ」は、いわば、鏡像的関係にあるとみていいが、ここでの高校生の同一民族論や「日本人としての誇り」は、沖縄教職員会が強力に推進した日本復帰運動の引き写しであった。いわば高校生間の論争は沖縄の教師たちの模写と鏡である。「日本人としての誇り」を揚言する高校生は、教師たちによって期待された高校生像を地でいくもので、それは「ヤマトの人」を作文にした小学三年生の戸惑いや「無口な児童を如何に発言させるようにしたか」の観察日記で紹介された少年の「無口」、そして日本語・共通語との接触トラブルを告白した中学生の吃音を覆い隠し、同化の道を辿った声であった。

新聞紙上でたたかわされた高校生の「日本人/祖国」論争は、言語と主体をめぐる葛藤のドキュメントになっている。「標準語」教育と「日本人」教育の実践報告を集めた『沖縄教育』は、戦前の皇民化教育との驚くべき密通の証例の貯蔵庫になっている。そこはまた、規律訓練の生々しい記録が保存されているが、〈沖縄教育〉という司祭型権力の植民地主義的実践は、同化のエコノミーへ囲い込まれない、他ならぬ同化教育の予期せぬ遺産としての、もうひとつの〈翻訳的主体〉の誕生を伝えてもいる。

（『「沖縄・問いを立てる」第2巻〈方言札〉』社会評論社、二〇〇八年）

あとがき

沖縄島から東に四百キロほど離れた洋上にぽつねんと浮かぶ二つの島のひとつ南大東島。私はその島で生まれ、中学まで育ち、〈十五の春〉に島を出た。無人島が開拓されまだ百年と十年ちょっとの歴史しかもっていない。島をまるごと所有した一製糖会社がサトウキビプランテーションに変えてから、多くの人たちが沖縄各地から甘蔗伐採や製糖工場の労働者として渡ってきた。出自も言語も文化も違うそれぞれのシマを持ち込み、そのシマを他のシマと交渉することによって移民地特有の異集団間の接触の思想が生まれ、島のなかにいくつものシマが飛び地のように混在していた。

私にとってとりわけ忘れがたい記憶になっているのは、どこからともなく移り来て、どこへともなく移り去っていくときに見せた人々の陰翳であり、また青い夜の闇に溶け込むようなシマコトバでのユンタクだった。ある程度の違いはあるものの、違いは違いのまま、それぞれのシマのコトバを掛け合わせ、その掛け合いが独特なポリフォニーを奏でていた。なぜか私の家の周辺は伊是名島からの渡島者が多く、夜になると誰ともなく集まってきては遠い出来事や近い出来事を肴に四方山話に興じる。幼い私はそうした大人たちの島コトバのユンタクを傍らで黙って聴くのが楽しみだった。ユーモアや機知や皮肉に富み、母語の流絞は声たちを運び、人々はときに饒舌にときに寡黙に日々をやりくりしていた。島の夜の闇は青く、満天に星たちは瞬いていた。サンゴ石灰岩を敷きつめた道を影たちがすれ違い、風が砂糖黍の葉を騒がせながら島の内部の飛び地状の〈シマ〉をめぐる。私にとっての母語は父や母たちの眼差しや表情に重なっていた。そこには沖縄の言語を磁力にした感情の共和国がたしかにあった。

一方、学校では沖縄のコトバを捨てることを教え込まれた。「標準語励行運動」はこの孤島の小中学校をも容赦はしなかった。なぜ沖縄のコトバは禁じられなければならなかったか、なぜ父や母たちが使っているコトバは卑しむべきなのかを、幼い私たちに知る術はなかった。ただ、それは使ってはならないコトバとして一方的に言い渡されただけだった。それでも子どもたちは、シマコトバと標準語を使い分け、入れ子状のダイグロシアを生きていた。

「日本語を使いなさい、日本語を！」。混乱した法廷にあっても矢のように放たれた。三名の〈被告〉が陳述した琉球弧のコトバは、裁判長の権威を傷つけ、傷つけただけにいっそう地金をむき出しにして襲いかかってきた。一九七一年十月十九日、いわゆる「沖縄国会」と呼ばれた赤じゅうたんの場で、日本国総理大臣が演説をはじめたその瞬間、爆竹が弾け、「日本が沖縄を裁くことはできない」「沖縄返還粉砕」と叫び、逮捕された沖縄青年同盟の三名の第一回公判で、沖縄語を使って陳述をはじめたときのことであった。そのとき裁判支援のために公判廷に居合わせたことで〈国家とことば〉をとことん考えることを余儀なくされた。私もまた仮装〈被告〉であることにかわりはなかった。私たちは〈在日〉を生きていた。

島の青い闇とともにあった分有のコトバと東京地裁の裁くコトバ。どこでどう繋がるのかは知らないが、父や母たちの生活思想と挙措が日本語によって断罪されるのを覚えた瞬間でもあった。〈国家

〈ことば〉に言語植民地主義が交差していた。むろんそのときはっきりとそう認識したわけではないが、私の内部で徐々に輪郭を結んでいくようになっていった。あのときの経験は沖縄のコトバとコトバとともに生きた関係の思想が国家に陵辱されたことを稲妻に撃たれるように認識した瞬間でもあった、と思うようになった。

ほかならぬ言語植民地主義は、沖縄の戦前と戦後を貫いて行使された「標準語励行運動」とその標識となった「方言札」に住みつき、沖縄の言語を損ない、子どもたちの舌と喉と口を拘束し続けてきた。〈吃音〉が沖縄の経験に内在化する。やはり確認しなければならないのだろうか。琉球諸語は二度陵辱された。一度目は皇民化教育によって、二度目は日本復帰運動によって。琉球弧のコトバの履歴には言語植民地主義と〝ことば喰い〟が二重、三重に絡み合っている。

そうして長い時間をかけて琉球弧の島々のコトバは私たちの口から遠ざかり、やがて消えていく。このまま帰らざる言語となっていくのだろうか、という危惧とも問いともつかない声が私の内部に住み着くようになったのはいつのころからだったろうか。ここで消えると言ったのは、ほんとうは正確ではない。消えることのうちには消そうとする力が働いている。植民地として領有されたところは、内と外からの強力な同化圧力に不断に晒されてきた。同化圧力は植民地化された土地にとっては〝ことば喰い〟としてやって来た。

〝ことば喰い〟とはなんと大仰な、と思うかもしれないが、しかし沖縄が日本に強制的に編入されて以降、日本語（国語）は沖縄の島々のコトバを喰いつづけてきた。まさに「普通語でたたかれ／標準語でのばされ／共通語でちぎられ／チャー　シナシナー」（中里友豪）してきたと言えよう。ひとつの言語が喰われ消えることとは、それを生きてきた人々とその歴史にとって何を意味するのか、そして言語はみずからの死をどのように経験し、その経験はどのように認識されればいいのか。

　こうした沖縄のコトバがくぐり、またくぐろうとしているせめぎ合いや葛藤、そして言語の死は、詩や小説などの書き手に最も鋭く意識されていた。いや、コトバにたずさわる書き手であってもそうした問題意識がまったくないか、あっても表現の核にかかわる問題として受け止めていない書き手のほうが多数を占めている。言語植民地主義はむしろそうした書き手を生産した、と言えるかもしれない。もともと沖縄のコトバに意識的な書き手は、沖縄でもマイナーの方に属した。だが、こうした言語の死を言語それ自体の内部でくぐり、対話的闘争のなかから生まれた作品は、稀にみるコトバの果実を生み、まなざしと声を獲得している。本書で取りあげさせてもらった作家とその作品は、言表にとって沖縄の言語とは何かをとことん突きつめ、涯まで辿っている。

　本書は二つの言語、日本語と琉球諸語との接触と葛藤に注目し、コトバを表現のメディアにもった詩人や小説家の作品を読むことのなかから、言表行為にとって沖縄語とは何かを論じた試みである。二つの言語がせめぎ合い、交渉と交換のなかから新たな言語地図が描かれていく。そのような詩や小説のうちに見出すのは、コロニアルな土壌に共通する〈奇妙な果実〉である。この果実の奇妙さは、だが、世界を受肉している。言語自らの死を、死につつあることを経験することとは、再生とよみがえりへの強い希求でもあった。ここで論じた作家とその作品群はこうした両義性を生きてきた。〃亜言語帯〃とはまぎれもないこの両義的な場を生きることの謂いにほかならない。ひりつくような〈ゾーン〉を生きること、そしてその〈ゾーン〉は植民地主義が交差するトポスでもある。〃亜言語のゾーン〃から沖縄のコトバが日本語に吸収され帰らざる言語となるか、それとも琉球諸語としてイディオムの自立的根拠を探りあてるのかは、私たち自身にかかっている。

本書は「未来」の二〇一〇年三月号から「沖縄と文学批評」として連載をはじめ、途中、沖縄写真家シリーズ「琉球烈像」の監修と一部解説も受け持っていたため、中断することもあったが、今年の三月号まで十七回連載したものを補強し、沖縄の戦後世代の原体験について書いた二本の論考を加えてまとめたものである。連載を書き継いでいく過程で、私は私の父や母たちともういちど出会うことになった。その出会いはまた、父や母たちに繋がる連累を損ねた国家のコトバと沖縄の言語教育の〝ことば喰い〟を批判的に対象化することにもなった。

そして私は白状しなければならないだろう。この書を編むことは金時鐘の「クレメンタインの歌」へと至る道を見出すことであったことを。「クレメンタインの歌」は日本植民地下の朝鮮半島において「内鮮一体」のもとに朝鮮語を奪われ、敗戦後、日本に亡命し、その日本で朝鮮語を取り戻していくという屈折と迂回を刻み込んでいた。日帝支配下の済州島でひねもす釣り糸を垂れ、岩をかむ磯波と向かい合う、無聊と見紛う内面できっと燃やしていたであろう青い炎のなかから立ちのぼってくるように、父が子に伝えた朝鮮語の「クレメンタインの歌」はまた、私の父の歌のように聴こえてきた。その歌には植民地の民衆の引き裂かれた思いが託されてもいた。瞠目したのは金時鐘の〈在日〉は父や母たちへつながる朝鮮語を貶め、疎外した日本語への「報復」として生きられたことである。金時鐘のなかに流れ込み、感情の植民地をも形成した日本語と日本的抒情への「報復」は、それゆえに、深々とアポリアを抱き込んでもいた。そしてその「報復」を日本語で詩を書くことによって果たすという目も眩む深淵を渡ることでもあった。この書で取り上げた作家の内部にもその深淵をみた。

私は私の「クレメンタインの歌」を書きえただろうか。「とんでもない！」という声が内部から衝きあがってくる。ただ、その近傍に回り込むことはできたのではないか、とひそかに思いもする。郷愁に焦がれた三十数年ぶりの沖縄への帰郷で、山之口貘の口を突いて出た「ウチナーグチマディンムル／イクサニ　サッタルバスイ」という声が私の耳の内部の襞にこだましている。そしていま、その声を危機と再生への希求として聴き取っている世代が、日本語にがんじがらめにされた世代の意表を衝くように出現してきたことのたしかな手ごたえを感じさせる。〈ゾーン〉で培養された奇妙な果実をオキナワン・ブルーに染めるように。

二〇〇七年の『オキナワ、イメージの縁《エッジ》』、〇九年の『フォトネシア』とともに〝仲里効沖縄批評三部作〟なるものとして送り出すことを考えたのは西谷能英さんである。映画と写真と文学と。西谷さんの挑発にちかい奨めがなければ本書は生まれなかった。編集を担当した長谷部和美さんには我慢強く付き合っていただいた。ニフェーデービル。だが、書き終えて、不全感はますます募るばかりである。私のなかで一匹の虫が頭をもたげる。叶わぬ夢かもしれないが、いつの日か私の「クレメンタインの歌」を書いてみたいと思う。本書が「復帰の喰ぇーぬくさー」であり、桃太郎にはなれなかった鬼子としての沖縄の戦後世代の〈掙扎《そうさつ》〉の書であることを、ただ望むばかりである。

「復帰」という名の「併合」四〇年目の四月の雨に記す。

仲里　効

著者略歴

仲里効（なかざと・いさお）

一九四七年、沖縄南大東島生まれ。法政大学卒。一九九五年に雑誌「ＥＤＧＥ」（ＡＰＯ）創刊に加わり、編集長を経て批評家。主な著書に『オキナワ、イメージの縁（エッジ）』（未來社、二〇〇七年）、『ラウンド・ボーダー』（ＡＰＯ、二〇〇二年）、『フォトネシア』（未來社、二〇〇九年）、編著・共著に『沖縄／暴力論』（未來社、二〇〇八）、『沖縄の記憶／日本の歴史』（未來社、二〇〇二年）、『複数の沖縄』（西成彦・原毅彦編／人文書院、二〇〇三年）、『沖縄問題とは何か』（弦書房、二〇〇八年）、『沖縄映画論』（四方田犬彦・大嶺沙和編、作品社、二〇〇八年）などがある。映像関係では『嘉手苅林昌　唄と語り』（一九九四年）共同企画、『夢幻琉球・つるヘンリー』（高嶺剛監督、一九九八年）共同脚本、二〇〇三年山形国際ドキュメンタリー映画祭沖縄特集「琉球電影列伝」コーディネーター。

悲しき亜言語帯――沖縄・交差する植民地主義

発行――二〇一二年五月二十五日　初版第一刷発行

定価――本体二八〇〇円＋税

著　者――仲里効

発行者――西谷能英

発行所――株式会社　未來社

東京都文京区小石川三―七―二
電話　〇三―三八一四―五五二一
http://www.miraisha.co.jp/
email:info@miraisha.co.jp
振替〇〇一七〇―三―八七三八五

印刷・製本――萩原印刷

ISBN978-4-624-60113-3 C0095

（消費税別）

仲里効著

フォトネシア

〔眼の回帰線・沖縄〕比嘉康雄、比嘉豊光、平敷兼七、平良孝七、東松照明、中平卓馬の南島への熱きまなざしを通して、激動の戦後沖縄を問う。沖縄発の初めての本格的写真家論。　二六〇〇円

仲里効著

オキナワ、イメージの縁（エッジ）

森口豁、笠原和夫、大島渚、東陽一、今村昌平、高嶺剛の映像やテキスト等を媒介に、沖縄の戦後的な抵抗のありようを鮮やかに描き出す〈反復帰〉の精神譜。　二二〇〇円

西谷修・仲里効編

沖縄／暴力論

琉球処分、「集団自決」、「日本復帰」、そして観光事業、経済開発、大江・岩波裁判……。沖縄と本土との境界線で軋みつづける「暴力」を読み解く緊張を孕む白熱した議論。現代暴力批判論。　二四〇〇円

知念ウシ・與儀秀武・後田多敦・桃原一彦著

闘争する境界

〔復帰後世代の沖縄からの報告〕ケヴィン・メアや沖縄防衛局長（当時）の暴言、基地問題や沖縄の政治状況をめぐり、各執筆者の多様な視点から沖縄の反応を突きつける一冊。　一八〇〇円

坂手洋二著

普天間

米軍ヘリ墜落事件、米兵による少女暴行事件、戦争の傷跡を刻むガマ……。基地に占領されつづける「わが町」で、現在を生きぬく家族たちの物語を坂手洋二が描いた戯曲。　一八〇〇円

高良勉著
魂振り

〔琉球文化・芸術論〕著者独自の論点である〈文化遺伝子論〉を軸に沖縄と日本、少数民族との関係、また東アジア各国において琉球人のあり方についても考察をくわえた一冊。　二八〇〇円

喜納昌吉著
沖縄の自己決定権

〔地球の涙に虹がかかるまで〕迷走する普天間基地移設問題に「平和の哲学」をもって挑みつづける氏が、沖縄独立をも視野に入れ、国連を中心とする人類共生のヴィジョンを訴える。　一四〇〇円

高良鉄美著
沖縄から見た平和憲法

〔万人（うまんちゅ）が主役〕日本国憲法の平和主義・国民主権の原理は、復帰後の沖縄にも適用されたのか？　住民の平和的生存権という視点から、沖縄米軍基地問題を考える。　一七〇〇円

岡本恵徳著
「沖縄」に生きる思想

〔岡本恵徳批評集〕記憶の命脈を再発見する――。近現代沖縄文学研究者にして、運動の現場から発信し続けた思想家・岡本恵徳の半世紀にわたる思考の軌跡をたどる単行本未収録批評集。二六〇〇円

上村忠男編
沖縄の記憶／日本の歴史

近代日本における国民的アイデンティティ形成の過程において「沖縄」「琉球」の記憶＝イメージがどのように動員されたのか、ウチナーとヤマトの論者十二名が徹底的に論じる。　二二〇〇円

◆沖縄写真家シリーズ　琉球烈像（全9巻）監修：仲里効・倉石信乃　造本装幀：戸田ツトム

（消費税別）

比嘉康雄写真集（第2巻）

情民

琉球弧の祭祀世界を他の追従を許さぬ強度で捉えつづけた求道者の歿後10年を機に、知られざるポートレート連作「情民」「戦争未亡人」をはじめて集成した114点。

四五〇〇円

大城弘明写真集（第4巻）

地図にない村

記憶の中の生まれ故郷を訪ねる旅路に、レンズは終わらないイクサの闇を捉える。沖縄戦最大の激戦地のひとつ、旧三和村福地に生まれ育った氏の軌跡を集成する123点。

三八〇〇円

石川真生写真集（第5巻）

FENCES、OKINAWA

冷たい鉄条網に分断された島で、ときにふれあい、ときに対峙しあう人びとの、他の誰にも撮ることのできない〈生〉と〈性〉を鮮やかに捉えた121点。

四八〇〇円

嘉納辰彦写真集（第6巻）

旅するシマ

離島の静寂と市場の喧噪、遠く異国の地に刻まれた沖縄系移民の足跡。シマからシマへと世界のウチナーンチュを訊ね歩く写真家が沖縄の復興と再生の歴史を捉えた113点。

四八〇〇円

森口豁写真集（第7巻）
さよならアメリカ

1950年代より沖縄の離島を駆けめぐり「アメリカ世＝米軍統治時代」の不条理を生きる名もなき人びとの、声にならぬ叫びをヤマトに伝えつづけた氏の作品を集成する113点。　四五〇〇円

中平卓馬写真集（第8巻）
沖縄・奄美・吐噶喇1974―1978

沖縄とヤマトが出合う不可視の境界を求め南を目指した中平卓馬。記憶喪失をはさみ作品群をオリジナル・フィルムにより収録。氏の写真論における変化と断絶、そして再生に迫る104点。　五八〇〇円

東松照明写真集（第9巻）
camp OKINAWA

沖縄はいかに変わり、あるいは変わらなかったのか。否定しえぬアメリカのプレゼンスと、基地がもたらした文化を透徹した構図で捉えた114点。　四八〇〇円

〔以下続刊〕

山田實写真集（第1巻）
山田實写真集　ゼロに萌える

近刊

伊志嶺隆写真集（第3巻）
伊志嶺隆写真集　光と陰の島

近刊